ショート・セール
Short Selling

楡 周平
Nire Shuhei

光文社

ショート・セール

装幀　泉沢光雄
カバー写真　Colin Anderson Productions pty ltd
Stefano Madrigali
（共にゲッティイメージズ）
Ystudio（ピクスタ）

目次

プロローグ

日系三世のアメリカ人、コール・ヒデアキ・鳴島《なるしま》の自宅はサンフランシスコの郊外、ワインの産地として有名なナパバレーを一望できる山の頂上近くにある。

短い雨期を除けば滅多なことでは雨が降らないこともあって、鳴島は日々の朝食を一階のデッキで摂《と》る。

斜面に張り出したデッキは、日本式にいうと五十畳はあり、星空観賞用の大きなソファーが二つと朝食用のテーブルと椅子《いす》が置かれている。

「今日はまた、一段と空が綺麗《きれい》ね」

正面の椅子に座る妻のエミーが、コーヒーカップを口元に運びながら空を見上げる。

電子版のウォール・ストリート・ジャーナルに目を通していた鳴島は、タブレットをテーブルの上に置き、エミーの視線の先に目をやった。

澄み切ったカリフォルニア・ブルーの空は確かに見事だが、もはや見慣れた光景でしかない。

だが、迂闊《うかつ》にそんなことを口にしようものなら大変なことになりかねない。

エミーと結婚して五十年になるが、いつ何が起きても不思議ではないのが男女の仲だ。まして経済的な不安はないし、二人の子供もとうの昔に独立したこともあって、彼女は暇を持て余している。しかも、ナパは治安が極めていい反面、刺激に乏《とぼ》しいときている。

エミーが離婚を巡って夫婦が法廷で口汚く罵《ののし》り合うテレビ番組を、欠かさず録画をしてまで熱心に見入るのは、そのせいだと思っていたのだが、偶然、彼女が放置していたパソコンを覗《のぞ》いて驚いた。そこには、「気に障《さわ》る言葉」というファイルがあって、鳴島が日常会話の中で発した言葉が日付、時刻と共にリスト化されていたのだ。

そう、離婚となった場合、有利な条件を引き出すべく、研究しているのだ。

実際、鳴島には〝前科〟があるし、この歳《とし》になって離婚でも切り出されようものなら、夫婦になってからの蓄財は折半が相場である。それでも老後の暮らしに困ることはないとはいえ、財産の半分をくれてやるのは余りにも惜しい。

「そうだね。快晴無風、素晴らしい朝だ」

まさに、〝触らぬ神に祟《たたり》なし〟というやつだ。

鳴島は相槌《あいづち》を打ちながら、手にしたナイフでマフィンに載せたクリームチーズを伸ばしにかかった。

テーブルの上に置いてあったスマートフォンが鳴ったのは、その時だった。

目をやると、「ビル・エバンス」の文字が浮かんでいる。

救われる思いで、鳴島はスマホを手にし、画面をタップした。

「ハロゥ・ビル！　久しぶりじゃないか」

エバンスが住むニューヨークとは、三時間の時差がある。

ナパは午前七時だから、東海岸は午前十時だ。

「込み入った話があって、昨夜は一睡もしていないんだ。これから寝るところなんだが、その前にと思ってね」

「その割には声が元気だ。さては、何か仕掛けるつもりだな」

エバンスとの付き合いは長いが、あくまでもビジネスパートナーとしてであって、頻繁《ひんぱん》に連絡を取り合う仲ではないから、それ以外に考えられない。

「で、今度は？」

続けて問うた鳴島に、

「オリエンタルだ」

エバンスの答えを聞いて、鳴島は眉《まゆ》を顰《ひそ》めた。

「オリエンタルって……。日本の自動車メーカーの？」

鳴島は四社の社長を歴任した経歴を持つ、所謂《いわゆる》プロ経営者だが、既に七十四歳。大会社の社長を務めるには高齢だし、八年前に日本の自動車メーカー、『パシフィック・モータース』の社長を退任したのを機に現役を退いた身だ。

「特ネタを入手したんだ」

誰に聞かれているわけでもあるまいに、エバンスが声を潜《ひそ》めるところからすると、かなり筋のいい情報らしい。

果たしてエバンスは続ける。

「実は、中国の政権内に強力なコネを持つ人間がいてね。そう遠くない将来、中国の自動車産業は電気自動車の製造がメインになる可能性が濃厚になったというんだ」

「それ、確かな情報なのか？」

「もちろん」

エバンスはきっぱりと断言する。「詳しくは話せないが、その男のワイフが元中国人でね。父親が通商商工部の高官なんだ」

そう聞けば、見えてくるものがある。

「ワイフは元中国人。今はアメリカ国籍を取得してるわけか」

「ああ……」

それ以上の説明は不要だろうとばかりに、エバンスは即座に返してきた。

中国が信用できる国だとはお世辞にもいえたものではないが、最も信用していないのが当の国民である。

何しろ政策であれ、制度であれ、法律でさえもトップの命令とあれば、瞬時にして変わる。苦労して育てた企業も、蓄財も、ある日突然取り上げられ、異を唱《とな》えようものなら監獄行き。それが共産党の一党独裁国家、中国ということを誰よりも知っているからだ。

政府の要人であろうと、党幹部であろうと、行政機関の高官であろうと、いつ我が身に火《ひ》の粉《こ》が降りかかり、失脚しないとも限らない。だから、万が一の場合に備えて保険をかけておくのは人の常というものだ。

当の政府高官ですら、あの手この手で蓄えた財産を国外に持ち出す輩《やから》は数知れず。さらには他国に身内を移住させ、リスクの分散を図ろうとしているのは紛《まぎ》れもない事実だし、中国人は利に聡《さと》い。カネになると思えば、政府内の情報を漏《も》らすことも平然とやってのけるだろう。

「中国の国産車の販売台数の伸びは目覚ましいものがあるが、それでもシェアは、ヨーロッパ車や日本車に遠く及ばない。どう頑張《がんば》ったところで、中国車を世界になんてのは、夢のまた夢ってもんだ。

しかし、これが電気自動車となると話は違ってくる」

「なるほど。ガソリン車では海外メーカーに追いつくことはできないが、電気自動車の市場はこれからだ。横一線でスタートすれば、利は絶対的に中国にあるというわけか……」

　自動車産業のみならず、中国は世界最大級の市場だ。洋の東西を問わず、あらゆる産業がこぞって中国に進出し、工場すらも設置するのはその莫大《ばくだい》な市場を狙《ねら》ってのことである。法も制度もトップの号令一下自由自在に、しかも瞬時にして変えられる中国なら、今後国内で販売する自動車は全て電気、ガソリン車は一切認めないと決めてしまうことも十分可能だ。

「それに、中国はバッテリーの製造に必要不可欠な原材料の製造と供給を、一手に握っているからな」

「その点も中国が圧倒的に有利なのは確かだが。しかし、どうしてオリエンタルなんだ？　長いこと経営不振が続く、クソみたいな会社じゃないか」

「含み資産さ」

　エバンスは即座に答えた。「オリエンタルは巨額の含み資産を持っている。そいつをさっさと活用して、電気自動車の開発に乗りだしゃ良かったのに、経営陣がハイブリッド《H》車《V》、プラグイン《P》・ハイブリッド《H》車《V》に開発費を注《っ》ぎ込んだおかげで、完全に出遅れてしまったんだ。まあ、自動車業界特有の産業構造上の問題があるにせよ、これは完全に経営陣の判断ミスだね」

　エバンスがいう産業構造上の問題とは、大半の大手自動車メーカーが、傘下《さんか》に自社系列の部品メーカーを持っていること。そして、さらにその下に二次、三次と下請けが存在し、果ては町の零細企業に至るまで膨大《ぼうだい》な数の会社、そしてその従業員たちが生活を営んでいることだ。

内燃機関を用いるガソリン車と電気自動車は同じ自動車でも似て非なるものだ。しかも、部品点数に至っては、実に三分の二程度になるとされているのだから、自動車の主流が電気に変われば、数多《あまた》の企業が廃業に追い込まれ、膨大な数の失業者を生むことになる。日本の自動車メーカーが、本格的に電気自動車に舵《かじ》を切れない最大の理由はそこにある。

「そういうからには、青写真はできているわけだな」

鳴島は口角を歪《ゆが》ませ、薄く笑った。

「もちろん……」

「で、私に社長をやれと？」

ブランクもさることながら、いまさら日本で暮らすなんてまっぴらだし、エミーにとっても悪い思い出しかない場所だ。第一、自分を社長に据えようとしても、オリエンタルが承認するとは思えない。

果たしてエバンスはいう。

「いや、そうじゃない。我々の期待に応《こた》えてくれる人間に心当たりはないかと思ったのさ。それで、連絡したんだ」

「期待通り」というのはエバンスが描く青写真通りに事を運んでくれる人間を指す。経営者の使命、特に経営不振に陥《おちい》っている会社の経営者の使命は、まず業績を回復させ、さらに発展への道筋をつけることにある。しかし、それはかつての話だ。

経営者が常に株主の厳しい目に晒《さら》されている今、長期はおろか中期的視点に立った経営を行うこともまず不可能だ。なぜなら株主が期待するのは、株価が上昇することによって得られる株式の売却利益にあるのであって、会社の将来性など知ったことではないからだ。つまり、エバンスが求める人材とは社長就任中は常に増収増益、株価を上げてくれる人間を指す。

「日本企業を狙うとなれば、アメリカ人がいいだろうな。これだけ国際化が進んでも、日本企業に英語が達者な社員はまだまだ少ない。ランゲージバリアってやつは、外国人が日本人の下で働く時には圧倒的に不利だが、上に立つとなると真逆に作用するからね」

さすがのエバンスも三世とはいえ、日系人を前にして本音をいうのは憚《はばか》られるだろう。

鳴島が代弁してやると、

「オリエンタルは相当な血を流すことになるんだ。それも徹底的にやるとなると、情に厚い日本人には向かんだろうなあ」

果たして、我が意を得たりとばかりに、エバンスが忍び笑いをする気配が伝わってくる。

「さらにいえば、この仕事がプロ経営者として最後のキャリアになっても構わない。そういう人間を求めているわけだな」

「社長就任中は、十分な報酬を得られることを約束する」

エバンスは言外に肯定すると、「もちろん、君が大きなリターンを得られることもだ……」

含みを持たせた言葉を投げかけてきた。

鳴島の脳裏に、何人かの名前が浮かんだ。

「心当たりがないわけではない」

鳴島はいった。「関心があるかどうか私から打診してみよう」

第一章

1

「はあ～い」

インターフォン越しに聞こえてくる母の声に、

「ただいまあ～」

樋熊令《ひくまれい》は応えた。

程なくして玄関のドアが開き、母の香住《かすみ》が顔を覗かせた。

「お帰り。ご苦労さまだったわね」

「ううん、いいの。暫《しばら》く様子を見に行っていなかったから、お父さんに会えて良かったわ」

令は靴を脱いだその足でリビングに向かいながら、「お母さん、具合はどう？　少しは良くなった？」

と香住に問うた。

「夏風邪だったのかしら……。まだちょっと体がだるいけど、薬を飲んだら熱は引いたみたい」

とはいうものの、どうやらソファーに横になっていたらしい。ほつれた髪が額にかかっているし、ソファーの上にはタオルケットが置かれたままになっている。

「そろそろ歳なんだから、無理しちゃ駄目だよ。お母さんに倒れられたら、看病するのは私しかいないんだからさあ、親二人を同時に面倒見るなんて、無理なんだからね」

「分かってるわよ……。でもねえ、やっぱり心配事を抱えてると、どうしても気が晴れなくて……」

香住は声のトーンを落としながら、「お父さん、どうだった？」

父の様子を訊《たず》ねてきた。

「特に変わりはなかったけど」

令は軽い口調で応えたのだったが、

「そう……」

香住は小さく息をつく。

それも無理からぬ反応というもので、健康状態を問われて「変わりはない」と返せば、大抵の場合「元気」を意味するが、父親の場合は全く違って、病状に改善する兆《きざ》しはないということになるからだ。

しまったと思ったが、いってしまったからには仕方がない。

「四ヵ月近く会っていなかったのに、私の顔を見ても無反応。天気が良かったから庭に出て、海を眺めながら二時間ほど一緒にいたんだけどさ、何を話しかけても、うんでもなければすんでもない。全然反応しないの……」

令は、父親の状態を正直に話した。

「お医者様は極度に重症の鬱《うつ》っていうけど、あそこまで酷《ひど》くなるものなのかしら。だって、魂が完全に抜けたみたいに、私が何いったって反応しないのよ」

「お父さん、真面目過ぎる人だったからね。あんな酷い目に遭《あ》えば、普通じゃいられなくなるのも無理ないわよ。会社があんなふうになったのは、お父さんのせいじゃないのに……」

令の脳裏に、高台から南紀白浜《なんきしらはま》の海をただ虚《うつ》ろな目で見詰めるだけの父親の姿が浮かんだ。

父の信郎《のぶろう》は、三年前まで自動車メーカー『パシフィック・モータース』の社長を務めていた。

信郎が入社した当時の日本は、戦後の高度経済成長の真っ只中《ただなか》。国民の所得が上がるにつれ、自家用車の需要が急速に高まったこともあって会社も急成長。やがて、日本車が海外市場で高い評価を受けるようになると、モータリゼーションの本場、アメリカ、ヨーロッパの自動車メーカーとも比肩《ひけん》する世界的企業へと成長を遂げた。

しかし、永遠の繁栄を約束された企業などあろうはずがない。

パシフィックは代々創業家一族が経営トップに就いてきたオーナー企業で、万事が社長の鶴の一声で決まってしまえば、経費も公私混同は当たり前。闇雲に事業の多角化を図っては、ことごとく失敗するという放漫経営が長く続いた。

それでもびくともしなかったのは、自動車が造れば売れた時代であったからなのだが、本業の業績に陰りが見えてくるにつれ赤字が拡大。ついに創業家は会社から一掃されてしまったのだった。

「パシフィック再生のためには生え抜きでは駄目だ」「ドラスティック、かつ合理的な手法で再建に取り組める人間を外部から招聘《しょうへい》すべきだ」

強硬に主張する株主たちの声に押され、パシフィック再建を託され、社長に就任したのが日系三世のアメリカ人、鳴島だった。

外見こそ日本人だが中身は完全にアメリカ人。しかも英語しか話せない鳴島は、就任と同時に製造車種を絞り込み、不採算部門を整理しと、大胆かつドラスティックな手法をもって、経営改革を推《お》し進めた。

製造車種を絞れば工場で、不採算事業を整理すれば本社、子会社で余剰人員が生ずる。驚いたことに鳴島は、退職金を僅《わず》かに割増しすることを提示しただけで、当該工場、事業に所属していた従業員を切って捨てたのだ。

多くの従業員を解雇したことで、多額の退職金が発生したために一時的に決算は悪化したものの、人件費は激減する。加えて、閉鎖した工場跡地や事業を次々に売却したこともあって業績は瞬《また》く間に回復。就任から僅か五年でパシフィックは優良企業に生まれ変わったのだった。

ところがである。

鳴島はそのまま経営トップとして会社を率《ひき》いて行くのかと思いきや、

「私は企業再建のプロだ。経営を軌道に乗せた時点で任務は終わった。ここから先は私が、これぞと見込んだ後任に経営を委《ゆだ》ねたい」

といって、退任してしまったのだ。

そして、鳴島が後任に指名したのが、工場や不採算部門の整理で陣頭指揮を執《と》ることを命ぜられ、忠実に任務を全うした信郎だった。

この話題になると、胸中で冷たい炎が燃え上がるのだが、今は諦観しているかのような口調でいった。

「リストラなんて、最も不向きな仕事なのにさ、お父さん、『仕事に好きも嫌いもない。社命とあらば不法行為でもない限り、やり通すのが社員の義務だ』とかいっちゃってさ。団交の場で罵声《ばせい》を浴びせられるわ、無言電話はかかってくるわ、脅迫《きょうはく》まがいの手紙が山ほど送られてくるわ、散々な目に遭ったじゃない。その功が認められて、社長に就任したっていうけれど、たちまち業績は急降下。今度は株主から罵声を浴びせられ、詰め腹切らされたんだもの。そりゃあメンタルやられるわよ」

「お父さんが就任した途端、業績が急降下したっていうけどね、工場を閉鎖して、余剰になった従業員を整理して、金目のものを片《かた》っ端《ぱし》から売り払ったら、そりゃあ業績は一時的には回復するわよ。問題はそれをどう維持するか、どうやってさらに向上させるかなのに、再建を手がけた人間が、ここから先は、自動車業界一筋で生きてきたお父さんなら十分やれるって、さっさと辞めちゃうんだもの……」

香住は唇を嚙《か》み、無念の表情を浮かべる。

もちろん、令も同じ思いを抱いてはいるのだが、その一方で株主が今の経営者に何を求めるかを考えると、鳴島の手法は決して間違ってはいないとも思う。

「でもねえ、業績が低迷した会社の再建を任された経営者がやれることって、限られてるのは事実ではあるんだよねえ」

令はいった。「上場企業の経営者は常に株主に監視されて、期待通りの成果を挙げられなければ即解任だからねえ。常に増収増益を求められているんだもの、本業で思うような数字が出ないとなれば、売れるもんは片っ端から売って、利益を出してみせるしかないのよ」

「いかにも株屋らしい言い草ね。そんな経営者が来たお陰で、不幸な目に遭ったのはお父さんだけじゃないのよ。リストラされた社員さんたちだって、皆大変な思いをしたのよ」

当時の話になると、こういう展開になるのは毎度のことだ。

令は東京に本社を置く投資ファンド、『ウシジマ・ヒクマ』で副社長をしている。従業員は十五名しかいないが、運用資金は邦貨にして八百億円を超える。最大手ともなれば世界の主要国に支店を構え、運用資金も十兆円を優に超えるファンド業界では規模こそ小さいものの、これだけの資金が集まるのは、共同経営者の牛島真吉《うしじましんきち》が高い運用実績を持つからだ。

「だからあ、その株屋っていうの止《や》めてくんない？」

令は声を吊《つ》り上げた。「上がるか下がるかの博打《ばくち》をやってるわけじゃないんだからさあ。私たちは膨大な資料を分析して、情報を収集して、お客さまからお預かりしたおカネを運用して利益を上げて、報酬を貰《もら》うのが仕事なの。ファンドの世界はアカデミズムでもあり、アートでもあるんだからさ」

「あーと？」

香住は眉尻を下げ、あからさまに嘲笑《ちょうしょう》を浮かべる。「どこがアートなんだか。利益出してみせなきゃ、たちまちお客は離れていくんでしょ？　利益を、それも短期のうちに出せない経営者は首にして、鳴島のような経営者とすげ替えちゃうんでしょ？　実の父親が、株主のせいであんなふうになったってのに、なんでまたそんな因果《いんが》な商売をやってんのよ」

ファンドのビジネスは多岐《たき》に亘《わた》り、株の運用はそのうちの一つでしかない。

説明や反論をしようと思えば幾《いく》らでもできるのだが、ここで香住と議論するのも面倒だ。

ところが令の沈黙を肯定と解したのか、香住はここぞとばかりに勢いづく。

「あんたもさあ、もう三十八なのよ。株屋なんて、あこぎな商売から足を洗ってお嫁にいったら？　ぐずぐずしてたら子供が欲しくなっても産めなくなっちゃうわよ」

これもまた、香住の決まり文句だ。

都内の女子大を卒業した後、二年ほど働いた経験はあるものの、信郎と結婚してから専業主婦となった香住は、女の幸せは家庭に入ることと信じて疑わないのだ。

「今の時代に、結婚して子供を産むのが女の幸せだなんて公言しようものなら猛バッシング受けるよ。それ、立派なハラスメントだからね」

「そうはいうけどね、おひとり様の老後なんて寂しいものよ。そりゃあ働けるうちはいいけどさ。あんただって仕事を続けられなくなる時が来るの。歳を取って、体の自由が利《き》かなくなったら、誰が面倒見てくれるの？」

「老後のことは、ちゃんと手当しておきますので、どうぞご心配なく」

今度は香住が黙る番だった。

パシフィックを去るに当たって信郎は「業績を悪化させた全責任は、社長の自分にある」といって功労金の受け取りを拒んだ。もっとも、役員に就任するに当たっては規定の退職金を受け取っていたし、その後も役員報酬を貰っていたので老後の蓄えには十分余裕があった。

しかし、辞任直後から鬱に陥り、症状が急速に深刻化していく信郎に、香住の心労は増すばかり。このままでは香住も鬱になってしまう、と恐怖に駆られた令は専門施設で療養させることを提案したのだ。

南紀白浜にある転地療養者向けの専門施設は、環境、設備、介護システムも充実しているのだが、その分だけ入居費用は高額だ。老後の蓄えに余裕があるとはいえ、いつまでこの状態が続くのか皆目見当がつかないとなれば話は別だ。そこで、令が入居費用の一切を負担することにしたのだ。

「それにさあ、お母さんは株は博打だっていうけどさ、結婚だって子供だってそうじゃん」

令は続けた。

「お互い一緒に暮らしてみて初めて分かることなんて山ほどあんだしさ。子供だって育ててみないことにはどんな人間に育つのか分からないんだよ。独立した人格なんだもの、親の思い通りに育つわけじゃないんだよ」

「そこは、あんたのいう通りだわ」

香住は明らかに皮肉が籠《こ》もった笑みを浮かべる。「あんたのような子に育ったら、親はいつまでたっても安心できないもんね。親の心子知らずとはよくいったもんだわ」

親子の仲は決して悪くはないのだが、香住は「ああいえば、こういう」の典型で、口論になると妙に弁が立つのが玉に瑕《きず》だ。

「まあ、この手の話は今まで散々やってきたし、これ以上話しても平行線を辿《たど》るだけだから、もう止めにしましょ」

令は話を纏《まと》めにかかると、「お父さんの様子を報告がてら、お土産《みやげ》届けにきただけだから。私、明日早いんで、帰るね」

手にしていた紙袋を香住に差し出した。

2

ウシジマ・ヒクマのオフィスは、赤坂《あかさか》の高層ビルの二十五階にある。

十五人と所帯は小さいものの十分な広さがあり、客の手前もあって、なかなか豪華に設《しつら》えてある。

社員にはハイパーティションの半個室が与えられ、共同経営者の牛島と令の執務室は、床から天井まで全面ガラス張りの完全な個室となっている。

「あっ、姉《あね》さん！　おはようございます！」

月曜日の早朝、出社してきた令に玉木幸輔《たまきこうすけ》が声をかけてきた。

「おっはよう！」

いつもの口調で令は応え、「コースケ、これおやつ。後で皆に配って」

手に提げていた紙袋を差し出した。

「なんすか、これ」

「お饅頭《まんじゅう》」

「まんじゅう？」

幸輔は怪訝《けげん》そうな顔をしながら紙袋の中から箱を取り出すと、「南紀白浜？　姉さん、白浜に行ってきたんすか？」

包みに目を遣《や》りながら問うてきた。

「日帰りでね。ちょっと野暮用《やぼよう》があったもんでさ」

「日帰り？　南紀白浜って、温泉ありませんでしたっけ？　なのに、とんぼ返り？」

「だからあ、野暮用があったんだってば」

令はすかさず返すと、「ところでコースケ、例の件、まだ調べがつかないの？」

仕事に話題を変えた。

「それがですね、いろいろと当たっているんですが、今回はみんな、口が堅くて、ちょっと難航してまして……。もう少し、時間がかかるかと……」

表情が一変し、幸輔は申し訳なさそうに視線を落とす。

「うちらの仕事は情報が生命線なんだからさあ。もっと気合い入れて仕事しなさいよ。他所《よそ》に出し抜かれたら、給料出ないよ」

「分かってますって。二、三、心当たりがありますので、今週中には、何とか……」

「だったらオフィスにいないで、さっさと動く！　情報は向こうからやって来るもんじゃないでしょ！」

「さっさとって……だって姉さん、まだ朝の七時半すよ。動いたってしょうがないじゃないすか」

確かに幸輔のいう通りだ。

「そっか、今日は月曜日だもんね。コースケが出社してくんのは大抵昼過ぎだから、勘違いしちゃった」

投資ファンドの社員は超高学歴者が圧倒的に多いが、ウシジマ・ヒクマは全く違う。社長の牛島と令、それと四人の幹部社員を除けば、大卒者には違いなくとも、国の内外を問わず有名企業にはまず採用されないくせ者ばかりだ。

幸輔はその典型的な例である。

都内でも富裕層が住む地域に生まれ、有名私立大学の学生ではあるのだが、小学校からのエスカレーター組。所謂内部進学者で、受験は全く経験していない。しかも、幸輔の自宅は六本木《ろっぽんぎ》に近いとあって、高校に進学すると同時に早くもクラブ通いを始めたという飛び切りの遊び人だ。

もっとも、夜の世界を謳歌《おうか》するには資金がいる。

ところが、当たり前の話ながら、幸輔の両親は、「遊ぶなといっても聞くわけないし、警察の厄介になるようなことだけはするな。ただし、小遣いは今まで通り。足りない分は自分で稼げ」といい、びた一文余分なカネを出そうとしない。

人間、好きなことには実によく知恵が回るもので、そこで幸輔が始めたのが、馴染《なじ》みのクラブの客集めだ。

小学校からの一貫教育校ともなると、上級生にも知り合いがたくさんできる。現役の大学生はもちろん、すでに社会人になった同窓生もいる。しかも受験勉強とは無縁の学生生活を送ってきた者ばかりだから、早くから遊びには慣れているときている。幸輔はＳＮＳを使い、六本木近辺にいる同窓生をクラブに誘い、カネを払うどころか、一人五百円のキックバックを受け取ることになったのだ。

高三の頃には、すでに六本木界隈《かいわい》では知る人ぞ知る存在となり、ＶＩＰルームもフリーパス。しかも小学校在学中に、親の駐在で四年間、アメリカの現地校で学んだこともあって、英語はネイティブレベルだし、天性の明るさとノリの良さに加えて話が面白いときているのだから、友達の輪は広がるばかりとなった。

令にとってもクラブは、唯一《ゆいいつ》のストレス発散の場で、幸輔ともクラブ通いをしているうちに知り合ったのだったが、彼の人脈の広さを知った時には驚いたなんてものではない。

なにしろクラブにやってくる客のほとんどが、幸輔の姿を見ると年齢差、職業、地位の高低すらも関係なしに、皆一様に声を掛けてくる。良くいえば、天性の人なつこさ、悪くいえば希代の人たらし。それが幸輔なのだ。

さらに驚いたのは、彼が情報の宝庫であったことだ。

それももっともな話で、六本木のクラブで遊ぶ客の多くは時代の最先端を行く、それもアクティブかつエネルギッシュな若者が圧倒的に多い。時代の最先端とは流行に敏感なだけではなく、職業もまたしかりで、外資系の投資銀行に勤務し、若くして高給を食《は》む者。医師、弁護士、ファッション関係者、ＩＴ企業に勤務する者、ベンチャー企業の経営者。そしてサラリーマンであっても同窓生の多くは、日本の大企業に職を得ている。

ＤＪが操る音楽を聴きながらダンスをし酒を呑《の》むのがクラブだが、ＶＩＰルームは異業種間の交流の場であり、情報交換の場でもある。クラブから食事を摂りに六本木や麻布《あざぶ》十番《じゅうばん》に流れる者も少なからずいるわけで、その場に幸輔が居合わせれば必ず誘いがかかる。企業の動向や企業買収、あるいは内部情報といった、決して外部に漏らしてはならない情報も、幸輔が学生ということもあって油断するのだろう。その量といい、質といい、精度といい、驚くほどの情報通なのだ。

初対面の時から馬が合ったし、天性の人なつこさもあって、出会ってからさほどの時間をおかず、幸輔は令を「姉さん」と呼ぶようになったのだったが、これほど高い情報収集能力を持つ人材を放っておく手はない。そこで一年前、まだ大学一年生だった幸輔をウシジマ・ヒクマにスカウトしたのだった。

「そうそう、元締めが姉さんが来たら、部屋に来るようにっていってましたよ」

幸輔は、ふと思い出したようにいった。

「えっ、真吉さん、もう来てんの？　今日はまた随分早いじゃん」

「何だか、急ぎの話があるみたいですよ」

「そう、ありがとう」

ガラス張りの牛島のオフィスは、本来ならば姿が見えるはずなのだが、今日はブラインドが下ろされたままになっている。

これは熟考したいことがある時の牛島の癖《くせ》で、集中力を高めるために部屋を暗くするのだ。

令は一旦自室に入り鞄《かばん》を置くと、すぐに牛島の部屋に向かった。

ガラスのドアをノックし、引き開けながら令は声をかけた。

「真吉さん、おっはよう。なんか、話があるんだって？」

「おはよう、令。朝一番に悪いわね。まあ、そこにお掛けなさいな」

牛島は執務席の前に置かれた椅子を目で指した。

ブラインドが下ろされた部屋の光源は、デスクの上のバンカーランプの明かりだけだ。エメラルドグリーンのガラスの傘を通して漏れてくる光の中に、陰影を濃くした牛島の顔が浮かび上がる。

「お父様、どうだった？　昨日、日帰りで白浜に行ったんでしょ？」

共同経営者の牛島には、家庭内事情は全て話してある。当然、信郎のことも先刻承知だ。

「相変わらず……。なあ～んにも変わってはいませんでしたね」

香住に問われた時と同じような言葉で令は答えた。

「そう……。施設に入られてから、もう三年近く経《た》つのにねえ……あんたも大変ねえ……」

「大変なのは、私よりも母ですよ。今回は熱を出しただけだけど、重い病気にかかったら、面倒見るのは私しかいないんだもん。無理するに決まってるから……」

「一人っ子の宿命だけど、日本に戻ってきて良かったじゃない。あのままアメリカにいたら、悩みも大きくなっていたかもよ」

「その点は、ラッキーだったと思ってる。真吉さんに出会わなかったら、今の私はなかったわけだし……」
それは令の本心からの言葉だった。

父の駐在でロサンゼルスに渡ったのは、令が中学一年の時のことだった。

信郎は出世が早く、当時本社の戦略企画室の副部長をしていて、アメリカに新設する工場用地の選定と買収交渉を任されたのだ。

当時アメリカでの日本車の販売は絶好調。工場の誘致に成功すれば、地元に大きな雇用が生じるとあって、建設計画が公表された直後から西海岸各州選出の上下両院議員、州知事、市長レベルの政治家が熱心に誘致に動き始めた。

もちろんパシフィックには予《あらかじ》め目星をつけていた地域があったのだが、政治案件と化した途端、創業家が動き始め、事態は二転三転。用地が決定するまでに、実に四年もの時間を費やすことになった。

時に令は高校二年。本来ならば両親と一緒に日本に戻り、帰国子女を受け入れる高校に転校するところだが、令はそのままアメリカで学ぶことを望んだ。

もちろん両親は猛反対したが、最終的に折れ、令は寄宿舎がある女子校に転校。卒業と同時にニューヨーク大学《NYU》に進学し、経済学を専攻した。

そして大学三年の夏、大手投資銀行グラハム・バルキスのニューヨーク本社でインターンに採用され、そこで牛島に出会ったのだ。

グラハム・バルキスは東京にも支社があって、本社で働く日本人も相当数いたのだが、その中にあっても牛島の存在感は際立《きわだ》っていた。

一八〇センチを超す長身。四十九歳という立派な中年なのに、引き締まった体をしており、しかもスキンヘッドときている。それだけでも十分容貌魁偉《ようぼうかいい》で目立つのだが、なんとオネエ言葉で喋《しゃべ》るのだ。

まだまだ保守的な地域があるアメリカだが、ニューヨークのような大都市ではゲイは立派に市民権を得ている。てっきり、そちらの方かと思ったのだが、後に牛島が語るところによると、オネエ言葉を使うようになったのは、父親を早くに亡くし、母親が踊りの師匠をやっていたからだという。

牛島は両親共に東京の神楽坂《かぐらざか》で踊りの師匠をしていた家に生まれた。当時の神楽坂は花街として繁栄を謳歌していた時代で、芸者衆が連日稽古《けいこ》にやってくれば、特に母親は人間国宝の歌舞伎役者にして舞踊の世界でも一門を率いる人物の一番弟子で、住み込みの弟子も少なからずいたらしい。

しかし、牛島が一歳の誕生日を迎える直前に父親が他界。稽古の一切を見なければならなくなった母親に代わって、弟子たちによって育てられたという。

変わっているといえば、学歴もそうだ。東京の国立大学の最高峰の一つ、それも数学科を卒業しているのだから、相当な秀才であったことは間違いなかろう。それがなぜ、研究者にならずファンドの世界に身を投じたのか。

牛島が語るには、おカネが大好きで、投資の世界に数学を応用すれば、大儲《おおもう》けできる確率が格段に高くなると考えたというのだ。

その牛島の能力が証明されたのは、あのリーマンショックの時である。サブプライムローンの危険性を指摘されながら、高名な経済学者が口を揃えて否定する中で、投資銀行が高等数学を駆使したと謳《うた》うスキームの嘘《うそ》をいち早く見抜き、破綻《はたん》するタイミングを見計らい、関連する投資銀行や保険会社の株に空売《からう》りをかけるという大勝負に出たのだ。

所持していない株式を、証券会社から借りて売ることを空売《からう》りという。例えば千五百円のときに売って、千円まで下がったときに買い戻せば、差額の五百円分が利益。逆に千八百円になったりすると三百円分の損失になる。そう、株は値が上がらなければ儲からないわけではなく、下がっても儲けることができるのだ。

リーマン・ブラザーズほどの巨大投資銀行が、あっという間に潰れたほどだ。当然、株価は、ほぼ瞬間的にゼロになったわけで、グラハム・バルキスに莫大な利益をもたらした功績をもって、牛島は同社のシニアパートナーになった。

そして、二ヵ月のインターン期間中、直属の部下の一人として令の働きぶりを間近に見た牛島が、「令ちゃん、あんた、卒業したら、この会社で働いてみない？　あたし、推薦してもいいわよ」と勧誘してきたのだった。

ニューヨークでの生活は気に入っていたし、グラハム・バルキスは投資銀行最大手の一つだ。願ってもない申し出に、令は飛びついたのだったが、転機が訪れたのは、それから十数年後のことだった。

突然、牛島がこういい出したのだ。

「ねえ、令ちゃん。そろそろ、あたし、日本に戻ろうかと思うんだけど、一緒に向こうでファンドを立ち上げない？」

シニアパートナーはボードメンバー、最高幹部である。報酬は運用実績と連動しているから、とてつもない額になっているだろうに、なぜ今の地位を捨ててまで、日本に戻るというのか。

俄《にわか》には理解できず、即答できずにいた令に牛島は続けた。

「あたしはね、おカネ儲けは好きだけど、世のため人のためにならないことは絶対やらないのをポリシーとしてきたの。でもね、今回の件では、まんまと騙《だま》されたわ。まさか買収の狙いが、既存薬の延命にあっただなんて想像もしていなかったわ」

「買収って、どの案件ですか？」

企業買収《M&A》はファンドのビジネスの一つだが、牛島が抱えている案件は幾つもあって、どれを指してのことか分からない。

「ジュピターよ」

牛島はいった。

ジュピターはアメリカの大手製薬会社《ビッグファーマ》の一つで、二年前に新薬開発ベンチャー『マスターズ』を買収するに当たって牛島が動いたことを令は思い出した。

「ジュピターがどうかしたんですか？」

「マスターズが開発した技術を用いれば、既存製品を遥《はる》かに凌《しの》ぐ治療効果が見込める薬の開発が実現するかもしれないの。でも、その前には治験をやらなきゃならないから、多額の費用が生ずるし、マスターズは工場を持っていないから、自社で製造することもできないわけ。それで、ジュピターに買収させて、病に苦しんでいる人たちのために、一刻も早く新薬をと思ったんだけどさ……」

そこまで聞けば察しがつく。

「既存薬の延命のために、その技術をお蔵入りにしたってわけですか？」

令は、牛島の言葉を先回りした。

「しかも、うちのテッドもマスターズのジマーマンも、端《はな》からそのつもりだった。みんなグルだったのよ」

製薬業界は病からの解放、人間、ひいては社会を幸せにするために、日々新薬の開発に取り組んでいると考えられがちだが、必ずしもそうとはいえない。

かつて、「私の夢は、全ての人間に自社の薬を飲んでもらうことだ」と語った製薬会社の社長がいたそうだが、そもそも薬は病を治療するためにある。つまり、全ての人間が健康になられては困るのが製薬会社なのだ。

しかも、新薬の開発に莫大な資金を注ぎ込んでも、治験に漕《こ》ぎ着けられるのは、十パーセントといわれる世界である。さらに治験をクリアし実用化に至るのは、さらにその十パーセントに過ぎないともいわれているのだ。製薬会社もビジネスだ。利益を生み出している既存薬は可能な限り長く売りたいに決まっているわけで、大金を投じてでも新薬の登場を阻止することは、経営者の判断としては十分あり得るだろう。

「ジマーマンもこれほど志が低い男だとは思わなかったわ」

牛島はベンチャー企業の社長の名前を挙げながら、憤懣《ふんまん》やる方ないとばかりに声を荒らげる。「そりゃあね、ベンチャーをやる人間の目的が一攫千金《いっかくせんきん》をものにすることなのは百も承知してるわよ。でもね、病に苦しんでいる多くの人を救ってあげられるかもしれないのに、大金を摑《つか》んだからには、どうなろうと知ったこっちゃねえって態度は、人として許せないわ」

その言葉を聞いた瞬間、令の脳裏に信郎の姿が浮かんだ。

パシフィックの社長を辞任した際には、記者会見の場が設けられた。その場で記者から経営不振に陥った原因を問われた信郎は、「私の力不足。その一言に尽きます……。社員の皆さん、株主の皆様には、大変申し訳なく思っております……」滂沱《ぼうだ》の涙を流して頭を下げた。

その姿をニューヨークの日本語放送を通じて見た時の悲しさ、やるせなさ、そして胸に込み上げてくる怒りは今も忘れてはいない。なぜなら、パシフィックが業績不振に陥った原因は父にあるのではなく、前社長の鳴島にあることを知っていたからだ。もちろん牛島もだ……。

「令……あなたなら、あたしの気持ち、分かるわよね？」

果たして牛島はいう。

令はこくりと頷《うなず》いた。

「もちろん……」

「客を儲けさせてやれないファンドマネージャーはペケだけど、儲けさせてやればいいってもんじゃないの。それは経営者も同じなの。株主の顔色ばかりを窺《うかが》って、会社を食い物にして大金を稼いだ挙げ句、さっさとおさらばなんてやつをのさばらしておいちゃ駄目なのよ。魂胆を見抜いた時点で痛い目に遭わせてやるのも、ファンドの仕事なの」

牛島がいわんとしていることは明白だ。

令は即断した。

「私、一緒にやります、いえ、やらせてください」

「で、話ってなぁに？」

令は改めて用件を訊ねた。

「実はね、オリエンタルを巡って妙な動きがあるらしいの」

「オリエンタルって、自動車の？」

「そのオリエンタルよ。ここ暫く、全然聞いたことがないアメリカのファンドや投資家が、オリエンタルの株を買いに走っているらしいの」

「なんで、オリエンタルを？」

令は首を傾《かし》げた。「だってさあ、オリエンタルの業績は、長いこと低迷してるんだよ。しかも、アメリカで起きた事故が、オリエンタル車の欠陥が原因とされて、莫大な賠償金《ばいしょうきん》を請求されたばっかりなんだよ。しかも、今度は中国でも同じ訴訟を起こされてるんだよ」

「アメリカの法廷は陪審制だからね。技術の知識もない一般市民が有罪無罪を決めるんだから、プレゼンがうまい名うての弁護士を立てられたら、そりゃあひとたまりもないわよ。でもね、中国は別よ。有罪無罪も国家の意向次第で、どうにでもなるんだから、オリエンタルに勝ち目なんかあるわけないじゃない。それが証拠に、中国で訴訟が起きた途端に株価は最安値、絶賛更新中。でもね、この機に乗じて、何かしようと企《たくら》んでるやつらがいたとしたら……」

その先はいわずとも分かるだろうとばかりに、牛島は言葉を呑んだ。

「確かに、またとない買い時の到来よね」

「でしょ？」

「調べてみない？　買いに走っているヤツらが何者なのかを。もしオリエンタルの業績が回復するネタを摑んでいるのなら私たちにとっても買い時だし、そうでなくとも……」

その先は、いわれなくとも分かる。

牛島はチャンス到来といいたいのだ。

異存などあろうはずがない。

令は即座に答えた。

「分かった。調べてみるよ」

3

時刻は午後八時になろうとしていた。

大音量のリズムに身を委ねる者。酒を酌《く》み交わしながら、大声で談笑する者。

この空間に束縛という文字は存在しない。

新しい週が始まったばかりだというのに、早くも店内は人で溢《あふ》れ返り、空間を満たす熱量は頂点に達している。

「コースケェー！」

店に入った瞬間から、次々と声がかかる。

その度に幸輔は握手を、ハイタッチを、グータッチを、ハグを交わしながら、二階にあるＶＩＰルームに向かった。

池之上一樹《いけのうえかずき》からは、五分ほど前に「着いた」とスマホにメッセージが入っていたので、既に部屋の中にいることは分かっている。

「チース……」

ドアを開けるなり、幸輔は戯《おど》けた口調で声をかけた。

「馬耳東風《ばじとうふう》ってのは、お前のためにある言葉だな。何をやるにしても五分前って、何度もいってんだろが」

池之上がいきなり説教めいた言葉を口にするのは毎度のことだが、本心からいっているのではないのは明らかだ。それが証拠に、呆《あき》れた口調でありながらも、目は笑っている。

「だからあ、時はカネなりっていつもいってるじゃないすか。たった五分といえども、待つだけに使うなんて、時間の浪費ですよ」

「何が時はカネなりだよ。大学生とは名ばかりで、ろくに勉強してねえくせに」

池之上は苦笑すると、

「まあ、座れ」

正面のソファーを目で指した。

タイミングを見計らったように、ドアがノックされるとボーイが現れ、テーブルの上にシャンペンボトルを置く。

「カズキさん、もうシャンペン抜くんすか？　女の子が来るのは九時ですけど、彼女たちの九時ってのは、九時台にはってことですよ」

「んなこたあ分かってるよ。今日はな、お前に社会勉強させてやろうかと思ってさ、早い時間に呼んだんだ」

「社会勉強？」

「お前も、あと二年もしないうちに就活だろ。どんな業界に進むにせよ、表もあれば裏もあるし、ビジネスの世界は何が起こるか分からねえ。誰につくかを見誤ると、ろくなことにはならねえってことさ」

池之上は、傲慢《ごうまん》な口調でいう。

就活ねえ……。

幸輔はふんと鼻を鳴らしそうになるのをすんでのところで堪《こら》えた。

就活はサラリーマンになるヤツがすることだ。このクラブには、若くして成功し、富を摑んだ人間も数多くやって来るし、同窓生の大半は、名だたる大企業に職を得ている。両者共に、勝ち組には違いないのだが、栄枯盛衰は世の習いというものだ。ならば、どんな結果に終わるにせよ、組織に身を置くよりも、自分の能力、才覚次第で生きる道を歩むと決めていたからだ。

しかし、幸輔はそんな内心をおくびにも出さず、

「勉強させていただきます！」

威勢のいい声を上げ、頭を下げた。

「止めろよ、そんないい方。体育会じゃあるまいし、お前らしくねえぞ」

そういいながら、満更《まんざら》でもなさそうな池之上は、「お前、ここ最近、会う度に〝ＳＡ〟のことを知りたがってるようだったけど、何でなんだ？」

と問うてきた。

「いや、ちょっと気になる話を耳にしてしまったもんで……」

「気になる話？」

池之上はふんと鼻を鳴らし、口の端を歪《ゆが》める。「お前は人気者だからな。聞くつもりがなくても、聞こえてしまうことがあっても不思議じゃないが、どんな話だよ」

「SAが、なんか画期的なアプリを開発したとか……。もし本当なら、ちょっとSAの株を買ってみようかなあ～と思ったんです。親から貰《もら》ってる小遣いだけじゃ遊ぶカネが足りなくて、手っ取り早く稼ぐなら、やっぱり株かなあなんて……」

「その話、誰から聞いた？」

「誰だったかなあ……。俺、毎日、たくさん人と会ってるじゃないですか。人によって話す内容が違うもんで、覚えてられないんですよね。何しろ俺、内部なもんで」

幸輔は、自嘲《じちょう》めいた笑いを浮かべてみせた。

「そうだったな。お前、内部だもんな」

池之上は同窓だが、大学受験を経て入学してきた所謂外部生で、エスカレーター式で上がってきた内部進学者を低く見る傾向があるのは彼に限ったことではない。しかも、池之上は在学中に起業し、今やIT業界の雄《ゆう》の一人と称される人物だけに、同窓の中にあっても、特別な存在だという自負心を抱いている。

「そのアプリって、世の中を激変させる可能性があるとか聞きましたけど？」

「世の中を激変させるねえ」

池之上は小馬鹿にしたような口調でいい、片眉を吊り上げる。「そりゃあ、流行《はや》ればの話さ。アプリってのは、そこが一番難しいんだよ」

「なんでですか？　画期的なアプリなら、皆こぞって使うんじゃないすか」

もちろん、改めて説明を受けるまでもない。

ただ、少し足りないふりをしてみせただけである。

「お前さあ、このアプリは素晴らしいって作った側がどんだけ訴えたって、使う使わないを判断するのはユーザーだろうが。誰もが当たり前に使ってるアプリと競合するようなら簡単に乗り換えやしねえだろ?」

「誰もが当たり前に使ってるアプリって、何のことですか?」

「コミュニケーション・アプリだよ」

「そんなの、インフラ同然に定着しちゃってるのがあるじゃないですか。SAが開発した画期的なアプリって、その類いなんですか?」

画期的なアプリと聞いただけで、どんなものなのかは皆目見当がつかなかっただけに、幸輔は拍子抜けしてぽかんと口を開けた。

「石橋《いしばし》のやつ、本業に専念してりゃいいものを、政治に興味を持った挙げ句、まんまと引っかかりやがったのさ」

池之上は、〝ショック《S》・アジア《A》〟の経営者、石橋清次《せいじ》の名前を口にした。

石橋もまた池之上と同様、大学在学中に起業し、若者をターゲットにした通販事業から始まって、ゲームやアプリの分野でも次々にヒット作を世に送り出した、ベンチャーの雄と称される人物である。

「引っかかったってどういうことです?」

「あいつ、業界をさらに繁栄させるためには、規制権限を持つ省庁に影響力を持たなきゃならんといってさ。それで、時の総理に近づいたんだ」

「へえっ。総理大臣にですか？　よく、そんなことできましたね」

「政治家はな、カネの匂《にお》いのするところに寄ってくるんだよ。そこに名声が加わりゃ尚更《なおさら》な」

池之上は、ニヤリと笑うと話を続けた。

「三年前だったかな。とある案件で政府が有識者会議を立ち上げることになってさ、石橋にその会議のメンバーにって声がかかったんだ」

「有識者会議って、学者ならその分野の大家。財界人、実業家ならば大物と目《もく》される人が選ばれるんですよね」

「一応な……」

池之上は皮肉の籠もった口調でいい、片眉を吊り上げる。

「一応？」

「ただでさえ忙しいご重鎮《じゅうちん》ばかりを集めんだ。一回の会議は二時間やそこらが精々だ。十人集めたら、発言時間は一人何分になるよ」

「え〜と、十二分ですかね」

「まずは、ご意見拝聴から始まんだぞ？　しかも、出席者全員が順番で話すんだぞ？　議論する時間なんかあるわけねえだろが」

「確かに……」

「つまり、有識者会議なんてもんはさ、私たちが勝手に決めたものではございません。権威ある方々のご意見を拝聴した上で決めたものでございます。要は、政策が失敗した時に、官僚が責任を逃れるためにあるもんで、結論は端からあいつらが持ってんだよ。そんなくだらねえ会議に出るのは、それこそ時間の無駄ってもんだ。だから俺は、断ったんだ」

「えっ……。じゃあ、池之上さんにも声がかかったんですか？」

「俺が断ったから、石橋に声がかかったんだよ」

池之上は、小馬鹿にするように鼻を鳴らすと続けた。

「あれは、総理の肝いり案件だったが、学者にカネ持ちはいねえ。財界人だって大抵がサラリーマンだから、会社のカネを使うには限度がある。となりゃ実業家、それも創業者で、会社を上場させて大金を手にした俺たちのような人間は、政治家からすりゃあオトモダチにしておいて損はないと見えるんだな。実際、最後の会議に総理が挨拶《あいさつ》に来た時は、わざわざ石橋に歩み寄って、『ご見識に感服いたしました。近々、夕食でも』っていったそうだからな」

「なるほどねえ……。それでかあ……」

幸輔の反応に、池之上は「ん？」といった表情を浮かべる。「いや、石橋さんのＳＮＳをフォローしてるんですけど、いつの間にか政治の話題が多くなって、それも与党寄り……つうか、すっかり与党支持者になってるような気がしてたんです。あれは、気のせいじゃなかったんだ」

「これは俺の推測だが、たぶん、ＩＴ業界でこれほどの成功を収めた経営手腕を政界で発揮してみないかとか総理にいわれて、すっかりその気になっちまったんだろうな。それで石橋は、コミュニケーション・アプリの開発に乗り出したんだ」

「政界進出と、コミュニケーション・アプリがどう関係するんですか？」

「今現在、日本人の大半が使ってるのは、外資の日本法人が供給しているアプリだ。それも政治家、財界人、官僚までもが当たり前に使ってんだぜ。情報が他所の国にダダ漏れになってても不思議じゃないってのにだぜ。あの会議の首相はバリバリの右翼だもの。黙って見ていられると思うか？」

「なるほど、そういうわけですか」

話がいよいよ佳境を迎えようというその時、ノックの音が聞こえ、ドアが開いた。

そこに立っていたのは他でもない、石橋だ。

4

『SAの件、面白いことが分かりました。詳しいことは、明日オフィスで』

幸輔から令のスマホにショートメッセージが入ったのが午前二時。そして当日の午後二時ちょうど、幸輔が令のオフィスに現れた。

「政治家？　石橋さん、政治家になんの？」

ITの世界で成功を収めた企業の創業者が、政界への転身を図った例はこれまでない。それだけに、令は驚きを禁じ得なかった。

「SAも今や、押しも押されもせぬ大企業に成長しましたからね。事業に成功した。莫大な富を手にした。名声も得た。となれば、残るは権力ですからね」

「権力ねえ」

令は嘲笑を浮かべた。「権力欲しさに政治家になられたら迷惑だよ。もっとも、あれだけの成功を収めりゃ、石橋さんも全能感を覚えてるだろうからね。俺に任せりゃ世の中は変わる。劇的に良くなると思い込んでんのかもしんないけどさ、そこが政治の難しいところなんだよねえ。だってさ、自分の会社なら社員にする人間を選べるし、仕事を誰に任せるかも思いのままなら、命令に従わせることもできるけど、議員を選ぶのは有権者なんだよ。議員はみんな、地元のしがらみを抱えているんだし、そもそもすぐに総理になって国を動かせるわけじゃないからね」

「しかも、耄碌《もうろく》しかけた年寄りがごまんといるし、大臣になっても、一応その分野に長《た》けている官僚を動かさなきゃならないんですからね」

苦笑を浮かべる幸輔だったが、政治のことよりSAだ。

「それで石橋さん、何でまた池之上さんに会ったわけ？」

「SAが開発中のコミュニケーション・アプリを事業部ごと買ってくれないかって」

「コミュニケーション・アプリ？　そんなものをSAは開発してたの？」

「そうなんですよ――」

幸輔は、開発に至った経緯を話し、「政治の世界に身を置く人間が、個人情報が飛び交うコミュニケーション・アプリを管理、運営する会社の経営者ってのはまずいといいまして……」

意味ありげに口の端を歪める。

「なるほどねえ。もっともらしい理由だけどさ、で、池之上さんは、何て返事したの？」

「この場では、すぐに返事はできない。少し考えさせてくれって……。でも、石橋さんが帰った後、こういったんです。〝買うわきゃねえだろ〟って」

「でしょうね。そんなアプリを出したって、見向きもされないわよ。当たり前じゃん。個人情報も通信内容も、外国企業に抜かれ放題になってたって報じられても、乗り換えた人なんかいやしないじゃん。個人情報が把握されていたって、自分の情報が何の役に立つんだって思ってんだもの。データっては、塵《ちり》も積もれば金の山になるってことが理解できないんだもん」

「ですよねえ。国内だけでも八千万人以上のユーザーがいるアプリが相手ですもんね。互換性なんか持てるはずがありませんし、ある日をもって、全員がＳＡのアプリに乗り換えるなんてあり得ませんからね」

「政府が国家安全上の観点から、日の丸アプリに乗り換えろと強制しない限りはね」

「あっ！　その手があったか。まさか石橋さん、それを狙ってるんじゃ――」

「馬っ鹿ねえ。そんなことできるわけないじゃん」

令は苦笑すると、「ひょっとすると石橋さん、事業部だけじゃなくＳＡを売却するつもりなんじゃないかな」

一転して真顔でいった。

おそらく、令の目には冷徹な表情が浮かんでいるはずだ。

それが証拠に、幸輔はぎょっとした顔をして息を呑み、

「売却？」

語尾を吊り上げる。

「あんたにＳＡの情報を集めてくれって頼んだのはさ、主要事業のキーマンたちに妙な動きがあるって小耳に挟んだからなの」

「主要事業のキーマンたちって？」

「たとえば――」

令が四名ほどのＳＡ社員の名前を挙げると、

「それって、業界ではチョー有名な、それもＳＡのヒット作を作ってきたコア中のコアメンバーばっかじゃないですか」

幸輔は信じられないとばかりに目を丸くする。

「それも、ＳＡが上場で得た資金力にものをいわせて、他所から引き抜いてきた人たちばっか」

「十分過ぎる報酬を得ているでしょうに、なんでまた」

「その理由が知りたかったから、コースケに探ってもらったのよ。十分な報酬を貰いながら、好きなように仕事をさせて貰ってるクリエーターが、他所に移ろうって動きをみせるってことは、会社の方針、つまり石橋さんに不満か疑念を覚えているからじゃないかって考えたわけ」

「そういえば池之上さん、妙なこといってましたね」

「妙なこと？」

「政治をやりながら会社経営ができるわけがねえ。あいつ、政治家になったら、ＳＡの経営から手を引くつもりなんじゃねえかって……」

幸輔は、そこではたと気がついた様子で声を上げた。「そうか！　だから石橋さん、女の子が来た途端、さっさと帰っちゃったんだ」

「なるほどねえ。身辺を綺麗にしとこうってわけか……」

令が、そういったのには理由がある。

とにかく、幸輔はモテるのだ。

身長一八〇センチ。イケメンだし、スタイルもいいとモデルばりの容姿もさることながら、育ちの良さを感じさせる一方で、どこか不良めいた危険な雰囲気も匂わせる。得てして、この手の男は女性を惹《ひ》きつけるものだし、英語はほとんどネイティブレベル。しかも超有名大学の現役学生ときている。

かくして、幸輔目当てにクラブに通う若い女性はごまんといるのだが、かといって片っ端から食いまくるわけでもない。それどころか幸輔は、彼女ができると、他の女性には一切目もくれないという妙に身持ちが堅いところがある。

そこに目をつけたのが、池之上や石橋のような、カネ持ちの遊び人たちである。

幸輔と一緒にいれば、黙っていても若い女性が集まってくる。VIPルームで高価な酒を振る舞い、そこから高級レストランで大盤振る舞いすれば、中には財力に魅《み》せられて、転ぶ女性も出て来るというわけだ。

「あんた、まさか女衒《ぜげん》やってんじゃないでしょうね」

かつて令は幸輔を詰問《きつもん》したことがあるのだが、これも彼にいわせると、

「いや、僕は女の子を斡旋《あっせん》したことなんて一度もありませんよ。あの人たちに誘われるまま食事に行くと、女の子も一緒についてくるんです。その後どうなるのかなんて、いい大人同士のことなんだもの、それこそ当事者間の問題じゃないですか」

ということになる。

まるで餌に群がる小魚を捕食せんとする肉食魚という構図なのだが、池之上や石橋たちの狙いがそこにあるとすれば、餌である幸輔の傍《そば》に身を置くのが、女性をゲットするのに最も効率的であるには違いない。

かくして幸輔は、同年代ではとても行けない高級レストランでゴチになれるわ、各業界、企業の極

秘情報も労せずして手に入れられるわ、ということになったのだ。

しかも、二言目には「俺、内部なもんで」と馬鹿を装うのだから、相手の警戒心も薄れてしまう。

幸輔が同席しているにもかかわらず、石橋がコミュニケーション・アプリの売却話を持ち出したのも、その表れである。

「そんな調子だと、SAも長いことないかもね。石橋さんの関心が事業から政治に向いちゃったら、そりゃあ優秀な社員から辞めて行くわよ。会社の危機をいち早く察して泥舟《どろぶね》から逃げるのは、他に行き場がある人たちだからね」

令の言葉に、

「じゃあ姉さん、仕掛けるんですか」

幸輔は、興奮と緊張が入り交じった声を上げた。

「すぐにってわけじゃないけどね。仕掛けるにも、タイミングってもんがあるし……」

令は冷静な声で答えると、「いずれにしても鍵になるのは社員の動きと、事業売却の進捗状況よ。池之上さんが断ったら、石橋さんは必ず同業他社に話を持ちかけるはずよ。あんたの人脈をフルに使って、情報を集めてちょうだい」

幸輔に向かって命じた。

5

「話には聞いていたが、実際に来てみると素晴らしい環境だね。マンハッタンとは雲泥《うんでい》の差だ」

陽光が降り注ぐテラスで、正面の席に座るエバンスが、眼下に広がるナパの光景に目をやりながら感嘆する。

「今の住まいを処分すれば、この程度の家は簡単に買えるがね。なんなら、不動産屋を紹介しようか?」

エバンスに、転居するつもりなど毛頭ないことを承知で、鳴島は訊ねた。

幼少期、学生時代、就労期、そして老後と、人生の節目に合わせて暮らす場所を変えるアメリカ人は多い。そんな中にあって、生まれてこの方ニューヨークを離れたことがないエバンスは、自他共に認める生粋《きっすい》のニューヨーカーだ。

「この歳になって、初めての土地に生活の拠点を移すのは勇気がいるもんでね。それに、車の運転は久しくしていないから、買い物の度にワイフに付き合わされるのはゾッとしないな」

果たしてエバンスは苦笑を浮かべる。

「確かに……」

同意しながらも、鳴島は内心で、「言い訳をするにも、もうちょっと気の利いた理由がないのか」と毒づいた。

というのもエバンスは大変な資産家で、住まいはマンハッタンのイーストサイド。セントラルパークを眼下に望むペントハウスだし、ナパには、プライベートジェットでやって来た。ナパの不動産価格は十分高額だが、今の住まいを売却すれば、邸宅を構え、執事を雇っても十分お釣りが来る。第一、投資の世界では未《いま》だ現役なのだ。

「ところで、君が候補に挙げてきたジム・ライスだがね」

エバンスは、早々に本題に入った。

「お眼鏡《めがね》に適《かな》ったかな？」

「なかなかいいじゃないか」

「だろ？」

「スタンフォードＭＢＡは、経営トップの、学歴として申し分ないし、なんといっても、コンピュータ、ＩＴ畑を一貫して歩いてきたのがいいね。しかも、あのエプシロンのＣＥＯだ。電気自動車《ＥＶ》の開発に出遅れたオリエンタルの株主には願ってもない人材と映るだろうね」

「株主って、君のことじゃないか」

鳴島が軽口を叩《たた》くと、エバンスはニヤリと笑い、

「経歴書《レジュメ》には書かれてないが、写真からすると、彼には東洋の血が入っているように見えるが？」

一転して真顔で問うてきた。

「ああ。インタビューの時に聞かされたんだが、彼には日本人の血が流れていてね」

「ほう……」

「母方の祖父母が日本人……いや、日系アメリカ人といった方が当たっているかな。大戦前にアメリカにやって来た移民なんだよ」

「じゃあ、大戦中は収容所に？」

「ああ……」

鳴島は頷くと続けた。

「全財産を没収されて収容所に入れられ、終戦直後には着の身着のまま同然で放り出されたのさ。そ

れからもまだまだ日本人に厳しい目が向けられる中で、彼の母親はアメリカ人と結婚したんだが、父親の家族はもちろん、周囲の風当たりが相当に強かったらしくてね。彼が生まれて程なくして離婚したんだ」

「収容所に入れられた日系人への補償は、大分経ってのことだったからね。さぞや苦しい思いをしたんだろうな」

「母親の実家はロサンゼルスでクリーニング店を経営していてね、なんとか再開に漕ぎ着けはしたものの、反日感情が根強く残る中でのことだ。食うや食わずの生活が続いたようで、ライスと母親は親戚を頼って日本に戻ったんだ」

「じゃあ、彼は日本で育ったのか？」

「日本に戻ったのは一九五六年、彼が三歳の時で、それから小学校二年まで、日本で教育を受けた」

「じゃあ、彼は日本語を理解できるのか？」

「読むことも書くこともできるし、喋れもするが、そんな素振りは微塵《みじん》も見せないらしいがね」

「なぜ？」

「日本には嫌な記憶しかなかったようでね」

エバンスは興味を覚えたようで、無言のまま次の言葉を待っているようだった。

鳴島は続けた。

「当時の日本は外国人が珍しかった時代だ。しかも、日本は単一民族の国ではないが、外見からはまず見分けがつかない。そんなところに、一目で外国人の血が入っていると分かる子供が入ってきたら、周囲はどんな目で見ると思う？」

エバンスは、聞くまでもないとばかりに、短く答えた。

「なるほど……」

「〝混血〟といわれて、散々いじめられたようでね。それを見かねた母親が、アメリカに戻ることにしたんだそうだ」

「多民族国家のアメリカでさえ、黒人への差別が公然と行われていた時代だ。ライスの身にも、それと同じことが起きたってわけか……」

鳴島は、そこで短い間を置くと唐突に問うた。

「東洋系の母親を持つ子供は、学業に秀《ひい》でる者が多いという説を聞いたことがあるかね？」

「いいや。聞いたことがないな。それ、学術的に裏付けられているのか？」

「そうじゃないんだが、私には分かるような気がするね」

「ほう、それはなぜ？」

「かつて中国に科挙《かきょ》という制度があったのは知ってるよな」

「官吏を登用するに当たって課された試験のことだな。尋常ならざる厳しいものだったそうだね」

「科挙は遥か昔になくなってしまったが、その名残《なごり》なんだろうな、東洋、特に中国や韓国には学歴信仰が根強く残っていてね。ライスが学齢期を迎えた頃の日本も、例外ではなかったのさ。しかも、母親とライスは、日米双方の国で、差別という辛酸《しんさん》を舐《な》めたんだ。競争社会のアメリカで、我が子が身を立てるためには、高い学を身につけさせなければならないと、母親は考えたんだろうな」

「なるほど……」

エバンスは、納得した様子で頷くと、改めてレジュメに目をやり、「学部時代はＵＣＬＡ……。コンピュータサイエンスを学んでるのか」

「MIT、イエール、コロンビアにも合格したが、学費や寮費の問題もあったし、店の手伝いもある。それでロサンゼルスを離れられなかったそうなんだ」

「しかし、日本で生活していた時代に酷い差別にあったってのに、最初の就職先がニシハマUSAって、なんでまた日系企業を選んだのかな？」

「報酬だ」

「報酬？　ちょっと待ってくれ。ローカル採用の社員の給料なんて――」

「報酬は別に契約を結んだんだよ」

「別契約？」

「彼は英語、日本語のネイティブなんだぜ」

鳴島は、ニヤリと笑いながらエバンスの言葉を遮《さえぎ》った。「当時は半導体需要が爆発的に伸びていて、しかも日本製品が市場を席巻《せっけん》していたんだが、当時の日本人の英語レベルは駐在員でさえ酷いものでね。プレゼン資料はもちろん、仕様書やマニュアルに至っては全く使い物にならない代物ばかりだったんだ」

「なるほど、ライスはランゲージバリアを解消する、ニシハマUSAの貴重な人材となったわけか」

「そんな日本人の姿を毎日見てりゃ、連中が馬鹿に見えてもくるだろうさ」

鳴島は腹を揺すった。

「だろうな」

「事実、僅か二年でニシハマを退社すると、シリコンバレーで半導体の開発を行っているベンチャー企業に転じたんだが、さっきいったように、当時の半導体市場は日本製品が席巻していた時代だ。アメリカにとっては、いかにして日本製品のシェアを奪うかが最重要課題でね――」

「日米半導体摩擦か……。懐かしいな」

エバンスはいい、「確かテキサスかどこかの半導体メーカーが、特許侵害の訴訟を起こしたんじゃなかったか？」

と問うてきた。

「いいがかりもいいところ。酷い訴訟だったがね。和解したニシハマも、多額のお金を支払ったお陰で、日本の半導体産業は壊滅的な打撃を被《こうむ》り、衰退の一途を辿ることになったんだが、実は訴訟するに当たって、知恵を授けたのはライスだったんだよ」

「えっ……」

さすがに、これには驚いたとみえて、エバンスは目を丸くして絶句する。

「日本人は訴訟に慣れていないし、そもそも争いを好まない。ディベートのスキルは極めて稚拙《ちせつ》。正当性を主張するよりも妥協を選ぶ。しかも、英語力は極めて低い。アメリカで訴訟を起こせば、百パーセント勝てるとね」

「そうはいっても、ニシハマだってアメリカ人の弁護士を立てただろ？」

「もちろん」

鳴島は嘲笑を浮かべながら頷き、すかさず続けた。

「でもね、弁護士への説明は英語でするんだぞ。さっきいったろ？　日本人が作った仕様書やマニュアルなんて、全く使い物にならない代物だって。技術者としては優秀でも、その程度の語学力じゃ弁護士が論点の相違を完璧に把握できるわけがない。しかも陪審員は、たまたま抽選に当たってしまった一般市民、ド素人だ。そんな連中が、半導体の特許を巡る論争なんて理解できるわけがないし、日米半導体摩擦、ひいては日米貿易摩擦が、盛んに報じられている最中の訴訟だ。どちらが勝訴するかなんて、判決を待つまでもないだろうさ」

「なるほどねえ……。それを聞いただけでも、ライスが日本企業、いや日本社会に深い怨念を抱いていることが窺い知れるな」

「もちろん、ライスが直接訴訟に加わったわけではない。彼の大学時代の恩師が訴訟を起こした会社の技術顧問で、ちょいと入れ知恵しただけだと彼はいうが、あの訴訟での敗北を機に日本の半導体産業が衰退の一途を辿ることになったのは紛れもない事実だ」

「それほどの功績があれば、きっとスタンフォードも喜んで彼を迎え入れただろうな」

鳴島は、その通りだとばかりに、両眉を吊り上げると、

「その後はレジュメに書いてある通り、ヘッドハントされて会社を変わる度に、順調に出世を遂げて今に至るってわけだ」

レジュメには書かれていない、ライスに纏《まつ》わるエピソードを終わらせた。

「決まりだな……」

満足そうにいうエバンスだったが、「しかし、ライスは我々の思惑通りに動いてくれるかな。断ったりはしないだろうね」

一転して、懸念の言葉を口にした。

「そうそう、一つ、話すのを忘れていたことがある」

鳴島はエバンスの視線を捉えると、高く組んでいた脚を解き、身を乗り出した。「年齢からして、今回がライスの最後の仕事になる。これまでの経歴、実績共に申し分ないが、それも在任中だけのこと。いずれの企業も、ライスの退任後は合併、あるいは買収されて、現存しているのは僅か一社だけ。それも、初めてCEOに就任した会社だ」

「つまり、君と……」

エバンスは、そこでいいかけた言葉を呑んだ。

何をいわんとしたのかは、聞くまでもない。

不振に陥った会社の業績を、短期間のうちに回復させる、いや、回復したように見せかける術《すべ》を熟知している。つまり、鳴島と同類、日本風にいえば『同じ穴の狢《むじな》』だといいたいのだ。

しかし、鳴島は敢《あ》えて別の表現を使い、

「そう、彼は紛れもないプロ経営者だ」

ニヤリと笑ってみせると、

「おっと、もう一つあったな」

話を続けた。

「インタビューを行うに当たっては、日本の自動車会社と明かしただけだったんだが、ライスは社名を訊ねてこなかったんだ」

「自分に声がかかるとなれば、ＥＶがらみと察したからじゃないのか？　そこに気がつかないほど間抜けじゃないだろ」

「彼の関心は、もっぱら報酬……。つまりカネにあるようでね」

「カネ?」

　エバンスは意外とも、さらに深い関心を覚えたとも取れる反応ぶりで、椅子の上で身を乗り出す。

「しかし、これだけの企業を渡り歩いて、今はエプシロンのCEOだぞ。カネなんか、有り余るほど――」

「カネへの欲望は尽きるものじゃないだろ?　君だってそうじゃないか」

　さすがに、エバンスもこれには、「やられた」とばかりに押し黙る。

「カネができれば、誰しもがそれに応じた暮らしをするようになるものだ。我々だってそうじゃないか。学生時代のことを考えてみろよ。寮は相部屋、学食でまずい飯を食らって、たまに三ドルやそこらの外食をどれほど贅沢《ぜいたく》に思ったか……。それが今や、こんな暮らしを送るのが当たり前になったんだ。しかしね、この暮らしを維持していくのに、いったい幾らのカネがかかると思う?」

　エバンスが日々の暮らしを維持するための経費、所謂固定費は鳴島の比ではない。ペントハウスの維持、管理費、執事やメイド、運転手、プライベートジェットのパイロットに支払う人件費。飛行機にはメンテナンス、駐機代、燃料費が発生する。さらにヨットや別荘までも所有しているのだから、固定費だけでも途方もない金額になるはずだ。

「確かに、その通りだな……」

「それに、ライスは五年前に離婚していてね」

「離婚?」

「学生時代に知り合った女性と若くして結婚。三人の子宝にも恵まれた。原因は分からんが、長く一緒に暮らしていれば、些細《ささい》な不満の積み重ねを我慢できなくなる時が来るのかもな……」

ふと、自分とエミーとの関係を話しているような気がして、鳴島はそこで言葉を呑んだ。

「それだけ夫婦であった期間が長けりゃ、財産は全て二人で築いたものとみなされただろう。それどころか法廷に持ち込まれ、ライスに落ち度があったと認められれば、半分どころじゃ済まんよな」

「まさに、それさ」

鳴島は、胸の中に冷え冷えとするものを感じながらいった。「もっとも、法廷で争えば、騒ぎになると思ったんだろうな。弁護士同士の交渉で話はついたというんだが、かなりの財産を持って行かれたようでね」

「生活レベルは一度上げてしまうと、なかなか落とせんものだし、額の多寡《たか》にかかわらず、減ってしまうと恐怖を覚えるようになるのがカネだからな」

エバンスは、確信した様子で目元を緩《ゆる》め、不敵な笑みを浮かべると、「いいじゃないか。これで、我々の計画は成功したも同然だ。すぐに、ライスにオファーを出してくれ」

テーブルの上に置かれた、コーヒーカップに手を伸ばしかけた。

「ビル……ここはナパだぜ？　祝杯なら、別のもので上げるべきだろ？」

鳴島は、薄く笑うと続けていった。

「とっておきのワインがあるんだ。まだ早いが、これも成功者の特権というものだ。君もニューヨークに帰るだけだし、一杯やろうじゃないか」

第二章

1

「あっけない最期だったわね。ベンチャー企業って、波に乗ると破竹《はちく》の勢いで成長するけど、駄目になり始めると、泡のように消えてしまうのねえ……。平家《へいけ》物語の一節を思い出すわ……」

執務席に座る牛島が感慨深げに漏らしたのは、春も終わりに入った五月のある日のことだった。

「ほんと、諸行無常ってやつだよねえ……」

令もまたしみじみした口調で返すと、

「あら、令。あんた、古典なんか勉強したことないのに、よくそんな言葉知ってるわね」

牛島は、意外とばかりにいう。

「そんなの常識だよ。一般教養ってやつじゃん。〝半ジャパ〟とか、〝バナナ〟とかいわれるけどさあ、私だって立派な日本人なんだからさ」

「半ジャパ？　バナナって……。それ、いつの時代の言葉よ。昭和じゃあるまいし、今時そんな言葉を使う日本人なんていないわよ。大体、あんた、日本企業で働いたことなんかないじゃない。そんなことといわれたことないでしょ？」

そこを衝《つ》かれると、返す言葉に困ってしまう。

〝半ジャパ〟というのは半分ジャパニーズ、〝バナナ〟は外見黄色、中身は白。どちらも、すっかりアメリカナイズされた帰国子女への蔑称《べっしょう》として昭和のビジネス社会で用いられた言葉だからだ。

教育の大半をアメリカで受け、しかも高校途中からは寮生活。その間、日本語に触れる機会も学ぶ必要性も感じずに過ごした令だったが、十七歳未満の子供の単独での外出は禁止されているのがアメリカだ。親と同居していた頃は、自宅で過ごす時間が長くなり、暇にあかせて父親の信郎の書斎にあった書籍を全て読破した。その中には昭和に刊行されたものも少なからずあったこともあって、今となっては死語に等しい言葉が、つい口を衝いて出てしまうことがあるのだ。

黙ってしまった令だったが、それも一瞬のことで、咄嗟《とっさ》に話題を元に戻しにかかった。

「大企業は、一つが駄目になっても、他の事業で食べていけるけど、ベンチャーはそうはいかないからね。トップが判断を誤ると、あっという間に終わってしまうってことを改めて思い知らされたわ」

「それにしても、石橋さんも散々だったわね。ベンチャーから政界への転身を図ったのに、あえなく落選。会社に戻っても、主要メンバーはことごとく会社を辞めちゃったんだもの。改心したとはいってるけど、一度失った信頼は、そう簡単には取り戻せないからねえ。出馬に当たっては、大分おカネを使ったようだし、いったい、いくらスったのかしら……」

「そんな他人の懐《ふところ》具合を気にしたってしょうがないじゃない。いいじゃん、お陰でうちは、大儲けできたんだからさ」

「ほんと、よくやったわ。仕掛けるタイミングもバッチリ！　さすが〝空売りの女王〟、〝ピンク・ベア〟と称されるだけのことはあるわ」

満面に笑みを浮かべながら、牛島は胸の前で手を合わせた。

女の子が、「キュン」とした時に見せる、あのポーズである。

「そのピンク・ベアっての、止めてくんないかなあ。別に空売りしかやってないわけじゃないし、大体女だからってベアの前にピンクつけるのは、立派な性差別、それこそ昭和の発想だよ」

ピンクは令が女性だからだが、ベアと称されるのには二つの理由がある。

一つは令の姓に『熊』の文字があること。もう一つは株式の世界では強気の相場をブル、『牛』、弱気の相場をベア、『熊』と称するからだ。

リーマンショックが起こる以前に、サブプライムローンの出鱈目《でたらめ》さをいち早く見抜き、空売りで莫大な収益を上げた牛島は、双方に長けてはいるものの、どちらかといえば、有望な企業をいち早く見つけ、買いに回るのを得意とする。その点、令は空売りで成果を出しているところから、こう称されるようになったのだが、考えてみれば牛と熊の文字を姓に持つ二人がパートナーシップを結んでいるのだから不思議なものだ。

「それもこれも、コースケが集めてきた情報があればこそ。今期のボーナスは、精々弾《はず》んでやらなきゃね」

「コースケも大学なんて辞めちゃってさ、正式にうちの社員になればいいのに」

「学生だから、周りの連中の警戒心も薄らぐんじゃない。社員になったら、情報源がなくなってしまうし、あの子、かなり稼いでいるからね。社員になんてなるわけないよ」

学業はどうなのかは知らないが、実のところ幸輔は、相当に頭が切れる。

自ら仕入れた情報を元に、投資を始めたのが高校三年生の時である。聞くところによると、幸輔は一人っ子で、父親は厳格だが母親は滅法甘いらしく、幸輔の投資にも理解を示し、彼女名義で口座を開くことを快諾《かいだく》したのだという。

仮想通貨から始まった投資は、今では株式がメインらしいが、何しろ世に知られてはいない内部情報を、いち早く摑めるとあって連戦連勝。それも短期間のうちに、高いリターンを得ているらしいのだ。そこで得た利益を、即座に次の投資への資金としているのだから、すでに一般的なサラリーマンの生涯年収に相当する、いやそれを上回る資産を持っていたとしても不思議ではない。

「あの子の人脈は、考えられないほど広くて、深いからねえ」

感心半《なか》ば、呆れ半ばといった口調の牛島だったが、「ただね、時々心配になるの……」

今度は眉を曇らせた。

「心配？　なにが？」

「あの子、仕手株《してかぶ》の情報にも詳しいでしょ？　タチの悪い連中とも付き合いがあるみたいだし……」

仕手株とは、意図的に株価を操作されている株のことだが、巨額の資金が必要なだけに、一般投資家とは毛色が違う〝投資家〟が集団で行うケースが多い。

「まあ、違法性が問われることはあるけど、仕手の構図自体は、機関投資家とか、〝物いう株主〟がやってることと、そう変わりはないわけだし、ああ見えてコースケは、深入りしても大丈夫なヤツと、危ないヤツを見分ける目は確かだからね。それにさあ、向こうはコースケを利用しているつもりかもしんないけど、全く逆だから。コースケに利用されてんだもん」

「見栄《みば》えする男って、やっぱり得よねえ。仕手筋の人間と知り合えたのも、ベンチャーの連中から紹介されたんでしょう？」

「カネ持ち連中には、独自のコミュニティーがあって、頻繁に情報交換をしてるからね。かくしてカネ持ちは肥《こ》え太る一方。カネなき者の生活は、いつまで経っても楽にならない……。そう考えるとコースケは、今の日本の構図の中で生きているっていえるかもね……」

「まあ、あたしたちだって、その富裕層が相手の商売だから、格差拡大を助長してることになるのかもしれないけど、カネのためなら手段を選ばずって連中は、絶対に見逃すことはできないわ」

牛島は声に力を込めて宣言すると、「そうそう、オリエンタルの件だけど、近々動きがあるかもよ」

誰が聞き耳をたてているわけでもないのに声を潜めて続ける。

「そろそろ上半期の業績が公表されるけど、民間の調査では販売台数が伸びるどころか、ますます低下。前年同月比で、十パーセント以上も減少してるの」

「高級車の売れ行きは？　確か、前年度末に新型車をリリースしたよね。あれの売れ行きが好調ならば、台数の落ち込みをカバーできるだけの利益があがるかもしれないじゃん」

「それが、さっぱりなのよねえ……。やっぱりアメリカでの訴訟に負けて、同じトラブルで中国でも訴えられてる影響かもね。それにオリエンタルの業績が芳《かんば》しくないことは、散々報道されて世間に知れ渡ってるし、消費者も落ち目になった会社の車を買う気にはならないわよ」

「となると、いよいよオリエンタルもどん詰まりかあ……」

令は、この数ヵ月間のオリエンタルの株価の動向を脳裏に浮かべた。「でもさ、その割には、株価はそう下がってはいないんだよね。もちろん買ってる人がいるからには違いないんだから、調べてはいるんだけど、外国人投資家には違いなくとも前に真吉さんが挙げたアメリカのファンドが、買い増ししているわけじゃなさそうなんだよねえ」

「ふ～ん……」

牛島の目が鋭くなった。

果たして牛島はいう。

「おかしいわね……。業績不振の会社の株を敢えて買うからには、確たる理由があるはずよ。買収か、あるいはよほどいい情報を手に入れたとしか考えられないんだけど、だったら株を買い増しするはずなのに、そうじゃないってことは……」

「確かに妙よね……」

頭が急速に回転し始める気配を感じながら、令は続けた。

「オリエンタルに起死回生の一発があるとすれば、間違いなくＥＶだけど、開発には完全に出遅れちゃったし、仮に開発に成功したって、業績がただちに上向くとは思えないからね。それに、傘下の部品メーカーの統廃合や販売網をどうするかって問題もあるしね」

「そうよね。ガソリンエンジンとＥＶじゃ使う部品も数も違うし、ＥＶ市場で圧倒的シェアを持つアメリカのメーカーは、ディーラー網を持っていないからね」

牛島がいうように、ＥＶ市場で圧倒的シェアを持つテスラはディーラーを持たず、受注のほとんどがネット経由だ。

「ネットを介して受注するんだから、営業マンはゼロ、受注担当のオペレーターでさえゼロ。納車までには相応の時間がかかるけど、バックオーダーはリアルタイムで把握できるから、部品の調達も生産計画にも一切無駄は生じない。そりゃあ今までのビジネスモデルにどっぷり浸《つ》かったままのオリエンタルが、太刀打ちできるわけないもの」

「それでも、オリエンタルの株を買っているやつがいるのよね……」

牛島は、自らにいい聞かせるかのように呟《つぶや》くと、「近々公表される、中間決算に注目ね。そこで、株価がどんな動きをするかで、株を買い漁《あさ》っている連中の狙いが見えてくるかもしれないわよ」

何かを思いついた様子で、令に目を向けてきた。

2

「ジム・ライス？　ジム・ライスって、エプシロンのＣＥＯの？　彼がオリエンタルの社長に就任するの？」

昼食に出前で取ったパストラミサンドイッチを頬張《ほおば》りながら、前場《ぜんば》の流れを分析していたところに、「すぐに来てちょうだい」と牛島からの内線電話だ。

ガラスの壁一枚を隔てたところにいるんだもの、こっちに来りゃあいいのに……。

内心で毒づきながら、部屋に入るや否《いな》や、「令、オリエンタルの新社長候補が、たった今公表されたの。あのジム・ライスよ！」と、牛島は興奮した面持ちで告げてきたのだ。

「これ、オリエンタルがいよいよＥＶに本腰を入れるって意思表示よ。それにしても、まさかライスとはねえ……」

と、牛島は続けるのだったが、令はやはり釈然としない。

「それ、決まったわけじゃないんでしょう？　だってさあ、ライスはエプシロンの現ＣＥＯだよ。経営はうまくいっているし、エプシロンの技術を導入したいって自動車会社はいっぱいあるんだよ。業績不振、ＥＶの開発に出遅れたオリエンタルの社長なんか引き受けるかなあ。それこそ、火中《かちゆう》の栗《くり》を拾いにいくようなもんじゃん」

「社長になるには、株主総会の承認が必要だけど、彼が同意したなら百パーセント決まりよ。確かにオリエンタルの上半期の業績は酷いもんだったけど、今にはじまったことじゃないからね。それについ最近、現社長の大河内《おおこうち》さんが年度末を待たずして辞任しちゃうかもって記事が週刊誌に出たじゃない。何かあるなとは思ってたんだけど、こういうことだったのね」

その間に牛島のデスクの前に置かれた椅子に腰を下ろした令は、足を組みながらいった。

「取締役会で解任動議が出されたわけじゃなし……。ってことは、大河内さんの辞任は大株主からの圧力か……」

「そうとしか考えられないわね」

牛島は頷くと続ける。

「業績の低迷が長く続いている上に、何一つとして好材料がないオリエンタルの株価が、落ちもせず、上がりもせず、一定の値幅で推移しているところからして、誰かが売却株を片っ端から拾っていると睨《にら》んでいたけど、これが目的だったのね」

そこで、牛島は一旦言葉を切ると、令に視線を向け、

「令、あんた、この前オリエンタルの株を買い続けているのは、外国人投資家だっていってたわよね」

牛島からの指示を受けた令は素早く動いた。

誰が買っているのか、誰が売っているのかは、投資家主体別売買動向表を見れば一目瞭然《いちもくりょうぜん》だ。加えて、令が独自に構築したネットワークを駆使して、さらに詳しく調べた結果である。

「個人、機関投資家、生保、金融、国内のオリエンタル株保有者はこの半年間は売り越し。それを外国人投資家が拾いまくっているんだよね。ただ、特定の誰かが突出しているわけじゃないところが奇妙なんだけど……」

「確か、あんたが摑んだだけでも三十社以上、それも全部アメリカの投資会社だっていってたわよね」

「うん、投資会社っていっても、聞いたことがない名前ばっかりだけど、ホームページを見る限り、一応体裁は整ってたわね」

「半年以上も買い続ければ、全発行株式に占める割合は、かなりのものになるはずだけど、あんたが調べた時点で保有比率はどのくらいになっていた？」

「二十パーセントまでは行っていなかったけど？」

「やっぱりねえ……」

牛島は筋書きが見えたとばかりに一人頷くと、「彼らは、ライスを社長に就任させて、オリエンタルの株価を吊り上げることを狙っていたのよ。なんせ、あのエプシロンの現職ＣＥＯだからね。彼がオリエンタルの経営の指揮を執るようになれば、ＥＶの開発の遅れも、一気に取り戻すことができるかもって期待するでしょうからね」

牛島は、そこでパソコンのキーボードを叩き始めた。

「ほらね。候補に名前が挙がっただけで、早速株価が上がりはじめてる。これで、本決まりになろうものなら爆上げよ」

牛島は画面を見やりながら受話器を持ち上げると、ボタンを二度、プッシュした。

「あたしだけど、オリエンタル、買いに回っているわよね……そう、それならいいの、少し多めに買っておいてね」

相手が誰かは訊《き》くまでもない。ウシジマ・ヒクマでは、運用限度額には実績によって多少の違いはあるものの、購入する銘柄は個々のディーラーの裁量に委ねられている。その運用益の一定部分が、賞与となるのだからディーラーが値動きの変化を見逃すはずがない。

「真吉さんがいう通り、ＥＶは自動車っていうより、走るコンピュータだからね。エプシロンは制御システムの分野で開発能力、技術力共に最先端を行く企業だって評判だし、彼が社長に就任すれば、そりゃあ株価は爆上げするよ」

「大河内さんにしたって、他の役員だって、役員に就任する時点で、一定数の株を持っているからね。ボロ株を持ったまま退任すれば、売却しても大した額にはならないわけだし、ライスを後任にするっていわれたら、そりゃあ大河内さんだって、ふたつ返事で辞任するわよ」

「だよねえ……。他の役員にしたって、会社の業績が向上すれば、役員報酬も跳ね上がるし、給料だって上がるしね。その上、株価も急上昇となれば、反対なんかするわけないもんね」

牛島の読みに間違いはなさそうだが、それにしても、何とも大胆というか、手の込んだ策を講じるものだ、と令は思った。

株価を意図的に吊り上げる方法は幾つかある。大量に買いを入れ、値を吊り上げる、所謂〝仕手〟は代表的な手口だが、手段、目的によっては違法行為と見なされる場合もある。

しかし、新社長の能力に対する期待となれば話は別だ。もちろん、公表前に内部関係者から事前に確実な情報を入手し、株を購入すればインサイダー取引になるが、今回の場合、仮に株主の意向によるものだとしても、大河内体制下の業績低迷を見るに見かねてライスを推挙したといわれてしまえばそれまでだ。

しかし、そう思う一方で「待てよ……」と令は思った。

「ねえ、真吉さん。ライスがオリエンタルの社長になるメリットって、何があるのかなあ」

牛島は「ん?」といった表情を浮かべ、令に視線を向けてきた。

「だってさあ、アメリカのEVメーカーは、制御システムを自社開発でやってるけど、中国のメーカー、特にベンチャー企業は、エプシロンを使うって決めているところが幾つもあるんだよ。製造コストは中国がダントツで低いわけだし、最大の市場でもあるわけじゃん。本格的なEV時代は、そこまで来てんだし、ライスの報酬だってうなぎ登りになるのは確実なんだよ。それを捨ててまで、オリエンタルの社長になろうって気になるのかなあ」

交渉の経緯は知るよしもないし、根拠なき疑念といわれればそれまでだ。しかし、実際に口にしてしまうと、その思いは深まるばかりだ。

「彼は、所謂プロ経営者だからね。あの手の連中は条件次第で動くものだし、エプシロンだって経営は順調そうに見えるけど、本当のところは中の人間、それもごく一部の幹部しか知らないからね。逃げ出したくなる理由があるのかもよ」

「そうか、ライスはプロ経営者だもんね……」

牛島の一言がきっかけになって、脳裏に父親を罠《わな》に掛けた鳴島の名前が浮かび、令は言葉が続かなくなった。

牛島は続ける。

「株主だってライスが社長になるのは大歓迎。実際、彼の名前が出た途端、株価は急上昇しはじめているからね。業績が回復基調に向かう兆しが見えれば、株価はどんどん上がる。それに応じてオリエンタルの時価総額も、膨れ上がっていく。当然ライスに提示した条件の中には、ストックオプションが入っているでしょうし……」

「エプシロンの社長に就任するに当たっても、ストックオプションが条件になっていたでしょうからね。今後のエプシロンの値上がり幅よりも、オリエンタルの方が遥かに高くなると考えたのなら、この辺で権利を行使しておカネに換えて、移った方が得ってことになるか……」

「まあ、あの手の人たちは、自分が社長を務める間は結果を出し続けなきゃならないけど、辞めた後のことなんか、知ったこっちゃないって考えてるからね。ライスだって――」

勢いをつけ、唾棄《だき》するように語る牛島が、そこで突然黙った。

令の父親が、プロ経営者の被害を受けた当事者であったことを思い出したのだ。

「何か引っかかるんだよねえ……。そのプロ経営者ってところが……」

令はいった。「辞めた後のことなんか知ったこっちゃないってのは、プロ経営者の大半に共通している意識だし、在任中はどんな手段を講じてでも、利益を出しにかかるからね」

気まずそうに暫《しば》しの間、口を噤《つぐ》んでいた牛島だったが、

「オリエンタルの役員連中の手に負えるような相手じゃなさそうだしね……」

ぽつりといった。

「なさそうじゃなくて、相手になんかならないよ」

令は、即座に返した。「だってさあ、アメリカ企業を渡り歩いてきたバリバリのプロ経営者だよ。

オリエンタルの役員なんて、所詮サラリーマン、それも生え抜き、上の顔色を窺って出世してきた連中ばっかかなんだよ。ただでさえ日本人はディベートが苦手なのに、英語でまくし立てられたら、反論できるわけないじゃん。ライスのやりたい放題になるに決まってるわよ」

「そうよねえ。いまだに日本人って、欧米人の前に出ると、途端におとなしくなっちゃうからねえ。外資はまだしも、日本企業となると、英語で丁々発止《ちょうちょうはっし》と渡り合える人って、滅多にいないからねえ」

苦笑を浮かべながら同意する牛島に、

「真吉さん。笑ってる場合じゃないよ」

令はぴしゃりといった。「あたし、凄《すご》く悪い予感がしてきた……。これ、パシフィックの再現になるんじゃないかな。不採算部門を処分して、それに伴って発生する余剰人員を削減すれば、一時的に赤字は膨らんでも、黒字に転ずるまでそれほど時間はかからない。そこで、資産を売却すれば、数字の上では優良企業に生まれ変わるからね」

「当然、株価は急上昇、投資家はもちろん、ライスだってストックオプションを条件にしているだろうから万々歳。頃合いを見て、高値で売り抜ければ……」

「後に残るは、抜け殻になったオリエンタル……」

令が断言すると、牛島は硬い顔をして、冷え冷えとした視線を向けてきた。

「あんたの読み通りなら、ライスの企みをいち早く掴むことができれば、うちにとっては、ビッグビジネスのチャンスよね」

「もちろん、任せてくれるわよね」

答えは分かっている。

果たして牛島はいう。

「あんた以外に、誰がやるのよ」

「そうこなくちゃ」

令はニヤリと笑った。

ウシジマ・ヒクマのためだけじゃない。もしも、自分の読みが正しければ、父親を罠に掛けたプロ経営者への絶好の復讐《ふくしゅう》の機会だと思った。

3

「ミナサマ・オハヨーゴザイマス。ワタシハ、ジム・ライスデス」

臨時株主総会で、新社長への就任が承認された翌月、十月一日の朝。北品川《きたしながわ》にあるオリエンタル自動車の役員会議室で、居並ぶ役員を前にライスは第一声を発した。

片言でも日本語で挨拶をはじめたことを、微笑《ほほえ》ましく思ったのだろう、緊張を隠せなかった役員たちの顔が、俄に弛緩《しかん》する。

しかし、それも一瞬のことで、

「私は日本語が喋れません、理解できません。よってここから先は、全て英語で話します」

とモードを切り替えた途端、全員の顔に再び緊張感が浮かんだ。

それも無理のない話である。

日本の自動車会社が、外国人経営者を迎えた例はいくつかあるが、オリエンタルは初めてだ。グローバル企業には違いなくとも、海外法人のトップを務めるのも日本人ばかりで、外国人を本社役員に迎え入れたことすらないのだ。海外法人においても、特にオフィスワークで日本の流儀を強《し》いることはあっても、法的に従わざるを得ない部分を除き、現地の流儀を取り入れたことはない。彼らにしてみれば、まさに黒船の襲来である。

そんな役員たちを睥睨《へいげい》しながら、ライスは続けた。

「私に課せられた使命は、オリエンタルの経営を改善し、目前に迫ったEVの時代において、世界のメーカーに伍《ご》して戦い、勝利する企業にすること。その一点にある。この使命を達成する過程では多くの血が流れることを覚悟しなければなりません。なぜなら、EVは自動車にあらず、走るコンピュータだからです。これまでの自動車市場では、限られた数のビッグ・モータースが鎬《しのぎ》を削《けず》ってきました。しかし、EV市場はライバルの数の桁が違います。しかも、その全てが敵。それも力量が全くわからない多くの敵を相手に戦うことを強いられるのです。まさに戦争、バトルロイヤルですね。そして、この戦争は既に始まっているのです。そして戦争である以上、多くの血が流れるだけでなく、戦死者が出るのを覚悟しなければなりません」

顔面蒼白《そうはく》、あるいは恐怖を露《あら》わに体を硬くするのは、海外畑を歩んで来たか、英語を得意とする役員だろう。しかし、半数以上は、話の内容が今ひとつ理解できないらしく、愛想笑いを浮かべながら、相槌を打つ者もいるのだから暢気《のんき》なものだ。

しかし、それも長くは続かない。

話の内容を理解した同僚の表情の変化から、ライスが話す内容の深刻さを感じ取ったらしく、瞬く間に会議室はシンと静まり返った。

「え……えっくすきゅーず・みー」

その時、一人の役員が恐る恐るといった態《てい》で、手を挙げた。

「あの、せっかくのお言葉なんですが、私、今ひとつ英語が苦手でして……どなたか通訳していただけると有り難いのですが……」

ライスの日本語能力はネイティブレベルだ。もちろん、彼の申し出は十分通じているし、日本語で話すことだってできる。

しかし、少なくともライスには使うメリットよりも、使わないメリットが遥かに上回る。だから、端から使う気持ちもなかったし、公開した自分の履歴からもニシハマＵＳＡに勤務していたことは伏せてあった。

突然の申し出に、ライスは困惑した表情を浮かべてみせると、助けを求めるように一同を見渡した。

「あの……社長のお言葉を通訳して欲しいと申しておりまして……」

流暢《りゅうちょう》とはいえないが、文法という点では正しい英語を使って、一人の役員がいった。愛想笑いを浮かべ、それでいてどこか誇らしげな表情から、ライスの歓心を買おうとする内心が透《す》けて見えるようだった。

ライスは笑みを浮かべ黙って頷き、頭を僅かに傾け促《うなが》した。

そして、彼が訳し終えたところで、

「英語が苦手な方がおられるようだが、私からの通達文書は全て英語で出します。それから、直接私と会話する場合は、英語ができる部下を同席させるように。こちらでは一切用意しないので」

口調こそ穏やかだが、冷徹にいい放った。

「えっ……。専属の通訳は持たれないと？」

これには、通訳を買って出ていた役員も驚愕《きょうがく》した様子で問い返してきた。「でも、それでは何かと、ご不便では……」

「不便って、何が？」

「指示の伝達にしても、社長の本意が百パーセント伝わるかという問題もありますし、日常生活でも何かとご不自由を強いられるのではないかと……」

「出遅れたEV市場で、先行企業に追いつこうというのだよ。EV市場においては、ガソリン自動車で築き上げた日本メーカーの優位性なんてありはしないといったばかりじゃないか。世界中の自動車メーカー、ベンチャーを相手に戦うのに、英語ができなくてどうするんだ？　もちろん英語ができなくとも、中国語、スペイン語、フランス語、使用人口が多い言語ができるなら話は違ってくるが、いずれにしてもただでさえ、オリエンタルは出遅れてるんだ。ライバル企業に追いつくためには一にも二にもスピードだ。通訳なんていってる場合かね」

ライスは一気に話すと、ついと顎《あご》でくだんの役員を促した。

そして彼が訳し終えたところで間髪を容れず話を続けた。

「それから、日常生活に困るのではとご心配をいただいたが、仕事とプライベートを同列で語ることがそもそも間違いなんだ。通訳を雇って、一日中私の世話をさせる？　ならば、その費用は誰が負担するのかね？　勤務体系は？　住居は？」

答えられるわけがない。

果たして、質問をした役員は、悄然《しょうぜん》と項垂《うなだ》れるばかりでぐうの音も出ないでいる。

そこで、ライスは止《とど》めの言葉を吐いた。

「そんなことだから、業績が回復する兆しすら見えないんだ」

通訳を挟むまでもなく、座が静まり返る。

ライスは、さらに続けた。

「私は公私を明確に分けるのを信条としている。特にプライベートは、私にとって最も大切な一時でね。よって、他人に干渉されることは好まないし、私も他人のプライベートには一切関心がない。それではガイジンが日本で暮らすには不自由するのではないかというかもしれないが、心配は無用だ。別に、日本の習慣や文化に馴染まずとも、東京は国際都市だ。何一つ不自由することなく暮らしていけると確信しているのでね」

通訳が入る間、ミネラルウォーターで喉《のど》を潤すと、再びライスは話しはじめた。

「日本の習慣や文化に馴染まずとも不自由しないというのは、ビジネスも同じだ。こういうと、すかさず日本には特有の商習慣がある。外国の流儀を持ち込んでうまくいかなかった例はたくさんある、という声が聞こえてきそうだが、ことオリエンタルに関しては全く当てはまらない。なぜなら、これから私が目指すのは、世界市場をオリエンタルが制覇すること。つまり、ビジネスの場は日本だけにあらず、世界が舞台になるからだ」

通訳の言葉を聞いているうちに、役員たちの顔色が、瞬く間に青ざめて行く。会議室の緊張感は頂点に達し、しわぶき一つ聞こえない。

悪い予感を覚えているのは明らかだ。

当然である。今の言を要約すれば、経営方針、戦略を根底から変える、従来の経営のあり方を完全に否定したことになるからだ。

当たり前に考えれば、オリエンタル一筋でやってきた居並ぶ経営陣を前にして、新参者の社長がこんな発言をしようものなら、反発を招くところだが、そんな気配が微塵もないのには、もちろん理由がある。

前社長の大河内を辞任させるに当たって、鳴島は数名のアメリカ人弁護士を株主の代理人として日本に派遣した。もちろん、エバンスや鳴島をはじめとする投資家たちの委任状を携《たずさ》えてだ。

彼らが所有する株式の割合は、オリエンタルの発行済み総株式の十五パーセント程度。役員を送り込むために必要な三十パーセントには、遠く及ばないものの、後任にライスの名前を挙げ、次回の株主総会で大河内の経営責任を問い、解任動議を出すと告げたのだ。

委任状に名を連ねた株主たちだけでは、大河内の解任は難しいが、オリエンタル株の保有者は他にも数多くいる。外国人の個人投資家、投資機関、外銀、邦銀、一般投資家と多岐に亘るのだが、ライスが後任を引き受けるとなれば、反対する者はまずいない。それに、トップが経営責任を問われて辞任に追い込まれるケースは珍しいことではないとはいえ、株主総会で解任動議が提出された挙げ句となれば、屈辱以外の何ものでもない。

かくして大河内は辞任を承諾。しかも、後任はライスの一報が流れた途端、株価は急激に上昇。ライスに寄せる株主、市場の期待がいかに高いかが証明されたのだ。企業は株主のものであり、ライスが彼らの絶大な支持を得ている以上、彼の方針には誰も異を唱えることはできない。

「では、今後の方針を伝えることにしよう」

ライスはいった。「繰り返すが、ＥＶの開発に出遅れたオリエンタルが先行メーカーに追いつくためには、まずスピードだ。そのためには、正しい資質を持った人員の増強、適正配置、開発資金の手当てが必要不可欠だ。そこで、ただちにオリエンタルの組織改革を行い、不要となった事業の整理に着手する。つまり、そこで不要となった保有資産を売却し、ＥＶの開発資金に充てるのだ」

「組織改革って、リストラかよ……」

「そんなこと簡単にできるなら、苦労しませんって……」

「やっぱりガイジンは分かってねえなあ……」

ライスが日本語を解することを知るよしもない役員たちの間から、不満の声が密やかに上がった。

「ドント・スピーク・ジャパニーズ……」

役員の多くは六十歳以上。外国人を前にすると、ただでさえ日本人は腰が引けてしまう傾向がある。さらに興味深いのは、英語が全くできない日本人が同席する、あるいは外国人とサシで応対する時には、ブロークンでも平気なくせに、同じレベルの人間が複数人交じると、途端に英語を使うのを尻込みする傾向があることだ。

受験英語の弊害《へいがい》なのか、文法が間違っていやしないか。つたない英語力をその場に居合わせる同国人に悟られるのを恥ずかしいと思うのか。とにかく、黙ってしまう傾向があるのを、ライスはこれまでの経験で知っていた。

果たして、この単純にして、明快な一言は、絶大な効果を発揮し、座は一瞬にして静まり返った。

「いろいろといいたいことはあるだろうが、質問にせよ意見にせよ、諸君の思いつくままを聞いていたのでは、時間を無駄に消費するだけだ」

ライスはそこで、スマホを取り出し画面をタップした。

〝ラルフ・ラッセル〟の文字が現れた画面をもう一度タップする。

発信音が聞こえ、すぐに回線が切れ、間髪を容れず会議室のドアがいきなり開いた。

その気配を察して一同の視線が向いた先に、膨大な量の書類が山積みになったワゴンを前にしたラッセルの姿があった。

「ラルフ！」

顎を振って入室を促すと、ラッセルはワゴンを押しながらライスのもとにゆっくりと歩み寄ってくる。

「紹介しよう。オリエンタルの再建に向けて、私の右腕として働いてもらう、ラルフ・ラッセルだ」

ラッセルは三十七歳。世界最大手のコンサルタント会社に勤務していた彼を、スカウトしたのはエバンスである。一緒に働くのは今回が初めてだが、ワゴンに積まれた大量の書類は、ライスがオリエンタルの社長就任を承諾して以来、二人で練った『再建案』を彼が纏《まと》めたもので、能力の高さは実証済みだ。

「ミナサン、コンチハ〜。ワタシハ、ラルフ・ラッセルデス」

愛想笑いを浮かべながら、片言の日本語で挨拶する彼の姿を見れば、笑みを漏らしそうなものだが、もはやそんな気配は微塵もない。それどころか、戦意喪失といったところか。皆一様に何ともいいようのない苦々しい表情を浮かべるだけである。

それも無理のない話ではある。彼らからすれば、子供のような年齢の若造が、これからライスの右腕になるといわれたのだ。つまり、ラッセルに仕える立場になったと宣告されたのだ。

「さて、これからここに用意したドキュメンツを配布する」

そんな一同に目をやりながら、ライスはいった。「内容は私とラルフが練った経営戦略書だ。これから私がやること、やりたいことの全てがここに記載されている。みなさんにとってはバイブルとなるものだ」

「バイブルって……それじゃ……」

日本語でもそのまま通じる単語だけに、一同が敏感に反応する。

バイブルといわれた以上、異を唱える余地はない。つまり、この瞬間、ライスはオリエンタルに神として君臨すると宣言したに等しいからだ。

どよめきが起きる中、ライスはラッセルに目配せした。

頷いたラッセルはワゴンを押し、役員たちの前に分厚い経営戦略書を置いて回り始める。

その量もさることながら、全て英語で書かれていることを目《ま》の当たりにした役員たちは驚愕し、次いで泣きそうな表情を浮かべる。

小さな呟きが、聞こえた。

「あかん……ワシ……ゲロ吐きそうや……」

4

「ライスのことについて調べてみたんだけどさあ、経歴に分からないところがあんだよね」

新体制の下、オリエンタルが始動して二週間。牛島の部屋を訪ねた令がいった。

「ライスって、お母さんが東洋系だってことは分かってるんだけど、どこの国の出身なのか、いまいちはっきりしないんだよねえ」

令が続けると、

「それがねえ、あたしも過去に彼が受けたインタビュー記事とか、いろいろ探ってみたんだけど、ある時は母親は日系、ある時は韓国系、ある時は台湾系とか、時の状況によっていってることが違うのよ」

「何それ、ある時はって、怪人二十面相じゃあるまいし……」

「令……。あんた歳幾つ？　怪人二十面相なんて、昭和でも後半生まれの人間はまず知らないんじゃないかしら」

「だからあ、あたしはアメリカにいた頃、お父さんの書斎にあった本を片っ端から読んだの。お父さん、江戸川乱歩《えどがわらんぽ》で育った世代なんだもん」

「そうだったわね。ごめんなさいね」

ククッと笑う牛島だったが、一転して真顔になると、「そこのところは、あまり気にしなくともいいんじゃない。日本人相手のビジネスなら、日系っていえば相手も親近感を覚えるだろうし、韓国相手、台湾相手でもそれは同じでしょ？　それに、お母様はアメリカで生まれているみたいだから、移民一世はそのご両親ってことでしょ？　終戦前だったら、韓国も台湾も日本の統治下にあったんだもの。まあ経歴詐称っていうほどのことじゃないわよ」

「そっか……。そういえば、日本の国会議員でも、国籍疑惑が持ち上がったのに、うやむやなまま終わっちゃった人がいたしね」

令が納得した様子をみせると、

「でも、何でお母様の国籍が気になったの？」

今度は牛島が問うてきた。

「ひょっとして、ライスは日本語を理解できるんじゃないかって思ったの」

「それは、どうかしら……」

牛島は小首を傾げる。「日系二世までは日本語が達者な人は大勢いるけど、三世になると全く駄目って人も珍しくないからね。それに言葉って、使っていないと忘れちゃうし……。昔、シベリア抑留兵が何十年ぶりかに帰国したことがあったんだけど、記者会見を見た時には驚いたわよ。だって、戦争に兵隊で行ったってことは、当時十代後半から二十代じゃない。なのに、日本語が全く喋れない、理解できないんだもの。全然、ぜん・ぜぇ～んよ」

「それはいえてるかもね……。ライスはお父さんがアメリカ人、お母さんが二世だもんね。家の中では英語が標準語だったろうし、学校だって現地校だし……」

再び令は、牛島の見解に同意すると、

「でね、もう一つ、分からないことがあって……」

次の疑問に入った。「彼、ＵＣＬＡを卒業した後、シリコンバレーのベンチャーに就職するまで、二年間の空白期間があるんだけど、その間何をやってたのかが履歴にないのよ」

牛島は、背凭《せもた》れに身を預け、腕組みをしながら暫し考え込むと、

「一九五〇年代のカリフォルニア生まれか……」

ぽつりと漏らすと続けていった。「日本もそうだったけど、彼が十代に入った頃のアメリカって、若い世代のカルチャーや価値観が劇的に変化した時代だったのよ」

「その頃、なんかあったっけ？」

そうはいわれても、令が生まれる遥か昔のことだけに、俄にはピンと来るものがない。

「ベトナム戦争から撤退したのは七三年だけど、当時のアメリカって反戦運動が盛んでね、日本ほどじゃなかったけど、学生が大学を占拠《せんきょ》したりとか、若者が熱く燃えた時代を終えた直後だったの」

「ああ、それなら知ってる。〝いちご白書〟って映画あったよね。確かバークレーで――」

「あれは実話をベースにした映画だけど、場所は違うのよ。本当はニューヨークのコロンビア大学なの」

牛島は令を遮ると、話を続けた。

「ドラッグ、セックス、ロックンロール。ヒッピーの文化がまだまだ根強く残っていて、アメリカの若者の価値観や、文化も劇的に変わったし、その一方で巷《ちまた》ではベトナムで負傷した帰還兵が物乞いをやってたりとか、とにかくそれまでの価値観がことごとく変わっていった時代だったの」

「じゃあ、ライスも――」

「彼は、生まれも育ちもカリフォルニアよ」

またしても令の言葉を遮った牛島だったが、その一言には圧倒的な説得力があった。

というのも、アメリカの中でも、カリフォルニアは多くの点で群を抜いて独特だからだ。

なにしろ、雨期以外はほとんど雨は降らない。カリフォルニア・ブルーと称される空、陽光が燦々《さんさん》と降り注ぐ日が続くのだ。いきおい、人々がポジティブ思考、生活はアクティブになるわけで、そのせいか遊びはいうに及ばず、ビジネスや技術と、あらゆる点で突拍子もないような発想を生むのだ。ウィンドサーフィンをはじめ、カリフォルニアを発祥の地とするスポーツは多々あるし、アップルやグーグルのようなＩＴ産業の雄もまたしかりである。

とにかく、良くいえば奇抜、悪くいえば変わり者が多いのは事実で、ニューヨークの人間が、「カリフォルニアは危険だよ。だって、ニューヨークなら百メートル先から危ない人間は見分けがつくけど、カリフォルニアは違うからね、みんな変だから、近くに来ても分かんないんだもん」というのを令も実際に聞いたことがある。

「モラトリアムの期間を過ごしたっていいたいわけ？　あのライスが？」

「人は、簡単に変節するからね」

牛島は達観したようにいう。「日本で学生運動が盛んだった頃の大学生を全共闘世代っていうんだけどさ、あの年齢の人たちを対象に放送された〝懐かしのフォークソング〟ってテレビ番組があったのね。そうしたら、第一位は何だったと思う？」

「真吉さんさあ、私が生まれる前の話だよ。音楽をまともに聴く年頃は、ずっとアメリカにいたんだよ。日本の歌なんか分かるわけないじゃん」

苦笑する令を無視して、

「〝いちご白書〟をもう一度〟なんだってさあ」

牛島は呆れ果てた態でいった。

「学生運動やってた世代なんでしょう？　あの映画にシンパシー抱いても不思議じゃないじゃん」

「あんたあの歌の歌詞を知らないからよ。ヒゲ面ロン毛で学生集会に行ってたやつが、就職のために髪切って、もう若くない、なんてうそぶくの」

突然牛島は節をつけて歌い出すと、「馬鹿いってんじゃないわよ！　ゲバ棒振り回して、石投げて、街中を暴れ回ったたってのに、いざ就職となったらあっさり転向って、いったいあの馬鹿騒ぎはなんだったのよ！　しかも、懐かしいだなんて、冗談じゃないわよ！」

憤懣やる方ない様子で吐き捨てた。

「ライスもその口だったたってわけ？」

「実際、いまは実業界で大成功を収めている元全共闘って人を知っているけど、こういってたからね。〝運動に挫折した時に俺は心に決めたんだ。資本家になる！　って〟。毛沢東《もうたくとう》万歳、造反有理《ぞうはんゆうり》とかいってた人が、資本家になるって、あり得ないでしょう」

「もし、真吉さんの推測が当たっているとすれば、ブランクの最終に宗旨《しゅうし》替えをしたら、その分揺り戻しは大きいのかもね」

「左から右、右から左、宗旨替えした人間って、極端に振れる傾向があるからね。シリコンバレーのベンチャーに、最初の職場を求めたのも、それならば説明がつくんじゃないかしら。同じコンピュータ関連でも、ＩＢＭの社員は駐車場に降り立った瞬間分かる。なぜならスーツでバシッと決めてるからっていわれてたし……。ＵＣＬＡ卒なら、大企業に職を得ることもできただろうに、敢えてベンチャーに行ったたってのは、ブランクだけが理由じゃないでしょうね」

「確かに、シリコンバレーのベンチャーには自由があるからね。アップルは本社をキャンパスって呼んでたし、服装にも縛りがないしね」

牛島の解説を聞くと、ライスの二年間の空白の意味が分かるような気がしてくる。

「そんなことより令、ライスが着任早々、取締役を集めて大演説を打《ぶ》ったって話、聞いた？」

「えっ……知らない。そんな話、はじめて聞くけど？」

「予想通りよ。手っ取り早くいえば、オリエンタルは経営基盤をＥＶに集中させる。そのことは、誰もが想定していたことだから、驚かないんだけど、彼、その場で分厚い経営戦略書を配布してね、これはバイブルだ。ここに記されている内容に異を唱えることは許さないって宣言したっていうのよ」

「その話、どこから聞いたの？」

さもありなんとは思うものの、自分よりも先に情報を入手されたとなると、気になるのは出処《でどころ》だ。

思わず問うた令に向かって、牛島はニヤリと笑うと、

「首が危ないと察知したら、真っ先に逃げだそうとするのは、どんなヤツかしら」

謎をかけるように問い返してきた。

「そりゃあ、すぐに買い手がつく優秀な社員に決まってんじゃん。辞めたはいいけど、買い手がつかなかったら、無職だもん」

即座にこたえた令だったが、それでもすぐに疑問を覚えた。「でもさあ、その経営戦略書って、役員に配布したんでしょ。ライスが着任して二週間しか経っていないんだよ。オリエンタルの役員なんて、経営不振を招いた張本人じゃん。転職しようにも、買い手なんか――」

「その経営戦略書って、全部英語で書かれてんだって」

「だから？」

「あんたは、ネイティブだからそういうのよ。オリエンタルの役員の大半は、平均的な日本人の語学力しかないの。自分のサラリーマン人生を左右することが書かれてんのよ。一刻も早く読まなきゃっ

て焦るでしょ？　そしたら、どうする？」

「信頼できる部下、それも英語の達者な人間に訳させるよね」

「はじめて手の内を明かすけど、あたしね、会社が船だとすると、危機はネズミの動きに現れると思うの。ほら、昔からいうでしょ？　沈没する船から危機を察して一番最初に逃げ出すのはネズミだって」

つまり、牛島は社員をネズミにたとえているわけだが、こんな表現が公《おおやけ》になろうものなら、非難《ひなん》囂々《ごうごう》、大顰蹙《だいひんしゅく》を買うのは火を見るよりも明らかだ。

しかし、ここは内々の場である。

「ってことは、真吉さん、人材バンクとかヘッドハンターにネットワークを持ってんだ」

「そう、ヘッドハンターに」

牛島は頷く。「グラハム・バルキスにいた頃は、ニューヨークでも日本でも頻繁に誘いがあったのよ。ついぞ受けることはなかったんだけど、自分に幾らの値がつくのか興味があって、話だけは聞くことにしていたの」

「なるほどねえ〜。真吉さん、おカネが大好きだもんねえ〜」

牛島は口元を手の甲で隠し、クックックと忍び笑いをする。

「それも、個人でやってる人が多くてね。何度も顔を合わせてりゃ、親しくもなるじゃない。彼らが目をつけるのは、高値がつく人。つまり飛び切り優秀な人材。だけど、そういう人に限って中々、誘いには応じないのよねえ」

「でしょうね。そのままいたって出世すんだし、リスクを冒してまで新天地に飛び込もうって人は、そうはいないよね。そもそも、そんな度胸があんのなら、とっくにサラリーマンを辞めてんだろうし」

「だから、今まで断っていた人が、向こうから転職先を世話してくれないかっていってくるのは、会社によほどのことが起きている。つまり、そのまま居続けたらとんでもないことになると危機感を覚えた証《あかし》だといえるわけよ」

「そこにオリエンタルの社員が引っかかってきたってわけか」

「その通り」

牛島は、顔の前に人差し指を突き立てる。

「で、その経営戦略書の内容って、分かったの？」

「ＥＶに経営基盤を集中するっていうんだから、やることは決まってるわよね。ガソリンエンジン車の開発は、即中止。工場は当分残すとしても、これも時間の問題でしょうね。だって、こちらは部品製造メーカーの動き次第ってことにもなりかねないからね」

「それ、どういうこと？　オリエンタルって傘下に部品製造メーカーを持ってるじゃん」

「あのね、令……。いくら傘下に部品製造メーカーがあるといってもさ、ＥＶに使われる部品点数って三分の二、詳細に分けると十分の一になるともいわれてるのよ。その小さな部品の大半は、下請け、孫請けが作ってるの。つまり、ガソリン車の製造を止めちゃった時点で、仕事を無くす零細企業が山ほど出てくるわけよ。彼らにしてみれば、全面的にＥＶに切り替わるまでの期間は、謂《い》わば死刑執行までの猶予期間。そうしたら、どういう動きに出ると思う？」

「あっそうか！　それまでの間に、業態転換を図るか、別に取引先を探して、そっち向けの製品を作りはじめるよね」

「確立されたオペレーションを根底から変える。新しいことをはじめるに当たって、これまで付き合いのあった業者を切る時の難しさは、そこなのよ」

牛島は、記憶の中から実例を探るかのように間を置くと、話を続けた。

「実際、ある外資系の会社が、日本に自社の物流センターを設けることにしたのね。それまで使ってきた倉庫会社は、入出庫、保管と八割以上の仕事をその外資に依存していたの。ところが三年後に仕事がゼロになると分かった途端、どんなことが起きたと思う?」

「それまで、良好な関係が続いてきたのなら、裏切られたって気持ちになるだろうからね。当然、モチベーションが下がるよね」

「作業効率はだだ下がり。本来なら経営幹部、上司が注意、改善に乗り出すところだけど、どーせ切られんだもの、そりゃあ放置するわよね。その結果、ビジネス自体がうまく回らなくなって、その外資の会社は大混乱に陥ったの」

「なるほどねえ……。さっさとオリエンタルの仕事に見切りをつけて、他の仕事に注力するようになれば、ＥＶに完全に移行する以前に、ガソリン自動車の生産ができなくなる可能性もでてくるわけか」

「それだけじゃないわ。傘下の部品メーカーにしたって、仕事が激減するんだもの、できのいい社員から、さっさと辞めていくに決まってるわよ」

当たり前に考えれば、オリエンタルの業績はさらに悪化していくのは避《さ》けられないのだが、ライスがそこに気がつかないわけがない。

「やっぱり、予想した通りだわ……。手口が読めるような気がする」

「でしょう？」

牛島は目に怪しい光を宿しながら、片眉を吊り上げた。

「生産に支障をきたすようになれば、販売が思わしくない車種の工場から閉鎖して、売れる車種の製造販売に特化していく。部品の供給先も絞れるし、営業力も増すわけだから、数は限られてはいるけど、下請け、孫請けへの部品の発注量は増やせるかもしれない。となれば、部品供給会社のオリエンタルへの依存度は増すわけだから、取引を停止するわけにもいかない」

「そして、閉鎖する工場を土地ごと売却すれば、社員もリストラできる。一時的に業績が落ち込んでも、業績はすぐに回復。帳面上は黒字に転ずるわけか」

「これ、鳴島がパシフィックでやった手口と、同じじゃない。そこで、ライスが逃げたら、残った誰かに尻拭いをさせようってつもりなのかも……」

その時、令の胸中に込み上げてきたのは、猛烈な怒りだ。

「間違いなくライスは鳴島の手口を踏襲しようとしているわね。でもそれだけでは終わらないかもよ。彼は、ＩＴ畑を歩んできた人間だからね。真似て終わりじゃ済まないはずよ。もっと狡猾《こうかつ》にあくどいことを目論《もくろ》んでいるに決まってるわ」

「パシフィック・バージョン２《ツー》ってわけか……」

令は、目を細めて呟くと、「それが何かが摑めれば、事前にライスの目論見を潰すことができるかもね」

そして、続けていった。

「それが何か、絶対に摑んでやる……。ぶっ潰してやる……」

5

就任から二週間も経つと、使えそうな人間に目星がついてくる。

その日、ライスは一人の日本人役員を社長室に呼びつけた。

木下喬彦《きのしたたかひこ》という、オリエンタル自動車のEV開発担当取締役だ。

海外駐在で異国の文化や生活習慣、国民の嗜好を知ることは、キャリアを積む上で必要不可欠な経験であり、拝命は将来を期待されている証とされていた時代があったのは知っている。いかにも島国日本の企業ならではの話だが、海外の文化やビジネス風土に染まり、帰国しても赴任地で身につけたスタイルを捨て切れないでいると、周囲から生温かい目で見られるようになる。

木下はその典型で、当年五十四歳。役員の中では若い部類に入るものの、オリエンタルのEV部門は長く傍流中の傍流であったのだ。

実際、駐在先のオリエンタル・モーターズ・USAでの肩書きこそ〝EV研究室長〟であったが、部下はゼロ。仕事の内容もEV技術の研究と情報収集で、在米歴は八年にも及ぶのに、特にこれといった実績を挙げているふうでもない。

本来ならば、そのまま塩漬けか、あるいは帰国と同時に閑職に飛ばされるかのいずれかであったのだろうが、EV時代の到来という神風が吹いた。

慌てて体制を整えようにも、社内に木下以上にEVに通じた人材は見当たらない。こうなると適任かどうかよりも、体裁を整えるのが先決だ。そこで急遽《きゅうきょ》木下を呼び戻し、開発担当取締役に就任させたのだ。

「ハァイ！　ジム。ハウ・アー・ユー・ドゥイング！」

部屋に現れるなり、木下は顔一杯に笑みを浮かべ、大袈裟《おおげさ》な仕草で手を差し出してきた。

「グッド・モーニング・キノシタサン。アイム・ＯＫ」

就任早々開催した役員会で顔を合わせただけで、面と向かって挨拶を交わすのは初めてだ。上下関係、年齢に関係なくファーストネームで呼び合うのがアメリカの文化だとはいえ、それも「ジムと呼んでくれ」と相手にいわれてからだ。

それでもライスは笑みを浮かべながら立ち上がると木下の手を握り返し、

「ハウ・アバウト・ユー」

と返してやった。

「ナット・ソー・バッド。プリティ・グッド」

木下は上機嫌でこたえる。

それも無理からぬ話ではあるのだ。

ＥＶ事業に全面的にシフトすると宣言した新社長はアメリカ人。傍流中の傍流であった木下にしてみれば、慣れ親しんだ文化を共有できる相手だし、語学というアドバンテージもフルに活用できる。我が世の春の到来だと感じているに違いない。

「どうぞ、そこへ……」

ライスがソファーを目で指すと、木下は喜色満面で腰を下ろし、

「キャリフォーニアのお生まれだそうですが、どちらの街？」

早々に足を高く組みながら問うてきた。

「LA……ロサンゼルスです」

「私はサンフランシスコ、正確にはパロアルトに八年おりました」

経歴がライスの頭に入っているのは先刻承知だろうに、木下が改めてカリフォルニアに住んでいたことを強調するのは、距離を縮めようとする心理の表れ以外の何物でもない。しかも、他の単語の発音はフツーの日本人のそれなのに、〝カリフォルニア〟だけは〝キャリフォーニア〟ときた。

ライスは噴き出しそうになるのを必死に堪え、

「どうりで英語が達者なわけだ。で、パロアルトではどんな仕事を？」

素知らぬふりを決め込んで訊ね返した。

「EV技術の研究と情報収集です」

木下は小鼻を膨らませながら、胸を張る。

「Oh，yeah？」

ライスは目を見開き、「何て幸運なんだ。いや、先の役員会で、キノシタサンが私の話を通訳してくれただろ？　日本企業の指揮を執るに当たって、最大の障壁は言葉だからね。この二週間、オリエンタルの経営状況の把握に努めてきたんだが、現場、それも各事業部の担当役員がどんな意識を抱きながら今までやってきたのかを知りたくてね。それで、来てもらったんだよ」

大仰に驚いて見せた。

「まあ、日本人はまだまだ英語が苦手な人間の方が圧倒的に多いので……。うちの役員にしても、ジムの話を通訳なしで理解できるのは、五名もいないのではないかと……」

「グローバル企業なのに?」

「とにかく体質が古いんですよ」

思った通り、木下は自分の時代が来たと確信しているらしい。早々に、これまでのオリエンタルの企業体質への批判を始めようとする。

「例えば?」

「いろいろありますけど、年功序列の概念が根強く残っているのは、その典型例でしょうね。アメリカ企業ならば、年齢、社歴に関係なく、評価されれば、どんどん昇格させますが、日本企業は中々そうはいかないんですよ」

「それは、なぜなのかな?」

「部下に追い抜かれるのは面白いはずがないし、自分より若い年齢の上司に仕えるのを屈辱と感じるからですよ。自分たちだって、そういうステップを踏んで今の地位についたんだ。だから、お前たちも苦労しろ、我慢しろってことなんじゃないですかね」

「なるほどねえ……。ガソリン車からEVにって、自動車業界に革命が起きようとしてるのに、それじゃあ出遅れるわけだ」

「そうなんです。我が社だけではなく、業界自体が生きるか死ぬかを賭けた戦いに入ろうという時に、年齢も社歴もあったものではないでしょう。出る杭《くい》は伸ばさなければ、オリエンタルに将来なんかありませんよ」

ライスの反応に意を強くしたと見えて、木下は言葉に弾みをつける。

そこで、ライスは問うた。

「キノシタサンは、私の経営戦略書を読んでくれたのかね？」

「もちろんです」

木下は大きく頷くと、「あっ、タカと呼んでください。ファミリーネームで呼ばれると、距離を感じちゃいますので」

ニンマリと笑う。

「OK、じゃあタカ、内容について、どんな感想を抱いたかね？」

「百パーセント、お考えを支持いたします」

木下は即答する。「ガソリン車が消えるのは、もはや時間の問題です。EVに切り替わるとなれば、製造工程も一変するわけですから、工場で使われる機械も大幅に入れ換えなければなりません。もちろん、それに際しては、多額の設備投資が必要になりますが、ロボットなど最新の機材を導入すれば、生産性は格段に向上するでしょう。となれば、工場の集約も可能になるわけで、余剰となった施設を売却すれば、設備投資の資金に充当できますし、人員整理の対象となる従業員にも手厚く報いてやれます。何もかも、お考えの通りだと思います」

アポを取ったのは一昨日のことだが、その間に問答を想定し、しっかり準備したらしく、淀《よど》みなくいい、勢いのまま続ける。

「アメリカで圧倒的シェアを持つEVメーカーは、主要都市にショールームを置きはするもののディーラー網を持たず、受注は全てネットで行っております。既に同社は日本でも同様の販売方法を取っており、間違いなく後発企業もこれに倣《なら》うでしょう。これは、既存の自動車メーカーにとっては大変な脅威です。直販となれば、ディーラーの利益はもちろん、販売促進費、報奨金、販売支援等、これまでメーカーが負担してきた諸々の費用のほとんどが不要になります。結果的に大幅に販売価格を下げる、あるいは従来以上の利幅を確保することが可能になりますのでね」

「さすがだね。この短い間に、あの経営戦略書を読み込んで、十分理解したようだね」

「そりゃあバイブルといわれたからには、完全に頭に叩き込まないと」

木下は自慢げに、小鼻をひくひくさせながら目元を緩ませる。

「他の役員諸君はどうなのかな？　理解してくれた様子かね？」

「さあ、どうでしょう……」

木下は小首を傾げ、嘲笑するかのように口元を歪めた。

「話題になっていないのかね？」

「う〜ん……。どうなんでしょう……。なんか、告げ口するようで、気が引けるなあ……」

困惑するかのようにいう木下だったが、その瞳に下卑《げび》た光が宿る。

演技であるのは明らかだ。同時に、この男こそが求めていた人材だとライスは確信した。

いいたいんだろ？　ホラ、いえよ、早く……。

ライスは内心で呟きながら、誘いをかけた。

「本音を知りたいんだよ。経営者というのは孤独なものでね。面従腹背《めんじゅうふくはい》って言葉があるだろ？　上司の前では従順なふりをしていても、その実、指示を実行しない輩は組織の中にはごまんといるもんだ。特に社外からやってきた社長が能力を十分に発揮できず、経営に失敗する要因の多くは、そこにあると私は考えているんだよ」

「じゃあ、本当のところを申し上げますが……。ここだけの話ですよ、ジム……」

誰が聞いているわけでもないのに、木下は身を乗り出すと、小声でいう。

「分かってるさ、タカ……。君と私との間の話だ」

木下は、嬉しそうに目元を緩めながらも、

「英語が苦手な人が多いってこともあって、日本語訳が出てからですから、ようやく読み終えたばかりってところなんですが、賛同より反発の声が聞こえてきますね」

憂《うれ》うような口調でいう。

「どういったところに？」

「私が賛意を示した二つの点は、特にそうです。不要となった工場を閉鎖し売却すれば、従業員を大量に解雇しなければならない。会社のイメージも損なわれるし、売却してしまったならば、新工場が必要になった時に、用地の確保が困難になると」

「ディーラー網の統廃合については？」

「ＥＶの販売を開始した後ならまだしも、それまでの間はガソリン車の販売を続けなければならない。統廃合なんていいだそうものなら、営業マンはもちろん、ディーラーの従業員はこぞって辞めていくに決まってる。あっという間に、会社は沈没だとか……」

いずれも想定内の反応だ。

ＩＴ業界に長くいれば、オールドモデルと化したビジネスの上に胡座《あぐら》をかき、利益を貪ってきた大企業が、技術革新の波に襲われた時の脆弱《ぜいじやく》さを目の当たりにする。

自動車業界もその一つとなるのは、もはや避けられない。

開発と製造はメーカーが行う。部品は子会社、あるいは下請け企業から調達する。販売はディーラーが担い、同時に顧客のケア、販売した車のメンテナンスも行う。

世界中の自動車会社に共通した、このビジネスモデルが確立されるまでには、膨大な労力と資金が投入され、長い時間が費やされてきた。そして、このモデルなくして自動車メーカーのビジネスは成り立たず、高級スポーツカーのようなニッチな市場を除いては、新興メーカーの参入を阻んできたのだ。

ところが、インターネットが世の中に浸透し、いち早くＥＶの開発に成功したベンチャーがＩＴ技術を活用した販売方法を導入した途端、状況は一変した。

受注をネット経由にした効果は、ディーラーが不要になっただけではない。オーダーをユーザー自身が指定のフォームに入力してくれるのだから、オペレーターすらいらぬ。受注が確定すれば、どれだけの資材や部品を調達しなければならないかが瞬時に把握できる。当然、資材や部品のストックも、最小限に留《とど》めることもできれば、生産効率の最適化を図ることも可能になるのだ。

それに、ＥＶは単に電力を動力源にする自動車にあらず。走るコンピュータでもある。

運転支援、ナビゲーションをはじめ、大半の機能はコンピュータによって管理され、ソフトウエアのバージョンアップも通信回線を使ってリアルタイムでできてしまう。各パーツの摩耗《まもう》具合、あるいは不具合もコンピュータが管理し、問題が生じそうなら所有者に事前に警告し、メーカーも把握することが可能なのだ。

部品点数の少なさは、運転席を見れば一目瞭然だ。

計器といえば、かつての航空機のコックピットには、多くの計器が並んでいたものだったが、今や数枚のパネルである。パイロットに伝える情報が減ったのではない。モードを切り替えれば、瞬時にして必要な情報が得られるように進化したのだ。

航空機に比べて、計器の数が遥かに少ない自動車となればなおさらで、速度計、回転計、燃料計、時計は一枚のパネルの中に集約され、今や中央のパネルには新たに搭載された三百六十度カメラが周辺状況を監視し、接触事故を未然に防止する機能すら装備している車も当たり前にある。

そして、従来の常識を覆すことで、既得権益を貪ってきた大企業が牛耳る市場を奪おうと挑戦してくるのがベンチャーである。

絵画の世界に譬《たと》えれば、従来の自動車メーカーのビジネスモデルは、手を入れる余地がどこにもない、完成された有名画家の絵のようなもの。もはや、美術館の展示品、あるいはコレクターズアイテムのようなものだ。一方のベンチャーはといえば、白紙のカンバスに時代のニーズに合った絵を描く過程にあり、いかようにでも変える余地が残されているのだから、戦略を立てやすいのがどちらなのかは明らかだ。

「なるほど、いかにもオールドモデルの中でやってきた人間が、いいそうなことではあるね。特に、ディーラーの統廃合について、懸念するところがね」

ライスが理解を示すと、木下もまた追随《ついずい》する。

「確かに、EVの受注にはネットを使うと公表すれば、職場がなくなってしまうわけですから、早々に転職を図る従業員が続出するのは避けられません。当然、売上げは激減しますから、EVの販売が現在の売上げに追いつくまで、どうやって凌ぐかという問題に直面することになるでしょう」

「オールドモデルで食ってきた業界、企業が陥るジレンマってやつだな。沈みはじめた泥舟から脱出しようと、新しい舟に足を掛けても、問題は乗り移るタイミングだ。判断を間違えれば転落して溺れ死ぬことを恐れて、乗り移る決心がつかなくなってしまうんだな」

「その通りなんです。EV市場でベンチャーに伍して戦うためには、ディーラー網の統廃合は必要不可欠です。それは分かっているんですが——」

「君は、どう考えるんだね？　タカ……」

ライスは木下の言葉を遮って問うた。

「どう考えるといわれましても……」

意見を求められるとは、予想だにしていなかったのだろう。

木下は視線を逸《そ》らし、俯《うつむ》いてしまう。

まあ、その程度の男であるのは、先刻承知だ。

この男に期待しているのは、それじゃない。

ライスは、鼻を鳴らしそうになるのをすんでのところで堪え、

「まあ、いいさ。じゃあ、質問を変えよう」

続けて問うた。

「オリエンタルは、EVの開発に完全に出遅れた。この遅れを取り戻すのは容易なことではないが、方法はあると思うかね？」

「そ、それは……」

先程までの勢いはどこへやら。

木下は顔面を蒼白にし、ますます俯いてしまう。

「どうした？　君はＥＶ担当役員だろ？　遅れを取り戻す策の一つや二つ、考えてあるんだろ？」

「考えはありますが、実現するかどうかは……」

「あるの？　あるんだったら、是非聞きたいね。いってみたまえ」

「有望なベンチャーとの合弁……あるいは買収です。遅れを取り戻すなら、進んでいる会社と一緒にやるか、買うかするのが手っ取り早いと思います」

へえっ……。

意外にも、期待通りのこたえを返してくるではないか。

苦し紛れに思いついたままを口にしたのだろうが、それにしては上出来だ。

合弁は、いずれライスが打ち出そうとしている策の一つ。そして、鳴島が描いたシナリオの肝中の肝であったからだ。

「なるほどねえ。考えたこともなかったが、確かにその手はあるね」

ライスが感心した素振りを装うと、

「いや、それしかないでしょう」

木下は意を強くしたらしく、再び言葉に弾みをつける。「ＥＶ時代の到来が確実となった今、アメリカ、ヨーロッパ、そして中国と、規模、技術力、販売力では既存の自動車メーカーに太刀打ちできなかったベンチャーが、同じスタートラインに立つチャンスを得たのです。しかも、ベンチャーには過去のしがらみなんてものは一切ありませんからね。利は絶対的にベンチャーにあるんです」

「絶対的？　どうして、そういい切れる？」

「そ、それは……」

片眉を上げながら、問い返したライスに、木下はギクリとした様子で、一瞬口籠もったが、

「も、もちろん、資金の目処《めど》が立てばこそではありますけどね……。ベンチャーの最大の弱点は、なんといっても資金です。だからこそ、我々にもチャンスがあるのです」

この見事としかいいようのない反射神経、というかその場凌ぎの言い訳を思いつく能力は、ある意味、〝才能〟といっていいだろう。

この手の男に実務的な仕事を任せるのは危険だが、交渉の場では貴重な戦力となる場合がある。

『ああいえば、こういう』という言葉があるが、相手が納得するかは別として、言葉で打ち負かさねばならない任務には打って付けの人材といえないこともない。

「技術があってもカネがないベンチャーと、開発に出遅れたうちが組めば、お互いの弱みを補塡《ほてん》できると君はいいたいのだね」

「その通りです」

木下は大袈裟に腕を広げる。

「でもね、タカ。オリエンタルにはその肝心のカネが、十分あるとはいえんのだが？」

「今のところは……」

木下は顔の前に人差し指を突き立てると、ぐいと身を乗り出した。「ですが、お書きになった、経営戦略書にはこうありました。余剰施設を売却し、余剰人員を整理すれば、財務体質は改善する。同時に製造車種を絞り込み、売れる車に販売力を集中させれば、収益性は格段に向上する。そこで得た利益を、ＥＶの開発に集中させる……」

「その通りだ」

「今申し上げた私の案を採用していただければ、開発費が圧縮できます。そこで浮いた資金を買収、あるいは合併の原資に充てることができるのではないでしょうか。それに、開発に出遅れていたオリエンタルが一気に追いつきそうだとなれば、株価は爆上げ。市場からの資金調達も可能になるでしょうし、融資に応ずる金融機関も引きも切らずということになるのでは？」

やっぱりこいつだ！　この男しかいない！

快哉《かいさい》を叫びそうになるのを堪えても、やはり目元が緩んでしまう。

果たして木下は、そんなライスの表情を見て取ったらしく、どうだとばかりに胸を張る。

「なるほどね……」

ライスは内心の思いを解き放ち、口が裂けそうな笑いを顔に宿した。「見つけたよ……」

「見つけた……といいますと？」

「経営戦略書を現場で指揮し、実現する人間をだよ」

木下の瞳が炯々《けいけい》と輝き出す。

ライスは続けた。

「ビジネスにはスピードが重要だ。遅れをとってしまった時には、なおさらだ。オリエンタルが生きるか死ぬかの危機的状況に立たされている今、まして世界を相手に戦い、生きぬかなければならない時に、意思の疎通のために通訳を入れている時間はない」

「仰せの通りでございます！」

木下は、大きく頷く。

「しかも、君は完璧に私の経営戦略を理解した。期待した以上の案も出してくれた。君がＥＶ担当の役員であってよかったよ。最初に面談を持ったのが君だったこともね」

「光栄です……」

軽く頭を下げながら、上目遣いでライスを見る木下の目から、何かを期待する心中が透けて見えるようだった。

「ビジネスは戦いだ。いかに作戦が優れていても、前線の指揮官が無能では勝利することはできない」

「ごもっともです」

「君を副社長に任命しよう」

「へっ？……」

木下はぽかんとして、間の抜けた声を上げる。

「私が立案した経営戦略書を速やかに推進する部署として、経営戦略室を新たに設けることにする。君はそこの担当副社長として、最前線で指揮を執る。部下の人選は任せるし、権限も与えよう。ただし、報告、相談は怠らないこと。一日でも早く、遅れを取り戻すことに専念してくれ」

「しかし、ヒラ取《トリ》がいきなり副社長とは……」

「前例がないといいたいのかね？」

さすがの木下も、まさかこんな日が我が身に訪れるとは、想像だにしていなかったのだろう。狐《きつね》につままれたかのように、目をぱちくりさせるばかりだ。

「私はアメリカ人だよ、タカ……」

ライスは続けた。「能力がある者に相応《ふさわ》しいポジションと権限を与えるのは当たり前のことだし、それなくして組織は活性化しないものだ。君だっていっていたじゃないか。オリエンタルがこんな状況に陥ってしまったのは、年功序列なんて時代遅れの概念が根強く残っているせいだと……」

　突然木下が立ち上がった。

　そして、直立不動の姿勢を取ると、

「ありがとうございます！　私、タカヒコ・キノシタ、社長のご期待に添えるよう、精一杯働かせていただきます！」

　深く体を折った。

　ガイジンもどきを気取っていても、やっぱり、こいつも日本人だ。

　そんな思いを抱きながら、ライスは止めの言葉を口にした。

「ここで終わりじゃないぞ。見事やり遂げてくれた暁《あかつき》には、君にはさらに大きなチャンスを与えることになるんだからね」

6

「幸先のいいスタートじゃないですか。早々に眼鏡に適う人間に当たるなんて」

　部屋を辞した木下と入れ替わりで入室してきたラッセルが、含み笑いを浮かべながら、ソファーに腰を下ろした。

　その間にライスは、携帯電話の回線を切った。

　木下との会話の一部始終を、別の部屋にいたラッセルが聞けるようにしていたのだ。

「大学を卒業して最初に入社したのは、ニシハマUSAだったが、当時の海外駐在員、特に先進国への赴任は将来を嘱望《しょくぼう》された、幹部候補生と目された人間ばかりだったのさ。なにしろ、外国がまだまだ遠い時代だったからね。それも海外旅行が当たり前になると、必ずしもそうとはいえなくなったんだな。考えてみりゃ、本当に将来を嘱望されているなら、海外法人よりも本社で経験を積ませるものだしね」

「八年は長すぎますよ。しかも、情報収集が目的とはいっても、はかばかしい成果を挙げていたわけでもないのにそのままって、仕事の内容も本人も、何ら期待されていないことの証じゃないですか」

「それでもあいつは、運は持っているようだ」

ライスは鼻を鳴らし苦笑を浮かべた。「まだ先の話だと高を括《くく》っていたのが、脱炭素が叫ばれた途端、EV時代の到来だ。本来ならば、あのまま塩漬けになっていたか、帰国しても閑職に飛ばされていただろうに、まさかの取締役就任だ」

「あの程度の男がねえ」

「オリエンタルの体質の古さが表れた人事だな」

ライスはいった。「EVの本場アメリカ、それもパロアルトで八年、その間EVの情報収集をやってきたと聞きゃあ、その分野のエキスパートだと思うだろうさ。社内の評価も、アメリカでの業績も、社外の人間には知りようがないんだからさ」

「オリエンタルがEV事業に本格的に乗り出すことを世に知らしめるには、彼しかいなかったってことですか」

「それだけ、オリエンタルはEV事業に力を入れてこなかった。だから、人材も育てる必要性も感じなかったってことなんだろうな。要は、歴代の経営者、経営陣がいかに無能であったかってことさ。オリエンタル車の市場シェアは落ちる一方。ガソリン車ではシェアを伸ばすことはまず不可能だってのは誰の目にも明らかだったんだ。ＥＶの時代が来れば、既存の自動車メーカー、ベンチャーが一連横並びで〝よーいドン〟だ。賢い経営者なら、経営再建の大チャンスと捉え、精鋭を集めてその時に備えただろうからね」

「その結果が、あれですもんね」

ラッセルは、あからさまに嘲笑を浮かべる。

「あの手のタイプの人間は自己承認欲求が極めて強い。そして不遇を託《かこ》つ時代が長ければ長いほど、承認された時の反動は大きく出るものだ」

「ついに俺の時代がやって来た……。このチャンスを逃してなるものかと、承認欲求を満たしてくれた人間の期待に、忠実にこたえようとするわけですね」

「当然そうなるさ」

ライスはふっと小さく笑った。「トップに認められ、ナンバーツーの地位を手に入れたんだ。頭の中は私への感謝の念と、期待に応えなければならないという使命感で一杯だ。しかも、今までの上司が自分の部下になるんだ。これまで自分が受けた仕打ちには不満どころか、恨《うら》みすら覚えてもいるだろうからね。冷酷無比、悪逆無道と罵声を浴びせられても気にするもんか。どんなことでもやってのけるさ」

「そうなると、合弁会社の件も、早急に目星をつけなければなりませんね」

工場閉鎖に伴う人員整理、それに伴う組織の合理化を任せる人間に目処がついたからには、次のステップへとばかりにラッセルは話題を転じる。「あの情報は本当でしたからね。そう遠くないうちに中国が、ガソリンエンジン車の製造を禁止し、以降全面的にＥＶ車の製造に切り替えると聞いた時には、正直半信半疑だったのですが、いや、驚きました。誰かは教えてもらえずにいますけど、その人、中国政府の相当深いところに情報源を持っているんですね」

「そのようだね……」

ラッセルは、ライスの背後にいる人間の存在を知らない。

ライスもまた、鳴島の計画に乗っただけで、彼以外にどんな人物がいるのか、その全貌を把握しているわけではない。

中国の件にしても、「政権内部にいる人物からの情報」と伝えられはしたものの、その人物の名前はもちろん、地位すらも知らされてはいなかった。

「では、合弁の相手についても、目星はついていないわけですね」

「いいや」

ライスは首を振った。「ベンチャーにとって、市場を牛耳ってきた大手自動車メーカーに伍して戦える大チャンスの到来だ。この機に乗じて、ＥＶ市場に参入しようと、多くのベンチャーが世界中で蠢《うごめ》いているからね。どことパートナーシップを結ぶかは、慎重に見極めないとね」

「確かに……」

「ただ、相手は中国のベンチャー、あるいは新規参入を目論む、大企業になるだろうね。ＥＶ市場への参入を目論んでいるのはベンチャーに限ったことではない。資金力の溢れた大企業もまた同じだ」

「中国は一国としては世界最大の市場ですからね。政府だってＥＶを新しい産業の柱にすることを目論んでいるに決まってます。国産車を普及させるために、外国車の販売障壁になるような政策を打ち出すぐらいのことはやるでしょう」

「実はね、合弁相手の目星をつけるのは、私の仕事ではないんだ」

「それ、どういう意味です？」

「私の使命は何だった？」

逆にライスは問い返した。

「オリエンタルの企業価値を高めること……でしたよね」

「企業価値を判断する指標は？」

「そりゃあ、株価でしょう。業績が好転すれば株価は上がる――」

「株価は業績だけに連動して上がるもんじゃない。期待されただけでも上がるんだ」

「確かに……」

「実際、私が社長に就任する一報が流れた途端、オリエンタルの株価は上昇に転じた。君と一緒に考えた経営戦略書に従って、工場の閉鎖、売却、組織の統廃合が進めば、さらに株価は上がるだろう。そこに投資家があっと驚くような企業との合弁契約が成立すればどうなると思う」

「間違いなく、株価は高騰《こうとう》しますね」

ラッセルがオリエンタルに転ずるに当たっては、もちろん以前より高額な報酬を提示したし、ストックオプションも条件にした。

その時に得られる、多額のカネが脳裏に浮かんだのだろう、ラッセルは炯々と瞳を輝かせる。

「株主が望んでいるのはそれだ。いや、そもそも株主の望みはそれしかないんだよ」

ライスは断言すると、続けていった。

「株主は会社の将来を期待して株を持つんじゃない。短期間で、いかに高いリターンを得られるか。関心はその一点にしかないんだ。つまり……」

「つまり？」

「満足のいく利益が得られたら、後のことなんて知ったこっちゃないってことさ。当たり前だろ？私にだって、株価を上げることしか期待していないさ。まあ、後のことは知ったこっちゃないってのは、コンサルタント業にもいえることだがね」

「これは手厳しい……」

ラッセルは苦笑いを浮かべる。「もっとも、その通りではありますね。資料を分析し、経営改善へのアドバイスをする、あるいは戦略を提示する。クライアントが納得すれば、後は野となれ山となれ。実行するもしないもクライアントの自由。アドバイスに対する結果は、知ったこっちゃありませんからね」

「うまくいけば、君たちの手柄。うまくいかなきゃ、なぜそうなったのか。そこでまた新たな仕事の種がうまれるんだもんな。考えてみりゃ、あこぎな商売だよ」

「時々不思議に思うことがあるんですよねえ。コンサルタントにアドバイスや戦略を求めてうまくいくなら、経営者なんていらないし、コンサルタントに経営を任せりゃいいじゃないかって」

「だから君に声を掛けたんだよ」

ライスは、そう前置くと続けていった。

「私たちが練った経営戦略書は、オリエンタルの業績を回復させるため、将来に備えるためにも必要不可欠なことを書いたつもりだ。ここまではいいね……」

「ええ……」

「まあ、内容は定石通りのことばかりだが、日本人がトップにいる限り、短期間のうちにこれだけのことを成し遂げるのはまず不可能だ。つまり、企業価値を高めるためには、日本人の感覚では冷酷無比、悪逆無道と映るような手法でも、ドラスティックに断行できる外国人経営者が必要だと株主たちが考えたからなんだ」

「分かります」

「つまり、私の使命はオリエンタルがEV市場に乗り出すまでの道筋を整えること。合弁相手を見つけて契約を交わすまで。そこから先は前に進むだけだから、それこそ業界を良く知る人間が経営すればいいんだよ」

目論見通りに事が進めば、株価がどう動くか、今までの話で十分に理解できたはずだ。

果たして、ラッセルはニヤリと笑い、

「つまり、再建のコンサルが任務だというわけですか……」

と返してきた。

「実際に道筋を整えるまではやるんだぜ？　ドキュメンツを提出して、後は野となれ山となれのコンサルタントと一緒にして欲しくないね」

「こりゃまた辛辣《しんらつ》な……」

ラッセルはひとしきり呵々《かか》と笑い声を上げると、「ということは、その後のオリエンタルの運命は、あのキノシタ次第ということになるわけですか……。大丈夫なんですかね？」

目元を緩ませたまま問うてきた。

改めてこたえるまでもない。

ライスは両眉を上げ、肩をすくめると、胸の中で呟いた。

「知ったことか。後は野となれ山となれだ」

第三章

1

「この間、依頼されたオリエンタルの件なんですがね、樋熊さんが睨んだ通り、水面下でいろいろと動きがあるようですね」

水曜日の正午直前、挨拶もそこそこに、ウシジマ・ヒクマを訪れた上条《かみじょう》豊《ゆたか》が報告をはじめた。

上条は、新聞、雑誌、ネットメディアに寄稿する傍ら、有料メルマガサイトを運営するフリーのジャーナリストだ。

大学を卒業と同時に全国紙に入社。四年間経済部で記者をしたところで退社し、ニューヨークのコロンビア大学ジャーナリズム大学院に私費留学。修士号を取得した後、同地の新聞社に職を得た。

そこで六年働いたところで退社。所謂バックパッカーとなって三年間、世界各国を放浪。その後は、日本をベースにフリージャーナリストとして活動するようになって三年、というのが上条の経歴だ。

日米の新聞社で経済部の記者をやっていただけに、経済分野に明るいのはもちろんだが、バックパッカー時代の経験が知見を広めることになったのだろう。国際情勢、各国の政治、社会情勢にも詳しく、抜群の取材力と分析能力が高く評価され、メルマガは月額千円という中々の料金であるにもかかわらず、五百余名の読者がいると聞く。

その点では、立派な成功者といえるのだが、「ニューヨークのジャーナリズムの世界で働くのが夢で、だからコロンビア大学のジャーナリズム大学院に留学したんです。フリーになるなんて、考えたことはなかったんです」と上条はいう。

というのも、アメリカの大学院、特に有名大学の大学院は、三つの目的をもって運営されているからだ。

一つは学士号取得者に、さらなる高等教育を授け研究者を育てること。二つ目は、ロースクールのように、専門資格を得るための教育を施すこと。そして残る一つは、世界的な人脈を築く場とすることだ。

ハーバード大学の公共政策大学院、通称ケネディスクールはこの典型的な例だ。なにしろ、自他共に認める世界最高峰の大学の一つである。世界中の国から将来を嘱望された官僚が集まり、二年間勉学の場を共にすれば、多くの友人、知己ができ、交流は帰国した後も続く。しかも同窓は数知れず、中には政治家となって一国を率いる人間もいる。かくして、大学の価値、存在感、影響力、名声も高まるというわけなのだが、ジャーナリズムの世界において、同様の役割を担っているのが、コロンビア大学ジャーナリズム大学院なのだ。

アメリカの新聞界はMLBに似ていて、記者としてのキャリアは数多あるローカル紙からはじまるのが大半だ。そこで研鑽《けんさん》を積みながら、大手新聞社を目指すことになるのだが、ローカル紙の記者が特ダネをものにするチャンスはそう多くない。そこで、キャリアアップに役に立つとされるのが、メンターと称される同窓生リストだ。

同窓生の結束力が強いのは、洋の東西を問わない。後輩に面談を求められれば、採用が通るかは別として、会うぐらいのことはする。

上条の場合も世界の情報発信地、ニューヨークの新聞社で働くことを夢見たからこそ、同校で学ぶことにしたのだ。それがなぜ、フリーになったのか。

その理由が実に変わっていて、彼は敬虔《けいけん》なカトリック教徒で、聖地であるスペインはガリシア州のサンティアゴ・デ・コンポステーラを目指す巡礼の旅に出る、それも完歩するのが幼い頃からの夢であったというのだ。

日本でいえば、さしずめ四国八十八カ所、お遍路旅といったところなのだが、フランスから六十日を費やして夢を叶《かな》えた途端、今度はすっかり旅に魅せられて、そのまま世界を放浪することにしたのだという。

だからといって、ジャーナリストとしての力量に、些《いささ》かの衰えがあったわけではない。むしろ、世界中から同業者が集《つど》う大学院で培った人脈に、旅の経験も加わって、彼の情報収集能力、取材力は飛躍的にアップした。

上条とは令がニューヨークにいた頃からの付き合いで、帰国後はウシジマ・ヒクマの依頼を受けて、調査取材を行うのも度々のことだった。

「まず、新たに社長に就任したジム・ライスですが、最初の役員会で、経営戦略書なるものを役員全員に配布したそうです。内容は、ざっくりいって、ガソリン車からＥＶへ。つまり、これからオリエンタルは、持てる経営資源の全てをＥＶの開発とマーケティングに集中させる。ついては、組織の大改革に踏み切る……」

「持てる経営資源ねえ……。資源って様々だけど、おカネだけじゃなくて、人もそうだよね」

令の言葉に、

「でしょうね」

上条は、あっさりと頷く。

「ってことは、大リストラがはじまるわけだ」

「はっきりいって、ガソリンエンジンの開発に携わっていた研究者、技術者は仕事なくなっちゃいますからね。従業員が減れば、人事や総務のようなスタッフ部門の業務量も減るわけですから、そこでも余剰人員が生まれますね」

「そして、工場か……」

「オリエンタルが所有している工場は、日本国内に五ヵ所あるんですが、最も大きいのは武蔵野《むさしの》工場で、敷地面積は一万五千坪もあるんです。ただ、ここは創業時からのもので、オリエンタルにとっては正に聖地ですからね。業績の低迷が長く続いている中で、今に至るまで手がつけられていなかったのは、そうした理由もあってのことのようです」

「創業八十年になろうって会社だからね。当時の工場周辺なんて、何もなかったんだろうけど、今じゃあの近辺って、立派な住宅地だもんね。中央線で新宿《しんじゅく》まで四十分って立地もいいし、売りに出せば買い手殺到間違いなし。かなりの値が付くだろうしね」

「今じゃ、あそこに工場なんか建てられませんからね。周辺の用途地域は第一種中高層住専になっちゃってるし、マンションを建てれば、大商い間違いなしです」

「他の工場は売却しても、大した金額にはならない地方ばっかりだしね」

「今時、人件費が安いからって、地方に工場を新設する企業はありませんよ。それに、ライスはオリエンタルとは、縁も所縁《ゆかり》もなかったアメリカ人です。創業の地、聖地なんて思い入れも持っちゃいませんから、躊躇《ちゆうちよ》しないでしょう」

上条の読みに異論はない。

「まして、アメリカ人を前にすると、日本人は腰が引けちゃうからねえ。ライスって、日本語通じないんでしょ？」

「全く駄目のようですけど、ランゲージバリアが理由なのかどうかは分かりませんが、経営企画書に沿って、指揮を執るのは日本人になるようですね」

「日本人？」

「ＥＶ担当の役員で木下ってのがいるんです。なんでも、経営戦略室なる部署が新たに設けられ、担当副社長として指揮を執るとか」

「木下ねえ……。専務とか常務にそんな人、いたっけ？」

「それが、ヒラ取なんですよ」

「ヒラ取が、副社長って……それじゃ、三階級特進じゃない！」

驚きのあまり、令の声が吊り上がる。

オリエンタルクラスの日本企業、しかも旧態依然とした社風の会社では、まず起こりえない大抜擢《だいばつてき》だ。

「こんなに早く、内部情報を取れたのは、それが理由でしてね。そりゃそうですよ。ガソリンやってた役員は早晩お役御免か、残れてもヒラ取だった木下に仕えることになるんですからね。年功序列制度の中で出世の階段を一つ一つ上がってきた人間には、我慢できませんよ」

「だからって、ライスに面と向かって異議を唱える人は、誰一人としていないわけでしょ？」

まるで、パシフィックの再現だ。

令には、オリエンタルの役員たちの心情、社内の雰囲気が透けて見えるようだった。

「いうにいえないってのが、本当のところなんでしょうね。なんせ、ライスとの間にはランゲージバリアってやつがありますんで」

上条は、皮肉めいた笑いを浮かべ、口元を歪ませる。

「ランゲージバリアっていってもさ、通訳いるんでしょ？」

「いい忘れてました。ライスは通訳を使わないそうです」

「えっ！　じゃあ、意思の疎通、指示の伝達は誰がやるの？」

「だから、木下を経営戦略室長に任命したんですよ」

上条は意味深にいい、話を続けた。

「彼、ＥＶ技術の調査、研究が目的で、パロアルトに八年駐在していたそうでしてね」

そう聞けば、上条が何をいわんとしているか、聞くまでもない。

令は先回りした。

「英語が通じる。ダイレクトに話が通じるやつを手下にしたわけかあ」

「八年ですよ？」

上条は上目遣いに令を見ながら、両眉を吊り上げる。「優秀な社員を八年もの間、外に出したままにしておきますかね。それに、今でこそ本腰を入れるってことになりましたけど、パシフィックはＥＶの開発にすっかり出遅れたメーカーですよ」

「塩漬けにされても、首にはならなかったんだ」

「忘れられてたんじゃないですかね」

上条は苦笑する。「まあ、彼の抜擢を快く思っていない人の話ですから、多少割り引いて聞かなけりゃならないとしても、当たらずとも遠からず、実績らしいものは皆無なのに、市場がEVって流れになった途端、急遽帰国、しかもヒラとはいえ取締役に就任ですもん」

「オリエンタルもついにEVに本腰を入れるってフリをしなけりゃならなくなったってわけか」

「そこにライスがやってきた。日本人は、アメリカ企業は実績、能力主義で、年功序列なんて概念は持っちゃいないって思い込んでいますし、外国人にはからきし弱いときてますからね」

令は思わず溜息《ためいき》をつきたくなった。

アメリカ企業が実績、能力主義というのは、正直なところ半分本当、半分嘘というのが、令の実感だ。

ベンチャー企業の経営者に若者が多いのは、若くして起業する人間が多いから、かつ脚光を浴びるのが成功した経営者だけだからだ。夢破れ、埋もれて行った若き経営者は、数知れないのが現実なのだ。

ならば、大企業はどうかといえば、日本ほどではないにせよ、それなりの年齢の人間が、経営者に就任しているのが大半なのだ。考えてみれば、それも当たり前の話で、企業規模が大きくなればなるほど、経営者になる人間の実績が重要視されるからだ。

これもまた、MLBの選手を育成する過程に似ていて、ルーキーリーグからはじまって、1A、2A、3Aの各段階で、優れた実績を挙げ、ようやくメジャーに昇格できるのだ。さらに、そこで突出して優れた成績を挙げた選手だけがレギュラーとなり、法外な収入を得られるようにもなれば、FAとなってさらに高額な報酬を条件に、より強いチームに移籍することも可能になる。

もちろん、皆一様にこのステップを踏襲しなければならないというわけではない。有名大学のビジネススクールで学位を得れば、ドラフトで上位指名を受けるがごとく、2A、3Aからのスタートとなる。しかし、いずれにしても、そこで確たる実績を挙げ続けなければ、それまでの話。戦力外通告を突きつけられることになる。

「その木下だっけ、我が世の春が到来したとばかりに、喜んでいるんでしょうね」

「八年もアメリカにいたんですからねえ、英語もそれなりにできるでしょうし、直《じか》に話ができる人間を重用したくなるのが人間ってもんですからね」

令の言葉を肯定する上条だったが、いいたかったのは、それではない。

「いや、ぬか喜びに終わるんじゃないか。悲惨な目に遭うことになるんじゃないかと思ってさ……」

「ぬか喜び？」

「ライスの狙いは、木下に厄介な仕事をやらせるため。これからオリエンタルに吹き荒れる、組織改革に伴う大リストラの矢面《やおもて》に、彼を立たせるのが目的なんじゃないのかな」

「えっ？」

そんなことは想像もしていなかったのだろう。

上条は、短く漏らした。

「だってこれ、前にパシフィックで社長をやった鳴島が使った手口と全く一緒なんだもの」

「本当ですか？」

「本当も何も、あの時、木下の役をやらされた樋熊信郎は、私の父親だもん」

「えっ！　そうなんですか」

驚愕する上条だったが、「そういえば、鳴島の後に社長になったのは、樋熊さんって名前でしたね」

いまさらながらに思い出した様子でいう。

「樋熊なんて名字、そうないじゃん。気づきなさいよ」

とはいうものの、当時鳴り物入りで社長になった鳴島の注目度は圧倒的なものだったし、退任直前の業績は立派に回復したように見えた。

ところが、それも数字を整えただけのことに過ぎず、信郎は鳴島が食い散らかし、残飯と化したパシフィックの後始末を担わされることになったのだ。マスコミのカメラの放列の前で号泣し、己の力不足を詫《わ》びた社長がいたことを覚えてはいても、名前を記憶している人間はまずいまい。

「すんません……」

ばつが悪そうに、ペコリと頭を下げる上条だったが、「鳴島が取った手口と全く一緒だって、どういうことです？」

すぐに真顔になって問うてきた。

「業績が低迷している会社に、プロ経営者として乗り込んでくる。経営再建の名の下に、日本人には憚られるようなドラスティックな手法を用いて、組織改革を行う。そこで余剰となった人員をリストラすれば人件費は大幅に削減できる。資産を売却すれば、本業の業績が上向かなくとも、利益増大。数字の上では、見事に黒字化、経営再建を果たしたように見えるってわけ」

「なるほど、確かにいわれてみれば、あの時にそっくりですね。パシフィックも業績が低迷していたけど、かなりの資産が残ってましたし、鳴島が新たな策を打ち出す度に、株価が上がりましたもんね」

「そこ……」

令は、顔の前に人差し指を突き立てた。「株主にとっては、会社の将来なんかどうでもいいの。彼らの関心は、株価しかないのよ。彼らにとって、いい経営者かどうかの判断基準はただ一つ、どれだけ株価を上げてくれるか。つまり、どれほど儲けさせてくれるかにしかないんだもの」

「実際、オリエンタルもライスが社長に就任した途端、株価が爆上がりしましたもんね」

令は、そこで暫し考え込むと、

「ねえ、上条さん。株主っていえば、ライスの社長就任が公表される前から、アメリカの投資会社らしき連中が、オリエンタルの株を買いに回っていたの」

「アメリカの投資会社が？」

「それも、名前も聞いたこともない三十からの会社がよ……」

感ずるものがあったのだろう、上条の細めた目の中の瞳がキラリと光った。

「それ……何かありますね、きっと……」

漠としていた疑念でも一度言葉にしてしまうと、次から次へと浮かんでくるから不思議なものだ。

令は思いつくままを話しはじめた。

「ひょっとして、パシフィックで甘い汁を吸った連中が、もう一度同じことをやろうと目論んでいるんじゃないかしら」

「あり得るかもしれませんね……」

「パシフィックの時は、そこまで頭が回らなかったけど、鳴島が社長に就任する前の株価の動き、買いに回っていた人間、機関投資家がいたならどんな連中なのか、調べてみたら、何か分かるんじゃないかしら」

そこで、令は上条に視線を向けるといった。「悪いけど、リストを渡すから、今回オリエンタルの株を買いに回っている連中の正体を調べてくれない？」

「お安い御用です。その程度のことなら、アメリカの仕事仲間に依頼すれば、すぐに分かると思います。一週間ほど、時間をいただけますか？」

「読み通りなら、計画は実行段階に入ったってところかな。仕上がるまでには、まだまだ時間がかかるわ。早いに越したことはないけど、確実な情報が欲しいの」

「任せてください」

上条は、ニヤリと笑い、席を立った。

2

午後十一時。

令は就寝前に、グラス一杯の赤ワインを呑むのを習慣としている。

体にいいかどうかは別として、適度な酔いを覚えながら眠りに落ちる感覚が好きなのだ。

パジャマ姿でソファーに座り、夜のニュースを見ながら、グラスにワインを注ぎ入れたその時、充電中のスマホが鳴った。

誰かと思えば幸輔である。この時刻は彼にとって、遊びと情報収集、趣味と実益を兼ねた活動が佳境に入った時刻のはずだ。

「もしも～し、どうしたあ？」

「姉さん、店に面白いヤツが来てるんです」

令の問いかけに幸輔は声を潜め、早口でこたえる。

「面白いヤツ？」

「ラルフ・ラッセルっていうアメリカ人なんですけどね。この店の常連で、ピーター・ノバックっていうコンサルタント会社のエクスパッツと一緒に来てましてね」

エクスパッツとは、英語のエクスパトリエイトのことで、駐在を命じられて日本で暮らす本社社員のことである。

日本で現地採用される外国人も多いのに、本社採用の駐在員がなにゆえにこう呼ばれるか。それは現地採用と本社採用の社員の待遇には大きな格差があるからだ。

どこの国であろうとも、本国と同様の生活環境を保証すると謳うのが米軍だが、外国企業の多くもまた同じで、日本に駐在を命じるに当たっては、本国並みの住環境はもちろん、会員制クラブの会員権、子供連れなら教育費、メイドの費用に休暇時の帰国費用と多くの特典が与えられる。

もっとも、日本の大手企業も似たようなもので、特に発展途上国への駐在を命じるに当たっては、外国企業と比べても遜色ないほどの条件が提示されるのが常である。

そんなこともあって、

「エクスパッツがどうしたって？　そんなの東京には掃《は》いて捨てるほどいるじゃない」

令は素っ気なく返した。

「このピーターってのが、すっかり日本人の女の子に魅せられちゃったみたいで、僕にすっかり懐いちゃいましてね」

「いつの時代の話をしてんのよ。今時、エクスパッツを狙って近づく女の子なんかいやしないでしょ」

令は思わず冷笑を浮かべた。

実際のところ、日本人女性が外国人にモテるのは紛れもない事実である。

外国人女性は、幼少期こそ天使だが、二十歳を過ぎた頃から徐々に変化し、半ばを迎えた辺《あた》りになると、まるで脱皮したかのように容貌が変化する傾向にある。それに比べて日本人女性は、老化の進行具合が遅いというか、年齢を重ねても遥かに若く見えるし、優しく、従順だと思い込んでいる外国人男性は数知れない。しかも、家事、育児にも熱心という評判もある。

日本人女性も大分変わったとは思うのだが、欧米の女性に比べれば、まだまだそうした面があるのは事実ではあるだろう。一方の日本人女性にしても、かつては、エクスパッツの日本での暮らしぶりに憧れて、結婚目当てに近づく者は数知れなかったとは、令も聞いたことがある。

しかし、それも令が社会人になる遥か前の話だ。

「ピーターって、今回が初の駐在で、しかも初来日なんですよ。東京暮らしも一年半になるんですが、その間にすっかり日本贔屓《びいき》になりましてね、ワイフは絶対日本人にするっていって――」

「あ〜。外国人あるあるだけどさあ、でもなんでクラブなの？　会社にだって日本人女性はたくさんいるでしょ？　コンサルタント会社って、一体どこよ」

「ロッキンジーです」

「ロッキンジー？」

令は声を吊り上げた。

ロッキンジーといえば、ニューヨークに本社を置く、世界最大級のコンサルタント会社だ。新卒、中途の如何《いかん》を問わず、入社へのハードルはとてつもなく高く、知識、語学力に頭抜《ずぬ》けて優れているだけでなく、入社後も厳しく成果を問われることで有名だ。

「なるほどねえ。周りにいる女性は、日本人といってもばりばりのキャリア志向、外見は日本人だけど、中身は欧米人、彼が憧れる日本人女性とは違うってわけかあ」

危うく、『バナナ』といいかけたのを呑み込んで、令はいった。

「で、そのピーターが連れてきた、ラッセルってのが、オリエンタルの秘書室長なんですよ」

「オリエンタルの秘書室長って……じゃあ、ライスの直属の部下ってわけ？」

「そうなんです」

「あんた、なんでそれ早くいわないのよ！　ピーターの話なんかどうでもいいじゃない」

「いや、それがピーターにも関係する話なんですよ」

幸輔は、話はこれからだといわんばかりに令を諫《いさ》めると続けた。

「ラッセルって、前にロッキンジーにいたみたいで、ピーターとは旧知の仲だったようなんです。ラッセルはオリエンタルの社長にライスが就任するに当たってスカウトされたみたいで、来日してから日が浅いらしく、最初のうちは東京での暮らしについての話題に終始してたんですが、そのうち、仕事の話になりましてね」

これもまた、幸輔がただの遊び人を装っていればこそのことだ。

陽気で語学が達者、夜遊びの世界に通じている幸輔は、外国人からすれば、極めて便利な存在と映っているに違いないのだ。

「ビジネスの話？」

「中国のＥＶメーカーとパートナーシップを結ぶなら、どこがいいかって……」

「それ、ラッセルがいったの？」

「そうなんです。どうもピーターって、日本支社にいながら、中国のＥＶ市場の分析もやってるみたいなんです」

「なんで日本でそんなことをやってんのかしら。ロッキンジーなら、中国にも法人があるんじゃないの？」

「メインの仕事は、ＥＶ市場へ参入する、日本の自動車メーカーのコンサルみたいですよ。ＥＶの普及は、今のところアメリカが一番進んでいますけど、参入を目論んでいる企業の数では中国の方が圧倒的に多いそうですからね。中国の法人と情報を共有してるんじゃないですかね」

「なるほどねえ……。オリエンタルはＥＶの開発にすっかり出遅れちゃってるもんね。遅れを取り戻すためには、開発が進んでる企業を買収するか、パートナーシップを結ぶかするのが最も早いもんね」

狙いが読めた気がした令だったが、『待てよ……』と思った。

というのも、いずれの場合もオリエンタルにメリットはあっても、中国企業にはないことに気がついたからだ。

「それ、本気で考えてるのかなあ……」

令は疑念を呈《てい》した。

「本気なんじゃないすかね。オリエンタルが先行企業に追いつくためには、買収かパートナーシップを――」

「そこよ。買収とはいわず、パートナーシップっていったんでしょ？」

令は幸輔の言葉を遮った。

「ええ、確かにそういいましたけど？」

「創業者には大金が転がり込むわけだから、応ずる会社があるかもしれないけど、オリエンタルとパートナーシップを結んで、メリットなんてあんのかなあ？」

「開発の資金面とか、日本市場への進出とか、いろいろあるんじゃないすか」

確たる根拠があっていっているのではないのは明らかだ。

令は鼻を鳴らし、

「適当なこと、いってんじゃないわよ。中国側にメリットなんて少しもないじゃない」

そう断ずると、勢いのまま続けた。

「会社を黒字化するために、リストラやって資産を売却しようって会社が、どれほどの資金を提供できる？　それに日本市場っていってもさ、国内には先行してるライバル企業が幾つもあんのよ。大体、中国製品に対する日本人の評価は――」

今度は幸輔が令の言葉を遮った。

「だから、オリエンタルの看板が役に立つんじゃないすかね」

「市場規模が違い過ぎるわよ」

令はきっぱりと返した。「中国の人口は十四億人、日本は一億二千万人。しかもライバル企業がいくつもある日本で、オリエンタルブランドでＥＶ出して、どれだけ売れると思ってんの？　そんな面倒臭いことするくらいなら、中国市場を制するために、持てる経営資源の全てを集中するわよ」

「いやあ、さすが姉さん。すげえ、勉強になります」

潔く己の不明を認める。これが幸輔の長所の一つだ。「じゃあ、ラッセルの狙いは何なんでしょうね」

続けて問うてきた幸輔に、令は上条と交わした会話を思い浮かべながらいった。

「株価……かな……」

「株価？」

「オリエンタルが、中国のＥＶ開発企業とパートナーシップを締結したってニュースが流れたら、株価はどうなると思う？」

「そりゃあ、上がるに決まってるじゃないすか」

「相手が名の通った企業で、中国をメインターゲットにして、ＥＶを販売すると公表すれば？」

「爆上がり間違いなしっすね！」

小鼻が膨らむ様子が浮かぶような勢いで、幸輔はこたえる。

「ライスの経営者としての手腕は高く評価され、オリエンタルの前途も順風満帆……。さて、そうなったら、ライスはどうするかな？」

「どうするかなって……。そりゃあ、サラリーアップ。がんがん稼ぎまくることもできれば、他からさらにいい条件で、ヘッドハントされるかもしれませんよね」

「あのさ、パートナーシップを結ぶってことは、合併とは違うんだよ？　さっき、中国企業のＥＶをオリエンタルの名前で販売しても、日本でどれだけ売れるかっていったじゃん」

「あっ、そうか……」

「しかも、リストラと同時に工場も売却するだろうから、そうなったら生産力が格段に落ちることだってあり得るわけじゃん。もちろん、パートナーシップを締結した相手が造ったＥＶを日本でオリエンタルの名前を冠《かん》して売るって手はあるけどさ。それじゃあＯＥＭじゃん」

ＯＥＭとは自社製品を他社ブランドで販売することである。

大きな市場がある国に、新たに販売網を構築するには多額の資金と時間を要する。ならば当該国で知名度もあれば、販売力もある企業の名前を自社製品に冠して輸出するのが合理的、かつ業績の向上に直結する。

ＯＥＭは製品力や販売力とブランド力を埋める手法として、輸出入製品には広く用いられているビジネス形態であると同時に、国内においては特に大量消費が見込める製品に用いられる。

例えば、スーパーやコンビニで販売されている、自社ブランド品がそれである。大量発注を条件に、仕入れ価格の値引きを要求するのだが、それではメーカーの自社製品が売れなくなってしまう。しかしメーカーにとって、返品ナシの大量受注は魅力に過ぎる。ならば、中身は同じであるにもかかわらず、ブランド名を変え販売すればいいということになるのだ。

令は続けた。

「自動車産業の構造が一変しちゃうんだから、ＥＶをＯＥＭでってのもありかもしれないよ。でもさあ、従業員をどうすんのよ。自社開発、自社製造を辞めちゃったら、オリエンタルは、もはや自動車メーカーにあらず。単なるＥＶの輸入販売会社になっちゃうじゃん」

「じゃあ、パートナーシップを結んでも、意味ないじゃないすか」

「意味はあるわよ。少なくともライス、ラッセル、それからオリエンタルの株を多量に仕込んでるアメリカの投資会社の連中にはね……」

「どうしてです。パートナーシップを結んでも、会社のためにはならないと分かれば……」

「それでも短期的に業績が上がると投資家が判断すれば、値は上がるのが株なの。ここのところは理屈じゃないのよ。グッドニュースと思えば、我先に買いに走るのが投資家なの。なぜなら、株価が上がりはじめれば、理由なんかどうでもいい。買わにゃ損だって、一般投資家が群れ集まってくるんだもの」

「なるほどなあ。そこで高値になったところで、持ち株を売れば、大儲けできるってわけですか」

「少なくともライスは、社長に就任するに当たって、ストックオプションを条件にしているはずよ。それも、実勢価格よりも遥かに安い金額での購入権が与えられているだろうし……」

「まさか、高値で売却したら、さようならってわけじゃ……」

「まさかじゃないわよ」

令は断じた。「ライスは、端からそれを狙って社長を引き受けたのよ。後ろで誰が糸を引いているのかは分からないけど、連中が狙っているのはパシフィックの再現と見て間違いないわ」

令は、そこではじめてワインに口をつけると、「コースケ。そのピーターってのと接触を続けてちょうだい。あんたに、懐いてんならよーく面倒見てやんなさい。特に、二人がそこで会合を持つ時は、どんな理由をつけてでもいいから、必ず同席するようにね」

「分かりました。やってみます」

「それから、ＥＶ、自動車業界にかかわらず、彼らの口から出た会社名は、必ず報告するようにね。頼んだわよ」

令は、そういい放つと通話を切った。

胃の中が熱を持ちはじめたのは、ワインのアルコールのせいだけではなさそうだった。煮えたぎるような闘志。そして復讐のチャンスが到来したことを予感した証のように令は思った。

3

「おっはよう、真吉さん。ちょっといいかなあ？」

早朝のオフィスで、牛島の執務室のドアを開けるなり、令は声をかけた。

「あ〜ら、令。今日は随分早いのね」

朝一番のメールのチェックは、牛島の日課だ。

パソコンの画面から視線を移し、牛島はこたえる。

「早いのは真吉さんじゃない。どーしたの、こんなに早く……」

「私も歳なのかもねえ……。夜明けにオシッコに起きたら寝られなくなっちゃって、かさこそしてたら、寝られやしねえって小百合《さゆり》ちゃんに叱られちゃってさ。居場所がないんだもん、会社に来るしかなかったのよ」

牛島は手の甲で口元を押さえ、ふふふと笑う。

オネエ言葉を喋る牛島だが、女性に囲まれて育ってきたこともあってか、あしらいが上手《うま》いらしく、とにかくモテる。お陰で離婚三回、結婚四回。現在は、十三歳も年下の小百合と暮らして二年目になる。

「同年代なら、同じように老いていくから体の変化の具合も分かるだろうけど、奥さんが若すぎるっていうのも考えもんよねえ」

「分かったような口利くんじゃないの。縁あって夫婦になったとはいえ、所詮は他人同士が一つ屋根の下で生活を共にするんだもの、いいこともあれば、悪いこともある。当たり前じゃない」

「三回も離婚してんだからさあ、いい加減、学ぶもんがあんでしょう？　何をやったら嫌われるとか怒られるとか、分かりそうなもんじゃない」

「いいのよ。結婚なんて我慢して続けるほどのものじゃなし、去る者は追わず、来る者は拒まず、それが私の結婚観なの」

そこが不思議なところなのだ。

三度の離婚は、いずれも円満離婚。しかも、その後も三人の元妻とは会食をする間柄だというのだ。

「で、なんかあったの？」

世間話をするために、部屋を訪ねるはずがないとばかりに、牛島は問うてきた。

「実はね、昨夜遅くに上条さんから電話があったの」

既に上条に調査を依頼したことは報告済みだ。

果たして、牛島はいう。

「例のアメリカの投資会社の件ね」

「それがさあ、妙なのよ」

「妙？」

「会社の所在地が、ノースダコタにサウスダコタ、オクラホマやアリゾナとか、それも聞いたこともない小さな町に散らばってるの」

「投資会社が？　ノースダコタとかサウスダコタ？」

さすがの牛島も、違和感を覚えたらしく、眉間に深い皺《しわ》を刻んで小首を傾げる。

というのも、アメリカ中西部にあるサウスダコタは州面積の大きさでは全米十七位と比較的上位にあるものの、人口八十八万余人で全米四十六位。ノースダコタにしても面積十九位、人口約七十八万人で四十七位。土地は広いが人がいない、要はアメリカの田舎中《いなか》の田舎であるからだ。

「そんなド田舎に投資会社が本社を持つメリットがあるのかしら。法人税が事実上ゼロのデラウェア辺りならまだしも、ダコタに税法上のメリットがあるなんて聞いたことないわ。それに、いくら通信手段が発達したといっても、投資会社は顧客と直接会って話をする機会が頻繁にあるからね。富裕層は名の知れた大都市に本宅を構えているのが大半だし、情報は大都市に集まるものなのに……」

「でしょう？」

令は相槌を打つと続けた。

「そりゃあ、田舎にだって資産家がいないわけじゃないから、投資会社もあるには違いないんだけど、この業界は情報収集能力、それもいかにして正確な情報をいち早くキャッチするかが成否を分けるわけじゃない。ウォールストリートが世界最大の金融街になっているのは、世界中の情報が集まってくるからだし、情報は欲する集団の密度が高いところに集まるものなのに、なんでそんな辺鄙《へんぴ》な場所に本社を置くのかなあ。しかも、揃いも揃ってオリエンタルの株を買いまくってるんだよ」

「上条さん、その会社のリストを入手したの？」

「あっ、それそれ。スマホに送って貰っても、画面が小さくて見るのが大変だから、パソコンに送って貰ってたんだ。真吉さんにも送っておくっていってたから、届いてるはずだけど？」

「私にも？」

牛島はパソコンに向き直るとマウスを操作しながら画面に目を走らせる。「あっ、これか……」

文面を追う、牛島の目が細く、鋭くなる。

「なるほど、これは田舎ばっかりだわ。それも、聞いたこともない町ばっかり」

「真吉さん、ダコタに行ったことある？」

「ないわよ」

牛島は滅相もないとばかりに首を振る。「あたし、シティボーイじゃない？　昔、野生動物の宝庫だからって誘われてさ、アラスカに行ったことがあったんだけどね、動物もさることながら、虫の宝庫でさあ。夏だったんだけど、蚊が黒雲のように湧いてきて、顔を覆ったネットにへばりつくんだもの。あれ以来、田舎はこりごりなの」

まあ、令にしたところで、ダコタに対するイメージは似たようなもので、真っ先に思い浮かぶのは、果ても無く広がる大地、そして穀物畑や牧草地程度のものだ。そして、冬になると地平線の彼方まで続く雪野原、人っ子一人見えない荒涼とした空間を吹き抜けて行く風の音といったところである。

「どれどれ、どんな所にあるのかしら、その会社ってやつ……」

一瞬、令は「えっ！」と声を上げそうになるのを堪え、なるほどその手があったか、と思った。

「全く便利な世の中になったものよねえ。地球の裏側にいながらにして、ダコタの町を瞬時にして見れちゃうんだもの」

果たして牛島は、グーグルアースを起動させ、リストにあった住所をコピーし検索欄にペーストする。

牛島の肩越しに覗き込む令の目の前で、画面に浮かび上がる地球の姿が急速に拡大し、やがて止まった。

おそらく夏に撮影された衛星写真だろう。緑に覆われた大地を貫く一本道。明らかに高速道路ではないところからして、一般道である。その傍らに、ぽつんと建つ平屋建ては、一見ドライブインのようにも思えたが、どうもそうではないようだ。

休日でもあるのか、駐車場に停まる車は二台。それも大分年季の入ったピックアップトラックとワゴン車だ。

「これ、ほんとに投資会社の住所なの？」

「コピペで入力したんだもの、タイプミスなんてあり得ないわよ」

令の言葉に、すかさず反応した牛島だったが、画面を食い入るように見詰めると、「何か、ここに一応看板らしきものがあるみたい」

いうが早いか、今度はストリートビューを起動させ、一連の作業を行った。

画面が切り替わり、地上からの撮影画面が浮かび上がる。

マウスを操作すると、建物の正面に画像が移動し、そこで九十度回転させると看板の文字が読めた。

「Dakota Family Support Company」

上条が送ってきたリストにある会社名とは明らかに違う。

もちろん、本社をどこに置くかは自由である。実際、ケイマン諸島のようなタックスヘイブンには、租税回避を目的とする幽霊会社は数多あり、日本でいう私書箱のごとく、同一住所を多数の会社が共有する場合も珍しくはない。

しかし、なぜダコタなのか。

少なくとも、目的が租税回避ではないのは明らかだ。

「真吉さん。やっぱり変だよ。どう見ても、ここに投資会社があるとは思えない……」

「他の住所も調べてみましょ……」

真吉はマウスを操作すると、別の会社の住所をストリートビューにコピペした。

「こ、これは……」

思わず二人は顔を見合わせた。

牛島は無言のまま作業を続けたのだったが、リストに沿って住所を検索する度に、そこに現れるのは、同じような画像ばかりだ。

何軒か目の画像がモニターに浮かんだ瞬間、牛島は漏らした。

「これ……、まるで『ポツンと一軒家』のリストじゃない……」

4

オリエンタル本社ビルの最上階は、役員室、役員専用会議室、役員専用食堂の三つの区画に分かれている。

その日ライスは木下とラッセルの三人で、ミーティングを兼ねたランチを摂るために役員食堂に入った。

本社ビルは築四十年と聞く。

さすがにこれだけの年月が経つと、フロアの各所に老朽化の兆しが見られるのだが、役員食堂は少し違う。

全盛期に建てられたこともあって、内装には上質な木材がふんだんに使われ、分厚い絨毯《じゅうたん》に金糸を用いた臙脂《えんじ》色のカーテン、シャンデリアの照明と豪華な造りで、四十年という年月が逆に重厚感を醸し出しているのだ。

ミーティングは正午からだが、ライスが予定より少し早く部屋を出たのに特別な理由はない。この食堂の眼下に広がる東京湾の光景を、一人眺めるのが気に入っていただけだ。

食堂には、二人の役員の姿があった。

もちろん名前は覚えていない。直接コミュニケーションが取れない人間の名前を覚えても無駄だからだ。

しかし、仕える側は別である。生殺与奪《せいさつよだつ》の権を握る上司、絶対君主の姿を見るや、まるでバネ仕掛

けの人形のような勢いで立ち上がり、

「は、はろー、みすたー・ぷれじでんと……」

直立不動の姿勢を取り、頭を下げた。

ミスター・プレジデント？

ライスは噴き出しそうになった。そして次に情けなくなった。

まともに会話を交わしたこともない外国人上司を、何と呼べばいいのか、戸惑うのも分からないではない。木下のように、ほぼ初対面の相手に向かって、いきなり「ジム」も面食らうが、「ミスター・プレジデント」は大統領に対して用いられる称号だ。

それでもライスは、そんな内心をおくびにも出さず、

「コンニチハ、ランチデスカ？」

拙《つたな》い日本語を装って、微笑んで見せた。

「い、いえす……」

役員の一人が、ぎこちない笑いを浮かべ、「ぐっど・あふたぬーん。はう・あー・ゆー」

日本語英語丸出しの酷い発音で、お決まりの言葉を口にする。

ライスもまた定番の言葉を用いてそれにこたえ、「どうぞ食事を続けて」とジェスチャーで示し、奥の窓際の席に腰を下ろした。

ウエイトレスがミネラルウォーターが入ったグラスをテーブルの上に置き、メニューを差し出してくる。

「注文は、後で……」

と英語で話すと、短いが見事な発音で、「シュア……」と笑顔を浮かべウエイトレスがこたえるのにライスは驚き、

「英語、喋れるの？」

と思わず問うた。

「私、高校生の時に交換留学生で、一年間アメリカにいたんです。近くの大学で経済学を勉強してるんですけど、なかなかいいバイトが見つからなくて……。ここは、拘束時間が短いし、ほぼ自由出勤なので、週に二回か、三回、ここで働かせてもらってるんです」

なるほど、役員の数は知れたものだし、昼食だって外で取ることの方が多いに決まっている。第一、役員専用食堂なんて、権威主義、特権主義が跋扈《ばっこ》していた時代の遺物のようなもので、業績低迷に喘《あえ》ぐ会社が、こんな施設を持ち続けているのがおかしいのだ。これでは業績が改善する気配すらないのも当たり前だし、バイトの方が役員よりも語学力が遥かに勝るとは……。

ライスはオリエンタルの役員たちの無能ぶりを、改めて見た気になって、笑みを浮かべながら頷くと、眼下に広がる東京湾の光景に目をやった。

ゆっくりと湾内に入ってくるタンカーやコンテナ船、フェリーが見える。

まことに長閑《のどか》な光景に、「忙中閑《ぼうちゅうかん》あり」という言葉を思い出したのだったが、つい今し方挨拶を交わした二人の役員の会話が聞こえてきて、ライスは耳をそばだてた。

「ったくよお……、なんで日本の会社の社長が、日本語ができねえアメリカ人なんだよ。敗戦からどんだけ経ったと思ってんだ。まるで進駐軍じゃねえか。やりにくいったら、ありゃしねえ」

声を落としてはいるものの、十分聞こえる距離だというのに、ライスの存在を気にする様子はない。

「シッ！　聞こえるぞ……」

彼の正面の席に座る、もう一人の役員が、慌てて制したのだったが、

「大丈夫だって。あいつ、日本語分かんねえんだもの、気にするこたあねえよ」

「そっか……それもそうだな」

二人は下卑た笑いを浮かべ、ライスが社長に就任したことへの不満、さらに木下が副社長に抜擢されたことへの不満を話しだした。

これも、日本語が全く理解できないフリをしていればこそ。部下の本音を知り、社内の不満分子を炙《あぶ》り出すのには、絶大な効果がある。

「ハアイ・ジム！　先にいらしてたんですか？　これは失礼いたしました」

木下の声が聞こえたのは、その時だ。

食堂に入ってきた彼はライスの姿を見つけるや、揉《も》み手をせんばかりに腰をかがめ、小走りに駆け寄ってくる。

その姿を見た二人の役員の表情ったらない。

「ケッ」というかのように顔を顰《しか》め、木下から目を逸らす。

「いや、正午ちょうど。私が早くきただけだ」

ライスが腕時計を見ながらこたえると、木下は正面の席に腰を下ろし、

「ラルフは？」

まだ姿を見せないでいるラッセルの名前を口にした。

「電話が長引いているようでね。少し遅れるそうだ」

「そうですか……」

再び、ウエイトレスがやって来ると、

「先に注文を済ませましょうか」

木下はメニューを広げた。

「私は決めてあるんで……」

ライスはメニューを広げるまでもなくこたえ、「ホットドッグをニューヨークスタイルで。それとコーヒーね」

ウエイトレスに告げた。

「何ですか？　そのニューヨークスタイルのホットドッグって」

木下とここで昼食を共にするのははじめてだから知らないのも無理はない。それにニューヨークスタイルというのも、本当のところライスにも正しいのかどうか定かではないこともあって、説明をしてやることにした。

「私自身は、ニューヨークって街にあまり魅力は感じないんだが、ストリートの屋台で売ってるホットドッグが大好物でねえ。ボイルしたソーセージにイエローマスタードをたっぷり塗って、ザワークラウトをてんこ盛りにするんだ。ここのシェフに頼んで作って貰うようにしたんだが、なかなか上手に作るんだよ」

「じゃあ、私もそれを……」

「ピクルスを多めに添えてね」

注文を聞き終えたウエイトレスが立ち去ったところで、ライスは問うた。

「どうかね、武蔵野工場の売却交渉は。何か進展はあったかね」

「もちろんです」

木下は、待ってましたとばかりに、目元を緩ませる。「大手デベロッパー四社にそれとなく売却計画を匂わせたら、皆一様に食いついてきましてね。売却するのでしたら是非うちにと、それはもう涎《よだれ》を垂らさんばかりの有様で」

「まあ、東京近郊であれだけ纏まった土地が売りに出ることは、まずないだろうからね。都市計画のモデルになるような、住宅地にすることもできるんだ。マンションを建てれば、即日完売間違いなし。大変な争奪戦になるだろうな」

「もちろん、業者の選定は入札制にいたします。競わせれば、実勢相場を遥かに超える金額を提示してきますよ」

「でもさ、水を差すわけじゃないが、大手四社だけに絞って大丈夫なのかね？　日本の不動産、建設業界にはダンゴーってヤツが付きものなんだろ？」

「こりゃまたジム、よくご存じで！」

木下は大袈裟に仰《の》け反《ぞ》り、胸の前でパンと手を叩くと、声に弾みをつける。「さすがですねえ、その可能性は十分考えられますよねえ。ガチンコの一発勝負となれば、どうしても値が吊り上がる。ならば、四社で談合して適度な値で落札し、その後四社のジョイントベンチャーにすれば、ウイン・ウイン・ウイン・ウインになりますからね」

「それを防ぐためには、どうしたらいいと思う？」

「どうしたらといわれましても……」

木下は一転、すっかり困った様子で視線を落とし、「あの規模の開発となると相当な資金力、実績が必要ですから、やれるデベロッパーは限られてしまいますからねえ……」

語尾を濁した。

「日本では限られるというなら、海外のデベロッパーを入札に参加させたらどうかね」

「なるほど、海外ですか」

木下は、目を見開き感嘆の声を上げる。「いやあ〜、さすがですなあ。確かに海外の業者を参加させるってのはありですね。それなら、談合は避けられますし……」

と、その時だった。

「遅れて申し訳ありません」

ラッセルが、大股《おおまた》で席に歩み寄ると、木下の隣の席に座った。

口元に笑みが浮かんでいるところからすると、何か進展があったらしい。

「グッド・ニュース？」

ライスが問うと、果たしてラッセルは頷き、続けていった。

「ロッキンジーの日本支社に駐在しているかつての同僚から連絡がありまして、パートナーシップに興味を示している中国の会社が見つかりそうなんです」

「ほう？　どんな会社だ？」

「それが、面白いことに、不動産デベロッパーの最大手の一つでして」

ライスにとっても全くの想定外であったのだが、それ以上に驚いたのは木下だ。

「不動産デベロッパー？」

語尾を吊り上げる木下を、ラッセルはチラリと見ると、

「人の欲が尽きないのは、国が変われど同じでしてね。なんせ、今走っている自動車が、全てＥＶに変わる可能性があるんです。空前絶後のビッグ・ビジネスのチャンスが、すぐそこまで来ているんです」

意味深に口の端を歪ませる。

「なるほど、不動産でしこたま儲けたカネで、今度はＥＶ市場に乗り出そうというわけか」

「そうなんです」

話はここからが本番だといわんばかりに、ラッセルはニヤリと笑う。「もちろん、ＥＶどころか自動車の製造も未経験。そこで有望なＥＶのベンチャー企業を買収して、ＥＶ市場に乗り出そうと考えているというんですよ」

「しかし、ベンチャーはＥＶを開発するので精一杯。デベロッパーにしても、買収したはいいが、生産する工場がないし、販路も一から構築しなければならない。しかも自動車販売に関してはズブの素人だ」

ラッセルは顔の前に人差し指を突き立てると、

「その通り……」

口が裂けそうな笑いを顔一杯に浮かべた。

しかし、目は笑ってはいない。獲物を視界に捉えた猛禽類《もうきんるい》のように、冷え冷えとした光を瞳の中に宿す。

「いい話じゃないか」

そこで、ライスは木下に目をやると、「まさに、一石二鳥っていうやつじゃないか。なあ、タカ」

同意を求めた。

「えっ？　一石二鳥って、どういうことです？」

何とも鈍い男だが、だからこそ、生贄《いけにえ》には恰好《かっこう》の人材なのだ。

胸中であざ笑いながら、ライスはいった。

「デベロッパーのことだよ」

「はあ……。でも、中国のデベロッパーですよね」

「それが？」

「いや、しかし、中国はまずいんじゃないですか。途上国を借金漬けにして、自国の影響下に置く戦略を、あからさまに採っている国に、東京近郊の一等地、しかもニュータウンの建設用地を売却するなんて公表しようものなら――」

ライスは木下の言葉を遮って問うた。

「公表したらどうなると？」

「そりゃあ非難囂々、我が社のブランドイメージは地に落ちるのでは……」

「ブランドイメージが地に落ちたらどうなると？」

「国民の反発を買えば、うちの車が――」

「日本と中国、どちらの市場が大きいのかな？　中国の影響下に置かれた国の人口は？　誰がどう考えたって、中国の市場のほうが圧倒的に大きいだろ？　だいたい、オリエンタルの車が、日本で売れているのかね？　販売不振が原因で、業績が低迷し続けて、一向に改善の兆しすら見えないから、私に白羽の矢が立ったんじゃないのかね？」

「それは、その通りなのですが……」

「それに君は、中国企業に売却すれば日本人の反発を買うというがね、既に中国人が所有する不動産なんて、日本国内には数え切れないほどあるんだよ？　それこそ、何をいまさらっていうやつだ」

中国の土地は例外なく国家の所有で、個人はもちろん、法人でも土地の所有は一切認められていない。マンションや家を購入しても、あくまでも上物を買う、所謂借地権付き住宅である。

それゆえに、中国人の土地所有願望は極めて高く、日本国内の大都市のビルやマンションはいうにおよばず、北海道の原野、山林に至るまで中国人が買い漁っているのが現状なのだ。

これ以上、ネガティブな反応を示したのでは、さすがにまずいとでも思ったのか、

「おっしゃる通りですね。ホント、何をいまさらってやつですね」

木下は慌てて前言を翻《ひるがえ》した。

そこでライスはラッセルに視線を向け、

「その中国のデベロッパーの名前は？」

と問うた。

「何でまた？」

「それが、現時点では教えられないといいましてね」

「相手の名前を明かしてしまえば、我々が直に交渉をはじめるんじゃないかと警戒してるんだと思います。

「なるほどね……」

十分納得のいく理由である。

ライスが頷いたその時、ウエイトレスが注文したホットドッグを運んできた。

「こんな話が出てくると、ランチ・ミーティングの目的が変わってしまったな。ラルフ、昼食が済んだら、私の部屋に来てくれるかね。話したいことがある」

ここから先は、木下が知る必要はない。

ライスはラッセルに命じると、木下に向かっていった。

「タカ、君はデベロッパーのことはもういい。当面の間、ここから先はラルフに担当してもらう。君は、フェーズ・ツーの準備をはじめてくれ」

「えっ！　もうですか？　しかし、デベロッパーが決まらないうちは——」

「だから、当面の間だ。この話がうまくいかなければ、他のデベロッパーを探すことになる。その時は、また君の出番だ。それだけの話さ」

ライスは、そういい放つと、ホットドッグにかぶりついた。

5

「面白いね。実に面白い話だ」

社長室に戻ったライスは上機嫌でいった。

「でしょう？」

ラッセルは自慢げに顎をツイと突き上げると、「ピーターの口ぶりからすると、相手は相当な大手のようですからね。そこがＥＶ事業に乗り出すというだけでもインパクトがあるのに、うちとパートナーシップを結ぶとなれば話題性も二倍、いや三倍増しになること間違いなしです」

顔の前に二本指、次いで三本指を突き立てる。

「当然、株価も上がるわな」

「上がるなんてもんじゃありませんよ。連日ストップ高、爆上げですよ」

「だろうな」

平然を装おうとしても、内心の興奮がどうしても表情に出てしまう。

ライスは頬を緩ませた。

ラッセルは、そんなライスの内心を見透かしたかのようにいう。

「ストックオプションを、その時点で行使すれば、一体いくらになりますかね」

「さあね。実際に株価を見てみないことには分からんよ。それは君だって同じだろ？」

「確かに……」

ニンマリと笑うラッセルに向かって、

「ラルフ……」

ライスは一転、真顔になって名を呼んだ。

「はい……」

「武蔵野工場の件だが、その中国のデベロッパーも間違いなく興味を示すだろうが、ただ売却して終わりじゃ面白くないな。彼らだって、これだけ纏まった土地が日本の、それも東京近郊で手に入れられるチャンスは滅多にあるもんじゃない。つまり、この件に関しては、我々が主導権を握る立場にあると思うんだ」

「確かに……」

ラッセルは何事かを思案するかのように、顎に手をあて暫《しば》し沈黙すると、「株を持ち合うというのはどうでしょう」

策を思いついた様子で口を開いた。

「株を持ち合う？」

「パートナーシップを結ぶといっても形態は様々です。当事者間で一定の株式を保有し合うというのはごく当たり前に行われることですので」

「メリットは？」

「より、強固な関係であることを、マーケットに印象づけられることです」

ラッセルは、間髪を容れずにこたえる。「中国でも最大手のデベロッパーとなれば、莫大な資金力を持つはず。業績が低迷し続けているオリエンタルの財政面での不安要素が解消される上に、万が一のことがあろうものなら相手も甚大《じんだい》な打撃を被るとなれば——」

「なんか、それつまんねえな」

ライスはラッセルの言葉を途中で遮った。

ふと、脳裏にいいアイデアが浮かんだからだ。

ライスは続けた。

「株を持ち合うくらいなら、いっそオリエンタルを売っちまった方が早くね？」

「売り払う？」

さすがのラッセルもこれには驚いたらしく、目を丸くして絶句する。

「ＴＯＢをかけさせるんだよ」

「えっ……。パートナーシップを飛び越して、いきなりＴＯＢですか？」

ＴＯＢとは、取引所以外で不特定、かつ多数に対して買い付け価格や期間を告知し、保有する株式を売ってくれるよう勧誘する、株式公開買い付けのことで、企業買収にはまま見られる手法である。

「いや、パートナーシップを結んだ後に、ＴＯＢをやらせるんだ」

「どういうことです？」

それでも釈然としないでいるラッセルに向かって、ライスはいった。

「君が持ち込んできたこの話の何が気に入っているかといえば、相手が中国の大手デベロッパーってところなんだ」

ライスは高く組んだ足を組み直し、話を続けた。

「なぜ、中国のデベロッパーがＥＶ事業に乗り出そうとしているか、理由は一つしかない」

「ＥＶビジネスにはベンチャーでも、既存の自動車製造メーカーに伍して戦えるチャンスがある。そして巨大な市場だからじゃないですか？」

「もちろんそれもあるが、不動産価格が永遠に上がり続けるものではないことを知っているからだと思うんだ」

「あっ！」というかのように、小さく口を開くラッセルに、ライスは更に続けた。

「中国の不動産は、長いこと値上がりし続けているからね。大都市ともなると、マンションの値段は庶民がどう逆立ちしたって手が届かないレベルになってしまった。その一方で、早いうちに購入した富裕層は、資産価値が増すにつれ、手持ちのマンションを担保に新たなローンを組んで、二軒、三軒とマンションを増やしている……」

そこで、ライスはニヤリと笑い、「このスキーム、どこかで見聞きしたことがあるだろ？」とラッセルに問うた。

「サブプライムローンにも似てますが、アメリカ人の消費形態にも似ているような気もしますね」

「さすがだね。その通りだ」

サブプライムローンとは、プライム層と称される支払い能力に問題のない客よりも下位《サブ》、つまり支払い能力に不安がある層を対象に貸し出されたローンのことをいう。

二〇〇〇年代初頭、住宅価格が上昇を続けていたアメリカで盛んに行われ、サブどころか、低所得者層もこぞってこのローンを使って、住宅を購入したのだったが、このスキームが成り立つのも、住宅価格が上昇し続けていればこそ。下落に転じた途端、担保割れとなり、住宅購入資金を貸し付けた銀行が、不良債権を山と抱えることになるのは明白だ。

小学生ですら理解可能な理屈だが、当時は住宅は人間の生活には必要不可欠だ、住宅を所有するのは、誰しもの夢だ、住宅需要は尽きることがないと信じ切っていた人間が大半であったのだ。

しかも投資銀行は、このサブプライムローンを細分化して組み込んだ債権を、大量に販売したのだ。それも超一流の大学で修士はおろか、博士号まで修めたエリートが金融工学を駆使したと称してである。

そう、後に『リーマンショック』といわれた、巨大投資銀行〝リーマン・ブラザーズ〟が倒産する引き金になったのがこれである。

もちろん、住宅を購入したサブプライム層も悲惨なことになった。

本来ならば、ローンの支払額は決まっているわけだし、支払いが滞《とどこお》らない限り、購入した住宅に住み続けることができるのだが、そうはならないのが、アメリカ人の消費形態だ。

というのもアメリカ人の消費に対する金銭感覚は、極めて独特だからだ。

例えば八千万円で購入した家が一億円になったとしよう。当然のことながら、家を売却しなければ、一億円を手にすることはできない。日本人ならば、購入した家に住み続ける限り、八千万円のローンを地道に支払い続けるところだが、アメリカ人は資産価値が上がった家を担保に、二千万円のローンを新たに組み、消費に回すのだ。

平均的な所得しかないにもかかわらず、ボートや果ては軽飛行機、あるいはクルーザーを購入するアメリカ人がやたらと目につくのは、このような背景があってのことなのだ。

「中国人はアメリカ人に比べて遥かに堅実だから、資産価値が上がった分を消費に回し、享楽的《きょうらくてき》な生活を楽しむなんてことはしない。さらに資産を増やそうと、新たにローンを組んで、二軒目、三軒目のマンションを購入するんだ」

「でも、それも住宅価格が値上がりし続ければこそ。二軒目、三軒目を賃貸に出すとしても、住宅価格が下がれば、家賃収入だって減少に転じますからね。ローンの支払いに行き詰まる人間も続出するでしょうし、住宅価格が下がり続けようものなら、投資としての魅力は失せます。住宅を購入する人なんかいなくなりますよね」

「そのデベロッパーは、その時に備えるつもりなんだよ」

ライスは断言した。

「なるほど、企業規模が大きくなればなるほど、販売不振に陥った時の影響は大きい。不動産開発の一本足では危険だ。かかる事態に備えて、もう一つ会社の柱となる事業を持つ必要がある。それがEVだというわけか」

「実際、中長期的スパンで考えれば、中国の不動産事業は衰退するに決まってるからね」

「えっ？　それはどうしてです？」

ラッセルは、理解できないとばかりに、眉を顰めて問うてくる。

「人口減だよ」

ライスはいった。「長く続いた一人っ子政策の影響で、中国の人口は、早晩猛烈な勢いで減少していくんだ。人口維持に必要な合計特殊出生率は、二・〇七。ひと組の夫婦が、二人の子供を儲けても、人口は維持できないんだぜ？　なのに、一・〇の時代が長く続いたんだもの、減るに決まってるじゃないか。いまさら産めといったって、ポンポン産むようになるわけないだろ？」

「なるほど、確かにその通りですね」

ラッセルは感心しきりといった様子で、何度も頷く。

「だから、なおさらオリエンタルは、彼らの目には魅力的な会社と映るはずなんだよ。パートナーシップを結びたいといえば、間違いなく飛びついてくるね。公表した結果、オリエンタルの株価がどこまで上がるかは、それこそ相手のネームバリュー次第だが、爆上げするのは間違いなしだ。TOBを持ちかけるのはそれからだ」

「TOBとなれば、買い付け価格は実勢価格以上の額を提示しないことには、売り手は現れませんからね。おっしゃるように、端からTOBを持ちかけるより、パートナーシップを結んだ後と二段階にすれば、我々が手にする利益はさらに膨れ上がりますね」

その時に手にする金額に思いを馳せたのか、相好《そうごう》を崩すラッセルに向かってライスはいった。

「とにかく、ロッキンジーとは密にコンタクトを取ることだ。この仕事をさっさと終わらせるためにもね」

6

「久しぶりじゃないか。元気かね？」

三度の呼び出し音の後、エバンスの声が聞こえてきた。

「カリフォルニアの天候同様相変わらずさ。そちらは？」

鳴島が訊ねると、

「こちらも相変わらずさ。私も街もせわしないという意味でね……」

エバンスは軽く笑いながらこたえる。

「ところでビル。例のオリエンタルの件だがね、さっきジムから電話が入って、面白い展開になりそうなんだ」

「ほう？　何が起きようとしているんだ」

鳴島がライスから受けた報告の内容を話して聞かせると、

「なるほど、中国のデベロッパーがＥＶ事業に進出しようとしているのか。あり得る話だな」

エバンスは納得した様子でいう。「中国の都市開発は政府の承認なくして一歩も前には進まんからね。まして大型案件ともなると、地方政府にコネがある程度じゃ動かない。大手のデベロッパーなら中国政府と密接に結びついているはずだ。間違いなく、中国政府は早晩国内で販売する自動車を全てEVにする方針を打ち出すという情報を摑んだんだろうな」

「例の情報の正しさが、これで裏付けられたというわけか」

「コネとカネが物をいう国だ。さもありなんと思っていたがね」

　エバンスは拍子抜けするほど素っ気ない反応を示したのだったが、一転して上機嫌でいう。「しかし、やはりライスは切れ者だな。パートナーシップを結んで株価を上げたところでTOBとは、やるじゃないか」

「EVベンチャーを買収しても、工場を建設し、販売網を整備するのは簡単なことじゃないからね。それに、部品調達や製造管理のノウハウだって必要だ。どこぞの自動車メーカーとパートナーシップを結ぶか、買収するかしないことには、EV市場に参入することはできない。その点、オリエンタルは中国にも工場を持っているからね。パートナーシップを結ぶにせよ、買収するにせよ、理想的な会社だよ」

「しかも、オリエンタルは日本国内に五ヵ所も工場を持っているからな。買収した後は、全ての工場を閉鎖して、EVを中国で生産することだってできるんだ。売却するもよし、君がいうように工場跡地にマンションを建設することだってできるんだ。本業でも儲けられるとなれば、TOBに乗らないわけがないね」

「ライスもそういっていたね」

「マンションを建てれば即日完売、いや市場に出回るのは皆無、出たとしても極僅《ごくわず》かになるかもしれないしな」

　エバンスのいうことが俄には理解できず、

「それ、どういうこと？」

　鳴島は問うた。

「デベロッパーが中国企業なら、中国国内で先行予約、先行販売することが可能だからさ」

　エバンスは愉快そうにいう。「中国の富裕層は桁違いのカネを持ってるからね。そして、投資、投機先を常に探し求めているのが中国人だ。そして、いくらカネを持っていても、絶対に所有できないのが土地だ。土地付きの不動産を所有するのは中国人の夢だからね」

「しかし、日本だよ」

「だから、より魅力的なんだよ。日本は法令遵守《じゅんしゅ》の国だ。中国とは違って、政府の号令一下、一夜にして法が百八十度変わってしまうこともなければ、個人の所有物が取り上げられることもない。資産を土地で持つという点では、極めて安全な国だからね」

「なるほど……」

「北京から東京までは僅か三時間半やそこらで行けるしね。それに中国人の日本の不動産の買い漁りは、とっくの昔にはじまっているし、外国籍者の不動産所有率が激増しているのに、日本政府はなんら問題視していないんだ。東京近郊にマンションが持てるとなりゃあこぞって買いに走るさ」

　ついにエバンスが笑い出したのだったが、「武蔵野工場は一万五千坪っていったね」

　ふと、何かを思いついたかのようにいう。

　エバンスは名うての投資家だ。世界の不動産事情に精通していることもあって、日本の土地や住宅面積が『坪』で表されることを知っているのだ。

「ああ、そう聞いている」

「だったら、中国政府だって興味を示すんじゃないか。どんな施設を建てるかは分からんが、それだけ纏まった土地が東京近郊で手に入れば、活動拠点にすることができるからね。人民解放軍東京駐屯地とかさ」

「まさか、そんなことが……」

「冗談だよ、冗談」

エバンスはひとしきり大声で呵々と笑うと今度は急に声のトーンを落としていった。「しかし、パートナーシップ、TOBとなると、この辺りで一旦利確（利益確定）をしておいた方がいいかもしれないな」

意図については、改めて訊ねるまでもない。

「ライスが就任してから、オリエンタルの株価は、二百円以上値を上げて、七百円台に乗ったところだ。我々の購入時との差額は、平均で二百四十円といったところかな」

「全株売却するわけにはいかないが、買い気配が続くうちに一定の株数を売り抜けたところで――」

「そこで、何か悪材料を流すんだね」

鳴島は、エバンスの言葉を先回りした。

「オリエンタルの株価は、ライスの経営手腕への期待で上昇してるんだ。元々悪材料なんて山ほど抱えている会社だし、インパクトのありそうなネタを二つ、三つ公表すれば、株価はただ下がり――」

「底値を拾ったところで、パートナーシップの締結を公表すれば、一転株価は爆上げ。そしてTOB

で全株売却というわけか」

「そういうことだ」

エバンスは、ことをなげにいい放つ。「中国企業に買収されるとなれば、日本人が社長なら、是が非でも阻止しようと必死になるだろう。日本社会もまた、抵抗感や不快感を示すだろうさ。だがね、ライスを社長に迎え入れた時点で、既に遅し。オリエンタルの運命は決まってしまったんだよ」

「オリエンタルだけではないと思うが？　いくら日本の自動車メーカーが必死になっても、EV市場でいまのシェアを維持できるとは思えない。アメリカではアメリカのEVメーカー、中国では中国のEVメーカーが圧倒的シェアを持つことになるだろうからね。それに株主だって、別にオリエンタルの将来に期待して、株を購入しているわけじゃない。幾ら儲けられるかにしか関心はないんだから、納得がいく買収価格が提示されれば、絶対にTOBに応じるよ」

「OK、コール。いま話したプランをライスに伝えてくれ。私が期待していると、申し添えてね」

「もちろん」

「私の方も、その大手デベロッパーがどこなのか、例の伝手《つて》を使って調べてみよう。その会社も中国政府内に、強いコネクションを持っているに違いないんだ。状況次第では、もっといいプランを立てられるかもしれないからね」

「そちらは、任せるよ」

「今夜は美味《うま》い酒が呑めそうだ。そろそろ日が傾いてきたことだし、少し早いが呑みはじめるとするか」

ナパの時刻は午後四時ちょうど、三時間の時差があるから、ニューヨークは午後七時だ。

夕刻とはいい難い、強い日差しが降り注ぐ、眼下に広がるワイン畑に目をやりながら、

「また何か進展があったら、連絡するよ。それじゃ、また……」

鳴島は通話を終わらせた。

第四章

1

「久しぶりぃ〜。このところ全然見かけなかったけど、どうしてた？　元気だった？」

音楽が充満するクラブのバーカウンターで、一人グラスを傾ける野上彩花《のがみあやか》の肩を幸輔はぽんと叩いた。

「あっ、コースケ」

両腕を広げハグを交わした彩花は、一転、憂鬱そうにいう。「仕事が忙しかったこともあんだけど、あの男が来てんじゃないかと思うと足が向かなくてさ……」

「あの男って誰のこと？」

幸輔の言葉に、彩花は眉を顰める。

「ほら、ロッキンジーのピーターなんちゃらってアメリカ人がいるじゃん。話してみたら、まともそうだったんでケータイの番号を交換したの。そしたらさあ、頻繁にメッセージが来るようになっちゃって……。面倒だから既読無視してたら今度は電話……。なんか鬱陶しくてさあ」

彩花は外資の大手コンピュータメーカーに勤務している二十八歳のキャリアウーマンだ。誰とでもすぐに親しくなれるのは、幸輔の特技のようなものだし、彩花にしても利害関係もなければ、年齢的に恋愛の対象にはなり得ない。日頃の憂さを晴らすべく、時間を共にするには恰好の相手なのだ。

「ピーターかぁ……。そういえば彼、来る度に誰か探しているようだったけど、彩花ちゃんだったのかなあ」

彩花はぎょっとした顔になると、

「やっぱり、あいつ、頻繁にここに来てんだ」

警戒するように、周囲に視線を走らせる。

「来るよ。週に二回は来てんじゃね」

「そんなに?」

「でもさあ、そんなに心配することないよ。ピーターだって、寂しいんだよ。東京は国際都市とはいうけどさ、英語がフルに通じる人は、滅多にいやしないんだもん。ストレスなく話せる相手が見つかったと思えば、つい連絡したくなっても不思議じゃないだろ?」

「ロッキンジーに勤めてんだもの、周りにはネイティブレベルの人が、いくらでもいるでしょう」

「彩花ちゃぁん……。社内の人間と、プライベートでも時間を共にしたいと思う?」

「それは人にもよるけどさ、私はあんまりかな……」

「でしょ?」

幸輔は笑みを浮かべながら続けた。

「ピーターも同じなんじゃないかな。彼、日本に住むのははじめてなんだし、友達だってそんなにいないはずだもの、寂しいんだよ。それにあいつ、悪いヤツじゃないよ」

クラブに来る目的は百人百様だろうが、日頃の憂さ晴らしは共通した目的の一つのはずだ。もちろん職場の同僚、友人、知人と、日頃密に関わっている人間たちと共にやって来る客も沢山いるが、ここは解放感に浸《ひた》る場、非現実的な時間を楽しむ場だ。まして、酒を呑みながらだから、どうしても人の素の姿が出てしまう。日常的にそんな客の姿を目の当たりにしている幸輔の言葉には、圧倒的説得力があるようで、

「まあ、コースケがいうなら、そうなのかもしんないけどさ……」

彩花が漏らしたその時だった。

「アヤカサァ〜ン」

背後から彩花の名を呼ぶ男の声が聞こえた。

誰かと思って振り向けば、なんとピーター・ノバックその人だ。

まるで一日千秋の思いで再会する日を待ち望んでいたかのように、瞳を輝かせると、

「ハウ・アー・ユー・ドゥイング？」

彩花に向かって歩み寄ってきた。

続けて「何度も連絡したのに」とか「どうして、返事をくれないの？」とか、恨めしげな言葉を口にしないところはさすがだが、彩花は警戒した様子で、

「仕事が忙しくて……。それにちょっと体調が優れなかったの……」

当たり障りのないこたえを返す。

「それはいけませんね。仕事は大切ですが、健康はもっと大切です。仕事で体を壊しても、会社は面倒を見てくれませんからね」

心底彩花の体調を案ずるように、ノバックは顔を曇らせる。

「大丈夫、もうすっかり良くなったから……。そうじゃなかったら、ここに来るわけないでしょう？」

どうやら彩花が警戒感を抱いているのは、自分に近づいて来ようとしているノバックの真意を測りかねているからだと幸輔は見た。なぜならば、ＹＥＳ、ＮＯを明確にするのは欧米人と相対する時の基本だからだ。外資の会社に、それもキャリアとして勤務している彩花には、彼らの流儀が身に染みついているはずで、本当に迷惑だと感じているのなら、躊躇することなくその旨を伝えただろう。

願ってもない展開になったと幸輔は思った。

というのも、令から依頼された件について、どうノバックに切り出したものか頭を悩ませていたのだが、つい三日ほど前、そのきっかけになるかもしれない現場を目撃したのだ。

「こんな騒がしいところで話すのも何だし、ＶＩＰルーム行きませんか？　部屋取りますけど？」

幸輔が提案すると、

「僕は是非そうしたいけど？」

ノバックは彩花に視線を送り、反応を窺う。

「私も一人だし、構わないけど……」

「よおし、じゃあ行こう！　店には部屋に入ってから、伝えるから」

幸輔はこのクラブの主同然だ。彩花の気が変わらぬうちにとばかりに、先に立って二階のＶＩＰルームに向かった。

ノバックは殊《こと》の外《ほか》上機嫌で、部屋に入るなり、「今夜の勘定は、全部僕につけて」といい、まずはシャンペン。それが空くと、テキーラをボトルで注文した。

はじめて知ったのだが、彩花はかなりの酒豪で、週末のせいもあってか、テキーラに替わっても塩を載せたライムを齧《かじ》っては、どんどん杯を重ねる。

一方のノバックはといえば、その頃になるとさすがに酔いが回っているのが傍目《はため》にも明らかで、目がとろんとして、呂律《ろれつ》も大分怪しくなってくる。

彩花が抱いていた警戒心も、酔いと共に吹き飛んでしまったらしく、話にも大いに花が咲いたのだったが、ノバックが酔い潰れてしまったのでは、絶好のチャンスを逃してしまう。

「ねえピーター。三日前に麻布十番の中国料理の店で君を見かけたんだけど、僕のこと気がつかなかった？」

幸輔は、満を持して切り出した。

「三日前……。ああ、行ったねえ。麻布十番の中華料理の店……。コースケ、いたの？」

ノバックは、上体を揺らしながらこたえる。

馴染みの客に誘われて、クラブから食事を摂りに出かけるのは、日課のようなものだ。三日前も「何か、腹へらね？」という客のひと声で、馴染みの店に出かけたのだったが、さすがは遊び人が集う街である。夜も大分更《ふ》けた時刻なのに、行ってみれば個室は満室だという。いつもならば、店を替えるところだが、一般席には客は数えるほどしかいない。

「他所に行くのは面倒臭えな。ここで、いいんじゃね」

スポンサーのひと声で、そのまま食事をすることになったのだ。

奥の個室から、三人の男が出て来たのは、幸輔が席に着いたその時である。

見ればノバックと、東洋人の男が二人。それも、仕事絡みの会食であるらしく、三人ともスーツ姿だ。

同僚かとも思ったが、三人が醸し出す雰囲気からすると、どうも違うようだ。それに、日頃から多くの外国人と接していると、同じ東洋系モンゴロイドでも、一目で日本人、中国人、韓国人の判別がつくようになる。

ノバックは幸輔に気づくことなく、そのまま店を後にしたのだったが、気を遣っている様子から、よほど重要なクライアントであることが窺えた。

ノバック、ロッキンジー、あの二人が中国人ならば、思いつくものは一つしかない。

オリエンタル、それも例のＥＶ絡みの案件だ。

「いたんだったら、声をかけてくれればよかったのに」

ノバックは、心にもないことをいう。

「仕事絡みの会食だったんじゃないの？　ピーターのあんなガチな顔、はじめて見たもん」

「ここは遊びの場。そりゃあ仕事の時は別人さあ。うちの会社は、厳しいからね」

「そうなんだろうな。世界最大級のシンクタンク、超エリートばっかが集まっている職場だもんなあ」

幸輔はすかさず持ち上げて、ノバックのプライドをくすぐりにかかった。

好意を抱いている女性の前で、他人からエリートと呼ばれて気分が悪かろうはずがない。

「よしてくれよ。そんなエリートだなんて……。同僚が同席してたら、『えっ？　お前、そうなの』って爆笑されるよ」

そうはいいながらも、ノバックがちらりと横目で彩花の反応を窺うのを幸輔は見逃さなかった。

いい感じになってきた……。

そこで、幸輔は一気に攻勢に出ようとしたのだったが、それより先に、

「ねえ、ピーターって、ロッキンジーでどんな仕事をしているの?」

彩花が絶妙な質問を発した。

これこそ、幸輔が次に問おうとした言葉だったからだ。

ナイス・アシスト!

幸輔は快哉を叫びたくなるのを、すんでのところで堪えた。

そんな内心を知るよしもなく、

「まあ、いろいろと……。日本だけじゃなくて、中国にも担当している案件があってね」

ノバックは、小鼻を膨らませ自慢げにいう。

「へえ〜っ……。日本支社で中国の案件も扱ってるんだ。今時珍しくない? だって、市場規模は中国の方が圧倒的に大きいじゃん。フツー、中国と日本の双方に支社を置いて、それぞれの国に担当者を置かない?」

彩花の学歴はよく知らないが、こなれた英語を喋るところからして、帰国子女でもあるのだろう。この点も、ノバックが彩花を好ましく思う要因に違いない。

「市場規模はそうだけど、いまやビジネス社会は国境を超えてグローバル化しているからね。特に日本と中国の産業界は緊密な関係を構築しているし、中には双方の強みを生かし合って、新しい市場をものにしようとしている企業もたくさんあるのさ」

「分かる、それ! うちの会社も、そうだもの」

酔いのせいもあってか、彩花はすっかり饒舌《じょうぜつ》になっている。「要はさ、それぞれの得意分野を持ち寄って、弱い部分を補完し合うのが、最も効率的だし、いい結果が得られる可能性が高くなるんだよね」

「アヤカさん、素晴らしい！　全くその通りです！」

ノバックは、大袈裟に彩花を褒めそやす。

その勢いに乗っかって、幸輔はいった。

「一緒にいたのは、やっぱり中国人だったんだ。ピーター、凄く恰好よかったよ。高級中華を食べながらビジネスの話をするなんて、学生の身には眩《まぶ》しくて……。声をかけられなかったのは、そのせいもあったんだよ」

その学生の幸輔が高級中華を食べに行っていたのだが、デロ酔いのノバックが、そんなことに気がつくはずがない。

「そりゃあ、大きな案件をものにするチャンスだもの、会食の場だってそれなりの店になるさあ」

自尊心を大いにくすぐられたらしく、果たしてノバックは自慢げにいう。「うまく纏まれば、東京支社は近来稀《まれ》に見る高額報酬を得られるビッグビジネスをものにすることになるんだ。僕は間違いなく稼ぎ頭になるし、新聞、テレビもこの案件を大々的、いや特集を組んで報じることになるだろうからね」

ここだ！

そこで幸輔は問うた。

「ピーター、凄い！　たった一つの案件を纏めただけで稼ぎ頭って、いったいどんな案件なのさ？

学生の身には想像もつかないよ」

勢いのまま、うっかり口を滑《すべ》らすかと思いきや、さすがにそこは大手コンサルタント会社の社員だ。泥酔状態にありながらも、

「ノー、ノー、ノー……それは、いえないよぉ」

顔の前に突き立てた人差し指を、左右に振る。「うっかり口を滑らしちゃったら、首が飛んじゃうもん」

「ええ〜っ……。そりゃないよぉ。ここまで聞いたら、どんな案件か知りたくなるじゃん。ねえ、彩花さん」

幸輔は、そこで彩花を見ると同意を促した。

「聞きたい、聞きたい。聞かせて頂戴《ちょうだい》よぉ」

駄々を捏《こ》ねる子供のような口調で、果たして彩花も追随したのだったが、

「いや、こればっかりは駄目です。話せません……」

困惑した表情になりながらも、ノバックは拒絶する。

ならばとばかりに、幸輔は次の一手に出た。

「ピーター……。もしかして話、盛ってんじゃね？　ど〜せ、会社のことなんか、外部の人間に分かるわけないと思ってない？」

こういわれたところで、一流コンサルタント会社の社員が、自分が抱えている案件の内容を漏らすはずがないのだが、好意を抱いている女性を前にすれば、そうもいかないはずだ。

そして、とどめとばかりに、

「ねえ、彩花さん」

幸輔は、再び彩花に同意を促した。

彩花はすぐに言葉を発しなかった。

顎をツンとあげ、胡乱《うろん》な眼差《まなざ》しでノバックを見る。

この展開、この状況下において、沈黙は饒舌に優る絶大な効果を発揮する。

「いや、僕はホラを吹いたりしてないし、話を盛ったりもしていませんよ」

思った通り、ノバックは腰を浮かさんばかりの勢いで否定する。

「まあ、まあ、ピーター。そう慌てないで。一杯呑んで落ち着きなよ」

幸輔はテキーラのボトルを手に取ると、彼の前に置かれていたショットグラスになみなみと注いでやった。

促されるまま、一息にそれを呑み干したノバックは、強いアルコールが発する熱のせいなのか、それとも観念したという態なのか、「ハア〜ッ」と息を吐くと、

「クライアントの名前はいえないけど、新たにEV市場へ乗り出そうという企業が中国にあってね……」

低い声でいった。

「EVって、電気自動車のこと?」

口元にショットグラスを運びかけた彩花の手が止まる。

「そうです……」

「それ、凄く興味がある。うちの会社も、EVのシステム関係の部品開発に力を入れてるの」

「元々巨大な自動車市場が、全てEVに変わろうというんですからね。しかも従来の自動車とは違って、極端な話、製造に必要な部品は、外部ベンダーから調達して、組み上げればできちゃうんですよ。だから、自動車メーカー、ベンチャー、全く自動車とは関係ない異業種までもが、このチャンスを逃すまいと、必死にEVの開発に鎬を削っているわけです」

「ってことはさ、そのクライアントも異業種なの？」

幸輔がいうと、ノバックはぎょっとした顔になって問い返してきた。

「ど、どうして、そう思うのさ？」

「だってさ、自動車会社やベンチャーだったら、コンサルタントなんかいらないっしょ。自動車会社はEVやろうと思えば自力で造れるんだし、ベンチャーは確たるビジョンがあって開発に取りかかるわけじゃん。コンサルタントを雇うってことは、全くの門外漢。つまり、自動車とは縁も所縁もない、異業種ってことになんじゃね？」

「コースケ……。君は、本当に大学生なのか？」

探るような目で見るノバックに向かって、

「あっ！　当たっちゃった？」

幸輔は戯けた仕草でこたえ、続けていった。

「学生証見せてもいいですけど、こういうのって、何の知識もない素人の方が、単純に考えますからね。酒だってそうじゃないすか。ワインにしたって、なまじ知識があると、何を呑むか迷うでしょ？　それと一緒っすよ」

「なるほどねえ……。ワインかあ……」

ノバックは、感心した様子で幸輔を見ると、「実は、その通りなんだよ。中国では、実に多岐に亘る異業種がEV市場への参入を考えていてね」

慎重ないい回しで肯定する。

「例えば？」

「う〜ん。そうだな、不動産デベロッパーとか……」

来た！　来た！　来た！　「例えば」といいながら、つい真実を話してしまうことはまま起こり得る。まして、ノバックは泥酔している上に、彩花を交えた会話が思わぬ展開を迎えて困惑してもいるだろう。

「不動産デベロッパーがEV？　いくら何でも、そりゃ無理っしょ。車なんか造れるわけないじゃん」

幸輔が苦笑しながら疑念を呈すると、

「ところが、そうでもないんだなあ」

さすがに、プロに解説してもらわなければ素人には分かるまいとでも思ったのか、ノバックは小馬鹿にするかのようにいう。「いったろ？　EVは外部から部品を調達して組み上げれば、できちゃう代物だって」

「それは理屈というもので――」

「だから、そこに我々の出番があるのさ」

ピーターは幸輔の言葉を遮った。「やれるスキームを考え、お膳立てをしてやるんだよ……。中国の不動産デベロッパーの資金力は半端なもんじゃないけど、バブルもそろそろ限界だ。資金に余裕がある今のうちに、新たな会社の柱となる事業をものにしようと必死なのさ」

はい、決まり！

つまりピーターのクライアントは中国の不動産デベロッパーで、そことオリエンタルをくっつけようとしてるわけだ。

となると、今度はその中国のデベロッパーの会社名だ。

「中国の不動産デベロッパーって、そんなにカネ持ってんの？　だって、〝鬼城《グェイチョン》〟とかいわれる誰も住んでいないマンション建てまくってんでしょ？　確か電気も水道も来てないって聞いたけど、そんなもの売れやしないっしょ」

幸輔が馬鹿を装って訊ねると、ノバックは嘲笑を浮かべ、顔の前に人差し指を突き立てた。

「コースケ……。一つアドバイスしておくけど、君、もうちょっと中国のことを勉強しとかないと時代についていけないよ。中国の不動産市場は半端なく大きいし、中でも最大手の一つ、中国猛虎《ちゅうごくもうこ》なんて——」

「中国猛虎」……。そこをオリエンタルと合併させようと、目論んでいるわけか……。

中国の不動産事情を熱く語りはじめるノバックの言葉に耳を傾ける風を装いながら、幸輔は一刻も早く令の耳に入れなければと思った。

2

「こんな偶然って、あるのかしら。卒業以来一度も会ったことがない、ヨシちゃんに、まさかあんなところで会うとはねえ……」

銀座《ぎんざ》の路地裏にある小さなバーのカウンターに腰を下ろしたところで、牛島は隣に座る森川芳信《もりかわよしのぶ》にいった。

牛島は元来群れることを好まない。

オネエ言葉を揶揄《やゆ》されることもあったが、そもそも集団行動が嫌いなのだ。

数学に没頭したのは、たぶんそのせいもあったろうし、大学を卒業するとすぐにアメリカ、それもニューヨークに渡ったのも、日本に比べて多様性に優れ、かつ他人に対して無関心。同調を求める日本とは、対極にある社会性を持つからだ。

森川は高校時代の同級生で、在学中は数学の学年トップを争ったライバルでもある。同じ大学に進学したものの、牛島は理学部で数学、森川は工学部で半導体と、それぞれ専攻が異なったこともあって疎遠になってしまったのだった。

だから、その後の森川の消息については、学部を終えた後、大学院に進学したと何かの折に耳にした程度でしかない。

そんな森川が馴染みの寿司屋で食事を摂り、タクシーを拾おうと路上に立っていた牛島に、「失礼ですが、牛島さん……ではありませんか？」と、声をかけてきたのだ。

「そうですけど？……」

背後に立つ男の顔をまじまじと見詰めても、どこの誰なのか、皆目見当がつかない。

そんな内心が表情に出たものか、

「森川だよ。高校で一緒だった」

森川は、破顔《はがん》しながらいう。

「森川って……ヨシちゃん？」

「そう、君と数学の成績争った、森川だよ」

「久しぶりぃ。もう三十年以上も経つのに、よく、あたしだって分かったわね。頭だって、もうこんなになっちゃってるのに」

スキンヘッドをてろりと撫《な》でる牛島に、

「僕たちの年代に、牛島ほどのタッパのやつは少なかったし、顔に面影が残ってるような気がしてさ。それで思い切って、声をかけてみたんだよ」

森川は懐かしそうに目を細めた。

同窓とか、同期には些かの思い入れもないが、三十年以上も経っての再会となると、やはり懐かしい。どうやら、森川も同じ思いを抱いたらしく、彼が「馴染みのバーがあるので、一杯どうだ」というので、誘いにのることにしたのだ。

「ほんと、懐かしいなあ。お互い姿、形は大分変わっちまったけど、牛島は相変わらずだな。ちょっと話をしただけで、高校時代の記憶が蘇《よみがえ》ってくるもん」

「あたしは、女だらけの家で言葉を教わったんだもの、こればっかしは直りゃしないわよ」

牛島は苦笑しながらこたえると、やってきたバーテンダーに「マッカランのオンザロックをダブルで」と告げ、森川に向かって問うた。

「ところでヨシちゃんは、今何をやってるの？　どこかの大学で教授でもしてんのかしら？」

森川は複雑な笑みを浮かべ、視線を逸らすと、カウンターの一点を見詰めた。

「道を間違えたよ……。博士課程まで進んで、研究室の教授には大学に残ってもいいぞっていわれたんだけどさ、あの当時は日本の半導体産業の絶頂期だ。好条件に目が眩《くら》んじまって、ニシハマに就職したんだよ、研究職として……」

当時のニシハマの半導体はまさに絶頂期。世界の半導体市場を席巻していたのだが、その後どうなったかは改めて訊ねるまでもない。それに森川の様子からしても、不遇を託っているのは間違いなさそうだ。

「ふう〜ん、ニシハマに入社したんだ……」

牛島は短く漏らした。

森川が入社した当時のニシハマは、重電家電、総合電気機器メーカーとしては世界最大級、日本を代表する大企業であったのだ。しかし、半導体事業に関する特許を巡る訴訟で敗訴すると状況は一変、ニシハマどころか、日本の半導体産業は瞬く間に凋落《ちょうらく》し、いまや往事の繁栄ぶりを偲ばせる痕跡すら残ってはいない。

「今は、この会社で役員をやってんだ。もっとも、売りに出されてる会社だから、買い手が決まるまでだけどさ……」

寂しげな笑いを浮かべ、森川は名刺を差し出してきた。

見ればニシハマの子会社である。それも半導体同様、家電大国といわれた時代もかつてのこととなり、経営不振に陥ったニシハマが、莫大な負債の穴埋めにすべく、売却先を探しているとメディアが頻繁に報じている会社である。

これまた、どう反応していいものやら言葉に窮《きゅう》してしまった牛島に、今度は森川が問うてきた。

「で、君は今、何をやってんの？」

「あたし？」

牛島は懐から財布を取り出すと、中に入れてあった名刺を差し出した。

「ウシジマ・ヒクマの代表取締役？　これって何やってる会社？」

「投資ファンドよ」

牛島はこたえた。「あたし、大学卒業と同時にアメリカの投資銀行に就職して、ニューヨークの本社で長く働いてたのね。あたしも、仕事上でいろいろ考えることがあってね。そろそろニューヨークでの暮らしも潮時かなと思って、当時私の部下だった日本人女性と一緒に日本に戻って会社はじめることにしたのよ」

「ふ〜ん……。数学やってた君が投資銀行に就職したのか……。意外だな」

「ちっとも意外じゃないわよ」

牛島はクスリと笑った。「ヨシちゃんは知らなかっただろうけど、あたし、昔からおカネ、だあ〜い好きだったんだもの。それに、金融の世界では数学の知識に長けているのに越したことはないって、確信していたこともあったしね」

「金融工学ってやつか」

「でもね、そんなの嘘っぱちだったの。難しい数式使ってああでもない、こうでもないってやってるけどさ、あんなの、それはそれは頭のイイ人たちが、お客さまには到底ご理解いただけないでしょうし、ご理解いただく必要もない高等数学を駆使して開発した商品でございます。安心して投資をなさってくださいって、やってみせてるだけなのよ」

「とんでもなく高い給料払って、そんなことやらせてるわけ？」

「会社は、それを遥かに上回る利益を得てるんだもの、安いもんよ。それに会社の幹部だって、難しい数式を理解できる人は、そうはいないんだもの。いった者勝ちってやつよ。だから、リーマンショックなんて大惨事が起きるのよ」

「何か、牛島の話を聞いてると、投資銀行が詐欺集団のように聞こえるけど？」

「そもそも学問なんて、みんなそんなもんじゃないの？」

その間に、バーテンダーが運んできた、マッカランが入ったグラスを捧《ささ》げ持ち、目の高さに翳《かざ》すと牛島は続けた。

「学者の評価は論文をいくつ書いたかでしょ？　それも注目される論文を書かなきゃ出世できないし、研究費も貰えないんだもの。もちろん、まともな研究もないわけじゃないけどさ。学究の徒の世界もおカネがなけりゃ何もできないってことは、ヨシちゃんだってよく知ってるでしょ？」

「確かに、僕が博士課程にいた頃はそうだったよな……」

森川は苦い表情をして、マッカランを口にする。「教授になるとまずは予算の確保で、研究どころじゃないからな。人事は教授の匙《さじ》加減一つだから、助教授、助手。ましてポスドクなんて絶対に逆らえないから、研究成果を献上なんてざらだったもんなあ」

「すっかり話題にならなくなったけど、岩手にリニアコライダーを建設するって構想があったじゃない」

「ああ、あった、あった」

「岩手が最有力候補で、日本政府が同意すれば実現するってところまできたってのに、猛反対したのは学者だったじゃない。なんやかんや理屈をいってたけど、莫大な予算をリニアコライダーに持っていかれたら、自分たちの研究に予算が回って来なくなるものね」

リニアコライダーとは、地下トンネルの中に設置される線形加速器の中央部分で電子と陽電子を衝突させる実験装置のことだ。完成した暁には、研究者だけでも二千人、家族も含めると五千人もの定住人口が発生し、岩手には国際都市、それも超優秀な頭脳が集う学園都市が誕生すると大いに期待されたのだが、問題は事業の管轄省庁が文部科学省で、建設費に八千億円、完成後も年間四百億円のランニングコストを要することだ。

ただでさえ財源が乏しいというのに、これほど巨額の予算を一つのプロジェクトに持って行かれてしまえば、他の研究に回すカネが減額されかねないと、学者たちが危機感を抱いたのだ。

さらに厄介なのは、リニアコライダーの予算を別枠にするといっても、「そんなカネがあるなら、こっちの予算を増やせ」と学者たちがいい出すのが目に見えていることだ。とどのつまり、学者の世界もカネ次第。企業社会と極めて似た一面があるのだ。

「それはいえてんだよなあ……」

果たして森川は頷く。「大きな予算がつくと、所帯が大きくなるからな。研究が頓挫《とんざ》しようものなら、スタッフの雇用って問題に直面することになるんだ。散々予算を使った挙げ句、駄目でしたなんていえやしないから、このフェーズを乗り切ればとか、この問題が解決できればとか、あの手この手で予算を確保して、研究を続行しようとするんだよな」

「おカネの世界は尚更よ。だから自分が理解できない理屈なんか信じちゃ駄目なの。投資するなら、まずは常識で考えること。精度の高い情報を、いかにして早く入手するかしかないって悟ったの。だってさ、リーマンショックの引き金になったサブプライムローンなんて、支払い能力に問題があるとされる層に、住宅資金を貸し付けて、そのローンを証券化した商品を販売したら、どんなことになるかなんて、金融工学とか高等数学以前の問題じゃない。常識で考えりゃ分かるでしょ」

「でもさ、その常識で考えたからこその悲劇ってのもあるんだぜ」

森川はまた一口、マッカランを啜ると続けた。

「僕がニシハマに就職したのはさ、高給も魅力だったけど、君がいうように学者の世界に絶望したからなんだ。教授に気に入られなければ、助手に採用されない。助手から上に進むのもまた同じ。常に教授のご機嫌を損ねないようにしないことには出世できないんだもの、それじゃあ民間企業と同じだろ？　だったら、給料高くて、資金力豊富な民間企業に就職した方が遥かにマシだって考えたのさ」

その考えは、牛島にも十分過ぎるくらいによく分かる。

黙って、グラスを傾ける牛島に向かって森川は続ける。

「最初の頃はよかったよ。当時はニシハマの業績も絶好調、中でも半導体は、世界市場を席巻していたからね。でもさ、その絶好調ぶりが、アメリカの虎の尾を踏むことになっちまったんだよなあ……」

「日米半導体摩擦か……。特許権侵害訴訟をアメリカで起こされたんじゃ、その時点で日本側の敗北は決まったも同然だものね……」

「まして、日本企業に通じたヤツがアメリカ側にいて、知恵つけたっていうし……」

「えっ？　それ、どこから聞いたの？」

これまで、そんな話は一度たりとも聞いたことがない。

興味が赴《おもむ》くままに牛島は問うた。

「大学時代に同じサークルにいた、同級生からだよ」

森川はいう。「その同級生は、当時の通産省にキャリア官僚として採用されたんだけど、なんかの拍子に半導体摩擦の話になってさ。当時、スタンフォード大学のビジネススクールに留学していた上司が、そう漏らしたのを聞いたことがあるっていうんだな」

牛島は森川の顔を見据え、マッカランをがぶりと喉に流し込むと、話の続きを待った。

「なんでも、そいつの母親は日系人だそうでね。短期間だけど、日本に住んだことがあって英語はもちろん、日本語もネイティブレベルのバイリンガルだっていうんだよ」

「ってことは日本企業か、あるいは日本企業のアメリカ法人で働いていた経験があるのかしら……」

「日本の企業事情に通じていたらしいといってたから、その可能性はなきにしもあらずだけど、当時はニシハマも含めて半導体を製造していた日本企業は幾つかあったからね。それに、又聞きだから、どこまで本当なのか分からんのだけどさ」

「もし、それが本当のことだとしたら、まさに歴史の裏面ってやつね。日本の半導体産業をたちまち衰退に追い込むことになった訴訟の裏で、日系人が動いていたなんてさ。まるで小説の世界みたいじゃない」

「君は、他人事《ひとごと》だから、面白がっていられるんだよ。当事者になった側からすりゃあ、たまったもんじゃないよ。あの訴訟に負けたお陰で、会社もガタガタ、僕を含めて人生狂っちまった人間が、どんだけいると思ってんだよ」

「ごめんね、ヨシちゃん。面白がってるつもりは、ちっともないのよ。ただ、アメリカ人も企業も、自分が優位に立っている間はホントに優しいんだけど、一旦相手が優位に立つと豹変《ひょうへん》するってことを、分かってない日本人が多過ぎるから……」

「優位に立っている時は優しいって？」

思うところがあるらしく、森川は片眉を吊り上げて牛島を横目で睨む。「そりゃあ、ちょっと違うんじゃないか。つい最近うちの会社は、そのアメリカ企業に煮え湯を飲まされたばっかりなんだぜ」

「何があったの？」

「開発を進めているシステムに、うちの半導体を使いたいってオファーがあってね、スペックを満たす製品が完成すれば、大量受注間違いなし。うちも身売りをしなくて済むってんで、全社を挙げて開発に取り組んだんだけどさ」

そう聞けば、その後の展開は見えてくる。

「美味《おい》しい餌《えさ》を目の前にぶら下げてやれば、開発費やそれに纏わる費用も全てヨシちゃんの会社持ち。散々振り回された挙げ句、〝ウィー・リグレット〟ではじまるメールを貰って、あっさり捨てられちゃったってとこかしら」

〝ウィー・リグレット〟は、日本語に訳せば『残念ながら』という意味になるのだが、就活の場面でいえば『お祈りメール』のようなもので、相手の意向に添えない、あるいはお断りをする文章は、この文言ではじまるのが常である。

「なんで分かんの？」

「そりゃあ、アメリカ企業で長いこと働いていたんだもの。あの人たちのやり口は、手に取るように分かるわよ」

牛島は同情半ば、今に至ってもなお、性善説が身に染みついてしまっている日本企業の体質に、半ば呆れながら続けていった。

「ヨシちゃんの会社、開発を進めるに当たって、何の契約書も交わさなかったんでしょ？」

「それは、そうなんだけどさ……。だってさあ、このビジネスを物にできれば、うちの会社にとっては起死回生の一発になるんだぜ。生殺与奪の権を握られているのも同然なんだもの、相手の気分を害したら大変なことになると思うじゃん。とにかく、スペック通りの製品を開発しなけりゃと思うじゃん」

つい森川は、高校時代に戻ったような言葉を遣い、牛島に訴える。

「そこが日本企業の甘いところなのよ」

牛島は小さく溜息をついた。「もっとも、日本の契約書なんてペラッペラ。なんやかんやと書いてはいても、争いが生じた場合は、両者誠意をもって問題の解決に当るって文言一つに集約されちゃうんだものね」

痛いところを衝かれたとばかりに、森川は憮然《ぶぜん》として口を噤む。

「アメリカの契約書は膨大な量になるから日本人は嫌うけど、あれはね、トラブルを未然に防ぐのを目的としているからなの。だって、そうじゃない。予め合意事項を事細かに決めておけば、トラブルになるわけないんだもの。合意事項に反する行為を働こうものなら契約違反。訴えられれば敗訴しちゃうことになるのよ。第一トラブルになったら、誠意も何もあったもんじゃないでしょ？」

「そこのところは、甘いといわれりゃその通りなんだけどさあ」

森川の声に怒りが籠もっているように感ずるのは気のせいではあるまい。

果たして森川は、そのままの勢いで続ける。

「許せないのは、うちの開発プロセス、それも特許には触れない部分を、どうも台湾の半導体メーカーに流していた節があることなんだ」

「えっ！　そんなことやったの？　それはちょっと酷すぎるわ」

「まあ、僕がいうのも何だけど、落ちぶれたとはいえ、こと半導体に関しては、うちの技術は未だ世界でもトップレベルだ。だから、本社もうちの会社は高値で売れる。本体の経営危機を打開する決定打になると考えているわけさ。でもね、製造コストはどう逆立ちしたって、台湾メーカーには敵《かな》わない。つまり、ヤツらは、製品を開発するに当たってのコンセプトやノウハウをうちから入手するのが目的で、製造は台湾メーカーにやらせると、端から決めていたんだよ」

この点も契約で相手を縛っておかなかったことに落ち度があるのだが、とはいえ、さすがにこれは悪辣に過ぎる。

「それ、いったいどこの会社なの？　ちょっと許せないわ」

その問いに森川の口を衝いて出た社名を聞いて、牛島は我が耳を疑った。

「エプシロンだよ……」

「えっ？　エプシロンって、あのＥＶの制御システムや、自動運転システムを開発している、あのエプシロン？」

「そう。そのエプシロンだよ」

当時覚えた怒りが胸中に込み上げてきたのか、森川の顔がたちまち赤みを増す。「誰がこの絵を描いたのかは分からんけどさ、当時ＣＥＯだったジム・ライスは経営手腕を買われて、いまやオリエンタルの社長だぜ。桜の樹の下には屍体《したい》が埋まっているっていうけどさ、ありゃ本当のことだよ。あいつが咲かした花の下には、うちの会社も埋まってるんだ」

森川の言葉を聞きながら、そういえば……と牛島は思った。

ライスは、確かスタンフォードのビジネススクールで学んだはずだ。そして、彼の経歴にはUCLAを卒業して最初に就職するまでには、二年間の空白があった。てっきりモラトリアムの期間でもあったのだろうと思い込んでいたが、ひょっとして、その二年間は……。

牛島は、グラスに残っていたマッカランを一息に呑み干すと席を立ちながら森川に告げた。

「ヨシちゃん、ごめんなさい。ちょっと電話を入れなきゃならないのを忘れていたわ。すぐに戻るから……」

3

「中国猛虎か……」

早朝のオフィスで、幸輔の報告を聞き終えた牛島が、背凭れに体を預けながら天井を仰ぐ。

令が牛島からの電話を受けたのが、昨夜十一時。その直後に幸輔からの電話があった。その内容を報告すべく、今度は令が牛島に電話をかけ、翌朝一番に急遽三人で集まることになったのだ。

「ピーター、デロ酔いでしたからね。中国にはEV事業に乗り出そうとしている異業種はたくさんある。例えば不動産デベロッパーって感じで、なかなか口を割らなかったんすけど、最後に来てポロッと漏らしたんすよ。中国猛虎って」

「中国の不動産市場も、さすがに天井を打った感があるからねえ」

幸輔に続いて令はいった。「鄧小平《とうしようへい》が先富論《せんぷろん》を打ち出してから、確かに富める者は雪達磨《ゆきだるま》式に莫大な財産を築き上げたけど、富裕層が貧困層を援助するって狙いは、絵に描いた餅になってしまってるもんね。富の格差は開く一方だし、先富論の恩恵に与《あずか》ったのは、ほんの一摘《つま》み。圧倒的に貧困層が多いんだから、共産党だって不動産価格の高騰を放っておくわけにはいかないわよね」

「そこは一党独裁。民意で体制を変えられる国じゃなし、富裕層になれたのも、党にコネがあればこそ、何らかの見返りをもたらしたからこそのこと。つまり、権力者層だって十分美味しい思いをしたわけよ。でもね、そんなことは庶民も先刻承知。一人一人の力は弱くとも、束になれば凄まじい破壊力を持つからね。朝令暮改《ちようれいぼかい》が当たり前に起こる国だもの、先富論の見直しがあっても不思議じゃないわ」

牛島の言葉を受けて、令は返した。

「この辺りで、富裕層をターゲットにして、庶民のガス抜きをしようってわけか……」

「我が身を守るためなら、血も涙もないことを平気でやる国民性だからね。実際、創業者が一代で巨大企業に成長させた会社ですら、政府の命令一下、国有企業にしちゃうんだもの。それがまた、庶民に受けると知っててやるんだからねえ……。ホント、やりたい放題ってのは、あの国のことよ」

長く暮らした国にはシンパシーを抱くものだが、牛島もその例に漏れず、基本的に親米反中だ。もちろん、令も同じである。

「散々美味い汁を吸わせてやったのに、はい、ご苦労さんじゃ、報われないわよね。そのうち、優秀な経営者や富裕層は中国に見切りをつけて、海外に脱出しちゃうんじゃないの」

「だから、中国猛虎が新しい事業の柱を物にせんと奔走《ほんそう》しても、不思議じゃないのよ」

牛島は鋭い眼差しで令を見ると、「中国猛虎は総量規制に次ぐ不動産価格の高騰を抑える何らかの手を、政府がいつ打ち出しても不思議じゃないと危機感を覚えているのかもしれないわね」

「でもさあ、不動産バブルが崩壊したら大変なことになるよ。富裕層とはいっても、二軒目、三軒目を買う人たちって、値上がりを見込んでローンを組んでんだろうから、暴落したら目も当てられないじゃん」

「貧困層が抱えている不満のガス抜きが目的なら、それこそ願ったり叶ったりってもんよ。他人の不幸はミツの味。一向に貧困から抜け出せないでいる庶民からしたら、我が世の春を謳歌してきた富裕層が阿鼻叫喚なんて、こんな愉快なことないじゃない。それこそ、手を叩いて快哉を叫ぶわよ」

「他人の不幸はミツの味かあ……。確かにいえてるかもねえ……」

令は中国という国の特異性を改めて感じながら漏らした。「民主主義、資本主義の国でそんな政策を打ち出そうものなら、社会は大混乱、経済を崩壊させた政権は総退陣を迫られることになるけど、一党独裁ならどーにでもなるもんねえ」

「ひょっとすると、中国猛虎は資産を日本に逃避させるつもりなのかもよ」

「えっ？　それどういうこと？」

令は牛島のいうことが、俄には理解できず、思わず問い返した。

「中国猛虎に限らず、不動産業は物件が売れてナンボの商売だからね。市況を見ながら物件のスペックを決め、販売価格を決めてんだから、完成時に相場が下落しようものならさあ大変。まして、不動産は売れないからって塩漬けにはできないからね。資金を回そうとしたら、値引きして売るしかないんだもの。そんなことになったら、赤字が膨らむだけになってしまうじゃない」

「ってことはさあ、資産を移すといっても、動かせるのはおカネってことになるよね。つまり、中国猛虎がオリエンタルと組んでEV事業に乗り出すとしたら、パートナーシップじゃなくて、買収するってこと？」

「そうは考えられないかしら？」

令に同意を求めていながら、牛島の言葉には確信が籠もっている。

「でもさあ、買収したって、製造コストとか部品調達のロジスティクスを考えたら、中国本土の方が圧倒的に有利じゃん。ってことは——」

「製造は中国でやっても、本社を日本に置くことはできるわよ」

牛島は令の言葉が終わらぬうちにいう。

「あっ、そうか」

「かつて我が世の春を謳歌した日本の家電メーカーだって、同じブランドを使っていても、とっくの昔に外国資本に買収されてる会社はいくつもあるじゃない。オリエンタルを買収して、日本に持ち株会社を設立しちゃうとか、資産を日本に移す手段は幾つもあるもの」

十分にあり得ることだが、それでも疑問は残る。

「でもさ、朝令暮改が当たり前、民間企業が一夜にして国営企業になっちゃう国だよ。資産を日本に移すなんて知ったら、政府が黙ってるわけないと思うけど？」

「そうでもないかもよ」

とっくに考えてあるといわんばかりに牛島はいう。「不動産価格の高騰を抑える策を取ったはいいけど、中国猛虎が倒産でもしようものなら、中国政府だってさすがに困るわよ。その気になればいつだって国有化できるんだもの、ＥＶ事業が上手くいって、不動産が駄目になっても中国猛虎が生き残ってくれたら万々歳。そういう考え方も成り立つんじゃないかしら？」

確かに、それはいえている。

黙った令に向かって、牛島は続ける。

「それに、日本にあろうと中国にあろうと、中国猛虎が中国人が経営する企業であることに変わりはないんだもの。その気になれば、焼いて食おうと煮て食おうと、どうにだってできるわよ。それこそ豚は太らせて食えってやつよ」

「あの……」

その時、黙って二人の話に聞き入っていた幸輔が、はじめて口を開いた。「ピーターがオリエンタルとパートナーシップを結ばせようとしているのは中国猛虎っていいましたけど、話の流れからして、まず間違いないとは思うんですが、やっぱり裏は取っておくべきだと思うんです」

「そうね……。その通りね」

改めてそこに気がついたように、牛島は同意する。

「でも、どうやったら裏が取れるのかなあ。ピーターから？　それともコースケになんか、妙案があんの？」

令が訊ねると、

「あれから、中国猛虎について、いろいろ調べてみたんすけど、創業者の鄭金虎《ていきんこ》には、三人子供がいるんすよ」

「子供？　それで？」

「年齢が五十三歳ってところからすると、三十前後で最初の子供が生まれたとして、何人かはまだ学生ってことになりますよね」

「だから？」

令が先を促すと、

「たぶん、海外の学校に留学してるんじゃないかと……」

幸輔は、令と牛島双方の反応を窺うように二人の顔を交互に見る。

「してたらどうだっていうの？」

令は、再度先を促した。

「海外留学っていうと、アメリカとかイギリスとかオーストラリアとかを思い浮かべるでしょうけど、大学はまだしも、高校となると本当の富裕層はそんな国には子供を留学させないんです。スイスのボーディングスクールに留学させるケースが多いんですよ」

「えっ、そうなの？」

そんな話ははじめて知った。

思わず声を上げた令に代わって、牛島がいった。

「スイスかあ……。そういえば、あの金正恩《キムジョンウン》と金与正《キムヨジョン》も留学先はスイスだったわね」

「あの二人が留学先にスイスを選んだのは国交を結んでいることもありますけど、ヨーロッパの中でも、物価が高い分だけ、比較的安全な社会だからなんですよ。それに、なんといっても風光明媚《ふうこうめいび》という点では、世界の中でも頭抜けてますし……」

「つまり、スイスに留学しようと思えば、とんでもない費用がかかる。それが世界の富裕層の子弟が集まる理由でもあるわけね」

「で、夏休みになると、そうした連中がクラブに来るんすよねえ。それも、日本人の留学生が友達を引き連れて……。その線から探ってみれば、ひょっとして何か分かるかもしれないと思うんです」

「なるほどねえ。同窓の絆《きずな》ってわけかあ」

さすがは幸輔だ。まさか、そんなところにまでネットワークがあるとは……。

令はすっかり感心して、満面に笑みを湛《たた》えた。

「もし、鄭の子供がスイスに留学していなくとも、中国の同業者の子供は必ずいるはずだと思うんですよ。富裕層の価値観、生活観って、一般庶民とは想像できないほどかけ離れてますから、その分だけ狭い社会の中で生きているんです。実際姉さんがいうように同窓の絆はとても強くて、王族だろうが、大物政治家や財界人であろうが、会いたいといわれれば応ずるのが義務のようなものだと聞いたことがあるんです。だから、その線から辿《たど》れば、中国猛虎の経営状態とか、何をやろうとしているかとか、いろんな情報が手に入るんじゃないかと……。人の口に戸は立てられないのは洋の東西を問いませんからね。やってみる価値はあると思うんです」

「いいじゃない。是非探ってみて」

牛島もすっかり乗り気で破顔すると、

「そうそう、それでライスのことなんだけどね」

一転、真顔になって話題を転じた。「昨夜、令には話したけど、ＵＣＬＡを卒業した後の空白の二年間。日本企業、あるいは日本企業の現地法人で働いた可能性があるかもしれないの」

「ライスが日本企業で?」

この話をはじめて聞く幸輔は、理解できない様子で両眉を顰める。

「実はね、昨夜偶然、高校時代の同級生に会ってね――」

牛島が事の経緯を話して聞かせると、合点がいった様子で幸輔はいう。

「そういえばライスって、東洋人の血が入っているような顔立ちをしてますよね」

「まあ、外見で判断するのは、ちょっと乱暴だけどね。だって、アメリカにはコリアンやチャイニーズだっているわけだし、日本人だってバタ臭い顔立ちをしてる人って結構いるからね。ほら、随分前に報道番組のメインキャスターになったはいいけど、ハーバード出っていう学歴が真っ赤な嘘だってバレちゃって、降ろされちゃった人がいたじゃない。彼なんか、どう見たって外国人、それもラテン系の血が入っているとしか思えない顔立ちだったけど、九州生まれの純粋な日本人だったじゃない」

「ああ、あったねえ。あたし、あの頃はアメリカにいたけど、日本語放送でその話を聞いて、大笑いした記憶があるわ」

相槌を打った令に向かって、牛島はいう。

「幸輔は知らないかもしれないけど、ライスは東洋系を自称しているんだから、気になるのは顔立ちよりも、彼がアンダーグラジュエイトの時代をUCLAで過ごしたってことなの」

アンダーグラジュエイトとは、大学の学士課程のことだが、それがなぜ気になるのか、令には皆目見当がつかず、

「それ、どういうこと?」

令はすかさず問うた。

「あの訴訟は、アメリカ企業のイチャモン以外の何物でもない酷いものだったけど、それでも原告が勝訴できたのは、準備段階で日本企業、ひいては日本人の気質や性格を入念に研究した結果だといわれてるの」

「それが、UCLAとどう関係すんの？」

「戦略を立てたのがUCLAの教授にして、訴訟を起こした会社の技術顧問をやってた人なの」

それでも令はピンと来ない。

「でもさあ、あたしも学部時代にあの訴訟に関する文献を幾つか読んだけど、あの会社って日本にも支社があったよね。日本企業、日本人の気質とか性格とかって、その気になれば日本支社から情報を集めることができんじゃないの」

「スタンフォードのビジネススクールは、アメリカの中でも超難関。西海岸ではダントツの最難関。学部からそのまま進学するケースはまずないし、最低でも二年の実務経験があって、かつ有力な推薦状がなければ、簡単に合格できるもんじゃないからね」

「つまり、ライスがその教授に知恵を授けた。スタンフォードに入学できたのは、その論功行賞《ろんこうこうしょう》だったっていいたいわけ？」

「可能性としては、ないとはいえないでしょ？」

牛島は片眉を上げ、令を探るような眼差しで見ると、続けていった。

「だって、訴訟の戦略を立てたのは技術顧問よ。特許侵害の部分について難癖つけるのはお手のものかもしれないけど、その反面、いいがかりだってことを誰よりもよく知っているわけじゃない。争うことを好まない、主張下手って日本人の性格につけ込めばなんて戦略は、まず思いつかないと思うの」

まさかと思う一方で、牛島の推測にも頷ける点がないわけではない。

やはり、最も気になるのはＵＣＬＡを卒業してからの二年間の空白期間だ。

ライスがはじめて職を得たのは、シリコンバレーのベンチャー企業である。

東部の名門ビジネススクール出身者は、主に高額報酬が得られるウォール街の金融関連や伝統ある大企業に就職するが、西海岸、中でもスタンフォード出身者はベンチャーを目指す傾向がある。なにしろ彼らの夢はベンチャーで成功して、ナパにワイナリーを持つことだというし、実際彼《か》の地にはそれを実現した卒業生が数多くいる。

だが、自ら立ち上げたベンチャーが成功を収めたというならともかく、一般社員の給料は知れたものだし、当時からシリコンバレー周辺の家賃は高額で、生活するのがやっとといったところであったろう。幾ら節約に努めたとしても、社員時代の貯蓄では、高額なスタンフォードの学費を捻出できるものではない。その一点だけをもってしても、ライスの経歴には確かに謎があるような気がする。

「じゃあ、どうするつもり？　その二年間にライスが何をしていたか、彼の経歴を調べてみるってわけ？」

「そのつもりだけど？」

「どうやって？」

「そこはあたしに任せてちょうだい。考えがあるの」

牛島はニヤリと笑うと、幸輔に視線を転じた。「中国猛虎の件は、コースケに任せるわ。何か分かったら、どんなことでもいいからすぐに教えて」

4

オリエンタルの株を買い占めた投資ファンドの調査を依頼してから三週間、上条がオフィスに現れた。

来訪する旨を告げて来た際、「長くなるので直接会って話す」と上条がいうところからして、想像もしなかった事実が判明したのだろう。

「で、何が分かったの？　早くいってよ。一週間っていってたのにさっぱり連絡が来ないから、いまや遅しと待ってたんだから」

挨拶もそこそこに急《せ》かす令に、

「電話入れてから一時間も経っていないんですよ。いまや遅しも何もあったもんじゃないでしょう」

上条は、苦笑いを浮かべながら正面の席に座ると、唐突に訊ねてきた。

「時間がかかったのには理由がありましてね。樋熊さん、先住民特権って聞いたことがあります？」

「先住民特権？」

はじめて耳にする言葉に戸惑いながら、「何、それ……」

令は率直に問うた。

「僕もはじめて知ったんですが、アメリカの先住民族は連邦法で独立国家のステータスが与えられているんですね」

「独立国家のステータスってことは、アメリカの法には縛られない。つまり先住民族は治外法権ってわけ？」

「治外法権とまでは行きませんが、例えば部族の同意がない限り、先住民族が法廷に引きずり出されることはないとか、連邦政府への税金を免除されているとか、俄には信じられないような特権が認められているんです」

「えっ！　納税が免除されるの？　あのアメリカで？」

「まあ、歴史が歴史ですからねえ」

上条は複雑な表情になり、重い声でいう。

「北米、南米には元々先住民がいて、そこにまずヨーロッパ人がやって来た。そこで彼らが何をしでかしたかといえば、先住民の大虐殺《だいぎゃくさつ》。正真正銘の侵略行為を働いたわけです。入植という名の下にね……」

「そうだよね。北米、南米共に、欧州の言語が標準語として使われているのは、どこの国の人間が真っ先に入植して来たかってことの名残だものね」

「これが、どこぞの国が一国で侵略行為を働いたなら、いまに至ってもなお、日本のように過去の贖罪《しょくざい》とか賠償とか、先住民から糾弾《きゅうだん》されていたんでしょうが、さすがは世界中に植民地を造り続けたアングロサクソンなんですよねえ」

投資ファンドの正体とどう関係するのか、さっぱり見当がつかないのだが、どうやら先住民特権に鍵があるようだ。

令は、そのまま話に聞き入ることにした。

果たして上条は続ける。

「国土があまりに広すぎて、労働力が絶対的に不足したこともあったんでしょうけど世界中の国から入植者や移民を招き入れたじゃないですか。北米、南米、両大陸に自国民を送り込んでいない国なんて、世界中のどこを探したってありはしませんからね」

「そうか……。犯罪行為が成立するのも罪を犯していない人間がいればこそ。主犯であろうと従犯であろうと、全員がもれなく犯罪行為に加担しちゃったら、誰も罪に問えないもんねえ。被害者は泣き寝入りするしかないってことになるわけか……」

「まさに、『赤信号、みんなで渡れば怖くない』ってやつですよ」

上条は両眉を吊り上げ、肩を竦める。「何代も前に起きたことだとはいえ、黒歴史には違いありません。先住民から、お前たちは侵略者の子孫だ。この国から出て行けっていわれても、いまさらってやつじゃないですか」

「国家が確立しちゃって長いんだから、出て行かれたら先住民だって困るだろうしね。そこで、過去の贖罪として先住民特権が与えられたわけか」

「驚いたのはこの特権の下に、先住民が様々なビジネスを展開していることなんです」

どうやら、ここからが本題らしい。

「例えば?」

先を促した令に上条はいう。

「カジノです……」

「カジノ？　でも、あれはギャンブルが合法とされている州で、かつ州政府が認めたライセンスがあってはじめて――」

そこまでいいかけた令を上条は遮った。

「いったでしょう？　先住民族は連邦法で、独立国家のステータスが認められているって……」

「じゃあ、カジノも先住民の意向次第で、自由にやれるってわけ？」

「正確には先住民が住む地域、自治が行われている地域の部族の承認があればですけどね」

「どっちにしたって、部族会議だか議会だか知らないけれど、どーせ長老とかの有力者がＯＫすれば、やれちゃうわけでしょ？」

「そのようですね」

上条は頷く。「その辺りの事情を聞かせてくれたのが、先住民を祖先に持つジャーナリストでしてね。彼女も先住民特権には、問題点が多々あると認識していたとはいうんですが、どこの国でもそうですけど、この手の話は極めてセンシティブなものじゃないですか。だから敢えて触れないようにしていたというんですが、カジノは別だといってたんです」

「まあ、早い話が鉄火場《てっかば》だもんねえ……。ギャンブルなんて一瞬は儲かるけど、最後はスって終わるのが当たり前。スリルと興奮の対価を胴元に払ってるようなもんだからね」

令はギャンブルについては、いささか知識がある。

長いアメリカ暮らしの中で、母国の文化への恋しさゆえか、日本のテレビドラマや映画の鑑賞にドハ
嵌《は》まりした時期があったのだ。

中でも藤純子《ふじじゅんこ》の女賭博師があまりにも美しく、かつ魅力的で、繰り返し鑑賞しているうちに博打に興味を持ち、その仕組みを調べ上げたのだ。

ギャンブルは多々あれど、胴元が損をするようなゲームはない。寺銭《てらせん》という言葉があるように、賭

場を提供した胴元には、出来高の一定割合を支払うのが慣例だし、丁半《ちようはん》博打のように勝負の都度、勝者が五分、ぞろ目なら一割を胴元に支払うものもある。

また、競馬や競輪といった公営ギャンブルの場合は、開催団体が売上金の約二十五パーセントをまず確保し、残る約七十五パーセントを的中者に分配。宝くじに至っては、実に売上金額の五十二～五十六パーセントを胴元が確保し、残りを当せん金に充てるのだ。これが日本の宝くじが、「愚か者に課せられた税金」と称される所以である。

「実際、その通りなんですよ。彼女が問題視しているのは、まさにその点でしてね」

上条は顔の前に人差し指を突き立てる。「話を聞くに、どうも彼らがやってるカジノって、数は遠く及びませんが、日本のパチンコ店のイメージなんですよ」

「パチンコ店？」

「カジノと聞くとラスベガスやマリーナ・ベイ・サンズのように、ホテルがあって、ショーが常時開催されていてって、リゾート型の娯楽の殿堂みたいなものを連想しますよね」

「そりゃそうだよ。だって、人を集めなきゃ〝盆〟が大きくならないじゃない」

「ぼ・ん？」

「賭場の規模のことよ」

「樋熊さん、ギャンブルに詳しいんですか？」

上条は、驚いた様子で問うてきた。

「詳しくなった経緯は後でいいでしょ。まず肝心の話を聞かせてよ」

「彼らが経営してるカジノは、リゾート型もないわけではありませんが、大半は駐車場つきの平屋建てか二階建てが精々で、街道に面しているという共通点があるんだそうです。つまり、客層はローカルの人間がメインで滞在してギャンブルに興ずる客はそうはいないというんです」

「ローカルってことは、先住民が客のメインってわけか」

「そんな場所に、鉄火場なんか造ったらどんなことになると思います？」

「そっか……。おカネがなくとも止められないのがギャンブルだし、当たりゃ損なんか簡単に取り戻せるって考えるのがギャンブラーだからね。有り金全部注ぎ込んで、尽きたら今度は借金してでもってなるわよね」

「彼女が問題視しているのは、まさにその点でしてね。確かにカジノは先住民の主幹産業です。観光ガイドや土産物店を経営して生計を立てている人もいますけど、先住民族には低所得者も多いですからね。貧困率は二十八パーセント、失業率は約五十パーセント。満足に食事を摂れない苦しさから、ドラッグやアルコールに走り、若者の自殺率は全米平均の三倍にもなるそうなんです。だから、彼女いうんですよ。先住民特権を利用して、先住民の権力者が、先住民からカネを巻き上げているのは言語道断だと……」

「それは分かるけどさ。投資ファンドの件とカジノがどう関係すんの？」

「リストにあった、投資ファンドの大半は、先住民の居住地域にあるんですよ。それも、カジノを経営している会社ばかりなんです。たとえば、樋熊さんが不審感を抱いた、Dakota Family Support Company なんて、まさにそれなんですよ」

「この会社、カジノやってるの？」

驚きの余り思わず声を吊り上げてしまった令に向かって、

「何か、匂いませんか？」

そういわれれば、ピンと来るものがある。

「低所得者層をターゲットにしてカジノを開いても、大した儲けにはならないけど、納税義務が免除されているというなら、おカネ儲けの手段は幾らでもあるわね」

「その通りです……。実は、先住民特権を利用した違法ビジネスって、これまでにも幾つもあったそうでしてね」

上条は瞳をギラリと光らせ、ニヤリと笑った。「そして、その多くに共通点があると……」

「共通点？」

「会社の名義借りですよ。違法なビジネスを展開するに当たって、先住民族が経営する会社の名前と所在地を借りるんです。違法行為が発覚しても、捜査の手が及びにくくするために……」

「ってことは、表向きはこのリストにある会社がオリエンタルの株を買っているけど、実は金主は他にいる。しかもカジノを経営していれば、大金をギャンブルに使ったように見せかけることもできるし、納税義務はないわけだから、目論見通りオリエンタル株で大金をせしめても丸儲けってわけか。もし、そうだとしたら実に良くできた……、っていうか悪魔的な手口だわ」

正直なところ、令は半ば感心しながらいったのだったが、もしそうだとしたら、そこから先のカネの流れは察しがつく。

「儲けたカネは、海外のタックスヘイブンに設立した幽霊会社に送金してしまえばいいだけだしね。それなら、必要な時に表に出すことができるわけだし……」

令は自らの推測を検証するかのようにいい、上条に矢継ぎ早に問うた。

「でも、今のところは推測に過ぎないわけでしょ？　裏は取れるの？　手はあるの？」

「もちろん」

　さすがは上条だ。即座にこたえてくると、

「実は、今回の話を彼女に聞かせたら俄然《がぜん》興味……というか、もしそんなことが行われているなら許せない、取材してみるといい出しましてね」

「彼女は先住民の子孫なんでしょ？　先住民の子孫が先住民特権を悪用した、不正行為を暴《あば》くっていうの？」

「いったじゃないですか。過去にも、先住民特権を悪用したビジネスは幾つもあったって」

　上条は、そこで悲しげな顔になると話を続けた。

「彼女が許せないのは、何も先住民特権を悪用してビジネスを行おうとする人間たちばかりではないんです。悪用されることを承知で、協力する部族の有力者たちもまたしかりなんです」

　そこで上条は言葉を切ると、「樋熊さん、先住民の集落を訪ねたことはありますか？」

　唐突に訊ねてきた。

「いいえ、私はないけど、上条さんはあるの？」

「ええ、何度か……。先住民の集落って、アメリカ中にたくさんあるんですけど、ほぼ例外なく街の郊外なんですよねえ……。まあ、日本人の感覚では、田舎にいけばあの程度の家はザラにあるといえなくはないんですけど、アメリカの感覚からすると粗末なものだし、トレーラーハウスに住んでる人も多いんですよ。さっきいいましたけど、失業率は約五十パーセント、所得だって低いわけですからね。貧困から脱出するためには、学歴をつけるのが最も早いと分かっていても、アメリカの大学の学費はべらぼうに高いし、幸運にも奨学金を貰って学位を得ても、アメリカの社会には、先住民に対する差別が根強く残っているのは事実ですからね」

「先住民に限ったことじゃないけど、差別は確かにあるものね……。私自身はあまり感じたことはないけど、日本人も東洋系だからね。差別されたって話は何度か聞いたことあるし……」

「かくして貧困の連鎖がいまに至っても延々と続いている。だからこそ、先住民に特権が与えられたわけですが、違法行為に手を貸して私腹を肥やす輩が後を絶たない。発覚しても、知らぬ存ぜぬと白を切る。それが許されている現実が許せないと、この手の話が発覚する度に思っていたそうなんです」

「分かるわあ……」

令は相槌を打った。「部族の同意がない限り、法廷に引きずり出されることはないってのは、不逮捕特権を与えられてるようなもんだし、その上独立国家のステータスだもんね。部族の重鎮がどんな方法で選ばれるのか知らないけどさ、それじゃ何でもあり。やりたい放題になっちゃうもんね」

「彼女とはコロンビアのジャーナリズム大学院で知り合ったんですけど、本当に優秀なジャーナリストなんです。これまでも、何度も大きなスクープをものにして、いずれピューリッツァー賞を取るんじゃないかって評判なんですよ」

「そんなに優秀なら、どこぞの大手メディアで働いているわけ?」

「それが、僕と同じフリーランスでしてね」

上条は目元を緩ませながら首を振った。「これまでアメリカの有名新聞社や雑誌社、テレビ局からも数多の誘いがあったんですけど、彼女、頑として首を縦に振らないんです」

「それは、なぜ？」

「組織に身を置けば取材内容や記事に干渉されるからです。特に記事にする前には、必ず上司のチェックが入りますからね。取材対象によっては忖度《そんたく》を求められることもあれば、記事そのものが没にされることだってある。そんなのは、ジャーナリズムとはいえない。事実を正確に世に知らしめるのが、ジャーナリストの義務だといいましてね」

カッケー!!

令は胸の中で思わず叫んだ。そして、なぜだか背筋がジンとして、胸が高鳴るような興奮を覚えた。

「そんな人がこの話に興味を持って、取材に動いてくれるっていってるの？」

「ええ……」

「やったじゃん！　大朗報！　大前進だよ！　すぐに真吉さんに報告しなくちゃ！」

快哉を叫びながら席を立った令だったが、肝心なことを聞き忘れていたのに気がついて、

「それで、その彼女の名前は？」

と、訊ねた。

そんな令を椅子に座ったまま上条は見上げ、静かにいった。

「ピコ……。トレーシー・ピコです……」

5

上条との話を終わらせた令は、隣にある牛島のオフィスのドアを勢いのまま押し開け、

「真吉さあ〜……」

と叫んだところで声を呑んだ。

牛島は電話中で、令をちらりと見ると、掌《てのひら》で静かにするよう合図を送ってきたからだ。

英語で話しているところからすると、相手はおそらくアメリカ人なのだろう。

「OK、ベティ。メールを待ってるわ。ご協力に感謝します」

話は終盤に差し掛かっていたようで、牛島は流暢な英語でいい、受話器を置くと、「どうしたの？

そんな勢いで入ってくるところをみると、何かあったのね」

話してみろとばかりに、デスクの上に両腕を載せる。

「真吉さん、先住民特権って知ってる？」

「先住民特権？」

牛島は僅かに小首を傾げると、「ああ、アメリカの先住民に与えられた特権のことね」

いとも簡単にこたえる。

「なあ〜んだ。知ってたんだ……」

「そりゃあ知ってるわよ。あんたは知らないだろうけど、あたしが日本を離れて少し経った頃にインディアンジュエリーが流行《はや》った時代があったのよ。で、学生時代に出入りしていた飲み屋のマスターが、あたしがニューヨークにいるって知って、日本じゃいい商売になりそうだから、安く仕入れられないかっていってきてね。儲けは山分けっていうもんだから、あたし、おカネ大好きじゃない？　買い付けに回ったことがあるのよ」

「知った経緯はどうでもいいの。例のダコタの件で進展があって報告しに来たんだからさ」

そもそも、ニューヨークの投資銀行で高給を食んでいたくせに、インディアンジュエリーの買い付けも何もあったもんじゃないだろうと内心で毒づきながら、令は続けた。

「オリエンタルの株を買いまくった投資機関って、ダミーかもよ」

「それ、どういうこと？」

牛島の目が俄に鋭くなり、声に緊張感が籠もる。

「いま、上条さんが来てね――」

それから暫くの時間を費やして、上条の話を聞かせると、

「なるほどねえ……。先住民が経営しているカジノを使えば、マネーロンダリングもやりたい放題。いくらでも買収資金を持ち込めるし、これだけのことをやろうって連中だもの、どこぞのタックスヘイブンに幽霊会社を設立しているに決まってるから、儲けたカネはそこに溜《た》め込もうってわけね」

「でもさあ。買収の元手はどうすんの？　オリエンタルの株は市場で買い付けてんだよ。誰が、いつ、どれくらいの株を買ったか、レコードが残るんだよ。当然、おカネの流れも追えるわけで――」

「カジノで、いつ、誰が、どれくらいのおカネを使ったか、ましていくらスったかなんて、把握しようがないじゃない」

牛島は令の言葉を遮っていう。「溜め込んだ資金を現金化して、プライベートジェットで運び込んでしまうとか、誰にも気づかれないで持ち込む方法は幾らでもあるわよ」

「それ、海外から現金を運び込むってこと？　そんなことしたら、税関通る時に分かっちゃうんじゃないの？」

「だからあ、プライベートジェットっていってんでしょ。税関だって機内までは調べやしないもの、

現金を貨物室かキャビンに隠したまま、国内のどこかへ飛べばいいだけの話じゃない」

「そんな簡単にやれるなら、麻薬や武器の密輸も簡単じゃん」

「誰が所有しているか、乗って来たのが誰かにもよるわよ。地位もある、名声もある。氏素性《うじ》がはっきりしてて、麻薬とは無縁の地域から飛んできたら、誰も怪しまないわよ。タックスヘイブンって、リゾートとして有名なところも多いし、人間には思い込み、先入観ってものがあるからね。こんな人が違法行為をするわけがないって……」

「なるほどねえ……」

牛島の推測が当たっているのかどうかはピコの取材の進展を待つしかない。

そこで、彼女がこの件に強い関心を示し、取材に動くといっていることを伝えると、

「じゃあ、そっちの方は、彼女の取材結果を待つとして、ライスの空白の二年間のことだけど、そっちの方も謎が解けそうよ」

誰が聞いているわけでもないのに、牛島は声を潜める。

「さすが真吉さん。どうやって調べたの？　探偵でも雇った？」

「馬鹿ねえ。浮気の調査じゃあるまいし、そんなもの使うわけないじゃない。伝手を辿ったのよ」

「伝手？」

「ライスが空白の二年間の後、はじめて就職したベンチャーがあったでしょ？」

「シリコンバレーで半導体の開発をやってた会社ね」

「ベンチャー経営者って、起業した会社を世界的企業に成長させるとか、革新的な技術を開発して世を一変させるとか、大きな夢を抱く人もいないわけじゃないけど、大半は若くして大金を摑むことが

目的なわけ」

「そうだよね。シリコンバレーのベンチャー経営者の夢は、成功してナパにワイナリーを持つことだっていわれてるもんね」

「つまり、大が小を呑む……っていうか、より大きな大志を抱く創業者や大企業が、そこそこの夢で満足する創業者が経営する会社を呑み込むってことが、シリコンバレーでは当たり前に行われてきたわけよ」

「ましてベンチャーは投資家から多額の資金を調達してるしね。経営者が買収を拒んでも、相手の条件次第では投資家から売っちまえって圧力をかけられれば抵抗できないもんね」

「まさにそれなの」

牛島は顔の前に人差し指を突き立てた。「公表されているライスの経歴にある、最初の職場となった会社は、当時としては画期的な半導体技術の開発に成功して、特許を取得したのね。当時の経営者は、工場を所有する同業他社を買収して、自社生産をやりたかったんだけど、投資家が頑として首を縦に振らなかったのよ」

「さっさと特許を売却して、おカネに換えろっていったわけね」

「当たり前じゃない。当時の半導体技術はそれこそ日進月歩。いつ、その技術を凌ぐものが出てくるか分からないんだもの。売れる時に売らなきゃ、投資家は大損するんだもの」

「ってことは、その特許を巡っての争奪戦がはじまったわけだ」

「それも日米入り乱れての……。そして、日本企業との交渉を担当したのがライスだったのよ」

「それ……どうやって調べたの？」

「令が入社する直前にリタイアしたんだけど、グラハム・バルキスで、リサーチャーをやってた人に依頼したの。もちろん仕事としてね」

「じゃあ、当時の新聞とか、雑誌とかを片っ端から洗ったの？」

「それがねえ、論文を当たったっていうのよ」

牛島はすっかり感心した様子でいう。

「論文？」

「日米貿易摩擦とか、シリコンバレーのベンチャー企業の変遷とかって、当時は大学教授や学者だけでなく、院生、学部生にとっても恰好の研究材料だったらしいの。論文なんて考えもしなかったけど、さすがよねえ。彼女、公開されているジャーナルの論文を先に調べた上で、さらにカリフォルニアの主立った大学のデータベースにまでアクセスして調べ上げたのよ」

「部外者が、大学のデータベースにアクセスできんの？」

「博士、修士論文は、アクセスフリーのものが多いし、許可があれば、学部生の論文もＯＫってところもあるみたいよ」

「そうか。その手があったか！」

「学術的な成果物を共有するって目的もあるけど、いまはコピペが簡単にできちゃうし、ネット上に情報が溢れかえっているでしょう？　本当にオリジナルなのか、剽窃《ひょうせつ》はないのか、公開することで不正行為を未然に防ぐって目的もあるみたいなの」

「なるほどねえ……。教授はごまかせても、誰の目に触れるか分かんないとなれば、そりゃあ不正行為なんて働けないよね。バレたら学位剝奪《はくだつ》だもの」

「グラハム・バルキスは世界的に有名な投資銀行だし、彼女はとても優秀なリサーチャーでね。引退してから暫くの間は、UCバークレーで知り合いの教授のお手伝いみたいなことをしてたっていうの。その伝手を辿って、非公開論文へのアクセス許可まで貰ったのね」

聞けば、なるほどと思うものの、それにしても、まさか論文とは……。

アメリカの大学は、万事において学業が最優先だ。

有名校でもスポーツをはじめとする、各分野で優れた実績を残している高校生の採用枠があるのだが、SAT（アメリカの大学入試のための統一試験）のスコアはもちろん、高校時代のGPA（成績評価値）が基準点を満たさなければ選考の対象にすらならない。

それは入学後も同じで、例えばスポーツの場合、いかに優れた選手でも大学が所属するリーグや学校が独自に定めた基準点があり、それをクリアする成績を挙げないことには出場できないことになっているのだ。

もちろん、教授が採点に手心を加えることはあり得ない。

試験、課題の評価は厳しく、レポートや論文にはオリジナリティーが求められる。他人の論文を剽窃しようものなら即不合格。だから論文一つ書くにしてもテーマを決め、膨大な資料に当たり、集め、読み込み、理解するのが大前提になる。

その過酷さは想像を絶するもので、自室・教室・図書館を回るだけの日々は、『灰色のトライアングル』と称されるほどで、令にとっても思い出したくもない記憶の一つだ。

「そこで見つけたんだ。ライスの名前を……」

「当時、その買収劇は、かなり話題になったようでね。バークレーの博士課程にいた学生が、当事者にインタビューしたみたいで、論文の中にこういう記述があったそうなの」

牛島は、ここからが本番だといわんばかりに前置きすると続けていった。

「特許の売却先は、当初日本企業が有力視されていた。その理由は二つあって、まず第一に当時日本製の半導体が世界市場を席巻していて、特許使用料は製造数に準ずるとした場合、日本企業が有利であること。第二に日本企業との交渉に当たったジム・ライス氏の母親は日系人であり、ライス氏自身も同社に入社する以前、ニシハマUSAに二年間勤務していたことにある……」

「えっ！　ええっ！　ライスの母親って日系人なの？　それもニシハマUSAで働いてたぁ！」

驚天動地とはまさにこのことだ。

令は驚愕の余り、椅子の上で仰け反り、大声で叫んだ。

「びっくりでしょ？」

牛島は、まるでファンの芸能人のスキャンダルに接したオバチャンのように目を丸くする。

「びっくりなんてもんじゃないよ。まさか、ライスが日系人だなんて、想像もしてなかったもん。ミドルネームにも日本人の名前らしきものが入っていないし――」

「でね、興味深いのは、この特許が日本企業に売却されなかったってこと」

興奮の余り早口でいった令を制すると、一転真顔でいった。

「結局特許は、会社ごとテキサスの大手半導体メーカーに買われたんだけど、それが何とニシハマが敗訴して、日本の半導体産業が凋落する引き金となったあの訴訟の戦略を立てたＵＣＬＡの教授が、技術顧問をやってた会社なの」

「えっ……ええええ！　マジでぇ！」

二度目の驚天動地である。

令はまたしても仰け反り、さらに大きな声で叫んでしまった。

「どお、完全に繋《つな》がったでしょ？　最初の就職先がなぜニシハマだったのかは分からないけど、おそらく転職先の特許売却を巡る交渉の過程で、テキサスの半導体メーカーの技術顧問をしていたUCLAの教授に再会した。そして彼と二人で、ニシハマとの特許訴訟の戦略を練り見事勝訴。その功をもってスタンフォード、そこから先はトントン拍子でいまに至る……」

「でもさ、なんでライスは日系人だってことを隠すのかしら。アメリカでは日系人なんてたくさんいるんだし、まして生まれも育ちも西海岸だよ？　出自を恥じているのか、日本に恨みでもあるのかな」

「その可能性はなきにしもあらずかもよ……」

牛島は考えを巡らすように、視線を天井に向ける。「特許の売却を巡る交渉では、大方の予想を裏切って日本企業に味方しなかったみたいだし、ニシハマとの特許訴訟では、アメリカ側についた……」

「そして今度はオリエンタルか……。こりゃ恨みとしか思えないわ……」

「きっと、そこに目をつけたヤツが、ライスをオリエンタルに送り込んだのよ。そいつが誰かといえば――」

牛島がいうより早く、令はいった。

「先住民特権を悪用して、オリエンタル株を買いまくったヤツってわけか……」

「一度、ライスと日本の関係を調べてみる必要があるわね」

牛島は、鋭い眼差しを向けてくるといった。

「どうやって?」

「上条さんよ」

牛島は即座にこたえた。「調査報道のプロだし、アメリカにもネットワークを持ってるんだもの、きっと見事にやり遂げてくれるわよ」

6

「ピーターっていったっけ、君のロッキンジー時代の同僚は」

応接室に向かう廊下を歩きながら、ラッセルに向かってライスは問うた。

「ええ、ピーター・ノバックです」

「随分な熱の入れようじゃないか。こんな大型案件が凄まじいスピードで進んでいくなんて、順調過ぎて怖いくらいだ」

「ロッキンジーといえども、これだけ大きな案件は滅多にお目にかかることはありませんからね。大手柄を立てるまたとない機会ですもの、そりゃあ彼だって必死ですよ。実際、本社からはこの案件に専念せよ。何がなんでも話を纏めろと発破をかけられているそうですから」

ラッセルは苦笑を浮かべると、「それに、怖いっておっしゃいますけど、合併にせよ買収にせよ、二つの会社が一緒になる、あるいは深い関係で結ばれるってのは、結婚みたいなものですからね」

何をいわんとするかは分かるが、ラッセルの言葉にはもっと深い意味が込められているように思えて、ライスは訊ねた。

「と、いうと？」

「恋愛にせよ結婚にせよ、うまく行く時には、拍子抜けするほどすんなり纏まるってことです。出会ったその日に一目惚《ぼ》れ、相思相愛、もしネバダ辺りでそんな関係になっちゃったら、その足で教会に行って結婚式ってことになるんじゃないですかね」

ラッセルは歩調を緩めることなくライスを見ると、含み笑いをしながら片目を閉じてウインクする。

「なるほど……。うまく行く時は、案外そんなものかもしれないな」

軽く笑ってこたえたつもりだが、口元が強ばったように感じるのは気のせいではない。

一目惚れ、相思相愛で結ばれ、永遠の愛を神の前で誓ったつもりが、気がつけば険悪な関係になり、離婚に至るなんて話は掃いて捨てるほどある。

実際、自分がそうだったのだ。

冷え冷えとした空間が突然燃え上がり、罵り合いとなり、やがて物が飛び交う……。

あの修羅場が脳裏に浮かぶと、ラッセルの楽観的な言葉が逆に作用し、ライスは不吉な予感を覚えた。

しかし最悪の事態が起きたとしても、それはずっと後の話だ。この話を纏めてしまえば自分はお役御免。オリエンタルがどうなろうと、知ったことか……。

ライスは、そう思い直すと応接室のドアの前に立った。

一歩前に進み出たラッセルが四度ノックし、ドアを引き開けた。

室内で二人の来室を待っていた二人の男が立ち上がる。

ロッキンジーのノバック、そしてもう一人、初対面の男は中国猛虎CEOの鄭金虎だ。

一代にして中国猛虎を国内最大級の不動産デベロッパーに成長させた鄭については、度々メディアで取り上げられていて、経歴は改めて調べるまでもない。

北京市内で小売業を営む家庭に生まれた鄭は、幼い頃から飛び抜けて学業に優れていたらしく、苛烈を極めることで有名な大学入試『高考』を見事突破、北京大学に学び、さらにアメリカに留学した、所謂『海亀族』だ。

「はじめまして、オリエンタルCEOのジム・ライスです」

ライスは満面に笑みを浮かべながら鄭に歩み寄り、手を差し出した。

「中国猛虎の鄭です……」

鄭はライスの手を強く握ると自分の側に引き寄せ、上下に大きく振った。

面子《メンツ》に拘《こだわ》る中国人は万事において相手の上に立つ、所謂マウントを取りに出てくるものだが、これもまたその表れといったところか。中肉中背、豊かな黒髪、血色良くテカった肌は、まさに中国の典型的な富裕層だ。

次にノバックと名刺を交わし、全員がソファーに腰を下ろしたところで、ライスは鄭に向かって問うた。

「武蔵野工場に行かれたそうですが、いかがでしたか？」

「想像していたよりも、ずっと、ずうっと素晴らしい立地と広さでしたね」

たちまち鄭の瞳が輝きを放ちはじめる。「工場にしておくなんて勿体ないですよ。電車で行ったんですが、最寄り駅からは僅かな距離だし、高速道路のインターチェンジも近くにある。しかも、地目《ちもく》は宅地なんでしょう?」

やはり不動産屋だ。興味の対象は工場の設備や能力にあらず、工場の立地なのは見え見えだ。しかも地目まで調べてあるところからして、再開発を目論んでいるのは明らかだ。

だが、意外な素振りを装って、ライスはノバックに向かって問うた。

「電車で行かれたんですか?」

「いや、車を手配しますと申し上げたら、社長が電車で行くとおっしゃるもので……」

「東京の公共交通機関、特に電車の運行精度の高さは世界一ですからね。その点、車となると渋滞に巻き込まれる可能性があるじゃないですか。私、時間を浪費するのが大嫌いでして」

鄭の狙いが見えている以上、こんな話を続けるのは、それこそ時間の無駄というものだ。

「ミスター鄭。我が社のEVの開発状況については、十分承知なさっているでしょうが、それでもパートナーシップを結ぶに値するとお考えになる理由はなんでしょう」

既に中国猛虎がオリエンタルとのパートナーシップに強い関心を抱いているのは、ノバックから聞いていたが、それでも敢えてライスは訊ねた。

「まず第一にオリエンタルのブランド名。第二に中国国内に工場を持っていること。第三に中国でEVの開発を行っている有力なベンチャー企業の買収に、我々の目処が立ちつつあることです」

「なるほど……」

ライスは頷くと、目で先を促した。

果たして鄭は続ける。

「中国にはEV開発を進めているベンチャーが、千社はあるといわれます。ですが彼らの大半は自社工場を持ち、新しいブランド名でＥＶを製造し、販売しようと考えているわけではありません。大半は開発したＥＶを資本力があり、かつ製造力のある企業に売却することを狙っているんです」

「確かに自動車は、装置産業の最たるものですからね。工場を持つには莫大な資金が必要ですし、新興メーカーのＥＶがどれほど売れるかなんて誰にも分かりません。目論見が外れれば工場建設に費やした資金の回収はおろか、莫大な負債を抱えてしまいますからね」

「そして、ＥＶ市場に参入しようとしているのは、既存の自動車メーカーやベンチャーだけではありません。私共のような異業種も、自動車市場に参入する、最初にして最後のビッグチャンスの到来と考えておりまして……」

「しかし、自社で開発しようにも、車造りのノウハウがない。外部に人材を求めようにも、そもそもＥＶ開発の経験者は圧倒的に少ない。自社でノウハウを確立するには時間もかかれば、資金もかかる。ならば、ベンチャーが開発したＥＶを買ってしまうか、会社ごと買収した方がリスクも低いし、手っ取り早い。つまりベンチャーとＥＶ市場に進出しようとしている異業種企業の思惑が一致するとおっしゃるわけですね」

「その通りです」

鄭は大きく頷く。「ベンチャーだけでも一千社ですよ。もちろん箸《はし》にも棒にもかからない車もありますが、それだけあれば、中には高度かつ先進的な技術を使った車、素晴らしい外観を持つ車だってあるわけです。資本力がある異業種企業にしてみれば、まさに選び放題。製造施設に目処が立ちさえすれば、ただちにＥＶ市場に参入することができるんです」

「それに、我が社のブランドがつけば、なおよいというわけですか」

「なんだかんだいっても、日本車の品質、信頼性の高さには定評がありますのでね。ベンチャーが開発したEVでも、オリエンタルの名前が付けば、商品力は格段に上がりますので……」

鄭は確信の籠もった声でいう。

もちろん、彼の見解に異論はない。

どれほど少額でも、安かろう悪かろうでは納得しないのが消費者だ。百均ショップに並ぶ商品でさえ、金額を上回る価値を求める。

自動車となればなおさらのこと、購入価格を上回る満足度を求めるに決まってる。勢いEVにおいても購入の決定要因になるのは、「購入価格に見合う価値はあるのか」、「買って損をしない車なのか」になるはずで、その鍵となるのがブランドへの信頼というわけだ。

「ならばお訊ねしますが、買収するベンチャーに目星はついているわけですね」

ライスの問い掛けに、

「もちろん」

鄭は当然とばかりに頷く。

「それはどんな会社でしょうか？　当然技術評価も済ませているんでしょうね」

「ミスター・ライス……」

「ジムと呼んでください」

「ではジム……。候補はたくさんありますよ。さっきいいましたよね。EVを開発中の企業、ベンチャーは千はあると……。だから選び放題なんですよ。我が社が買うといえば、いくらで買ってくれるのかって話になるだけのことなんです。それでも一応、技術評価はやらせてますよ。ロッキンジーの中国支社にね……」

　鄭は隣に座るノバックを横目で見ながら顎をしゃくる。

「技術評価をロッキンジーに？」

「開発に取り組んでいる会社が千あろうが、二千あろうが、ＥＶに必要な部品はほとんど同じ。大きく違うのはシャーシとバッテリー、そしてシステムぐらいのものじゃないですか。しかもバッテリーは我が中国のメーカーが、特許の多くを押さえてますのでね。市場の大きさからして、どこぞのＥＶメーカーに独占的に供給するなんてことをするわけがありません。技術評価の項目は限られますのでね」

　さすがは鄭だ。コンサルタントの使い方をよく知っている。

　世間ではコンサルタントはシンクタンクそのもので、高度な知識と知恵を持つ人間の頭脳集団と思われている。経営指導、企業戦略の立案、経営分析をコンサルタントに依頼する経営者が数多存在するのがその証左だが、そんな仕事を依頼するのはまだよしとしても、彼らの提案をそのまま実行するのなら、経営者の資質に欠けるとみなされても仕方がない。

　なぜなら、会社の状況や、市場環境を誰よりも熟知しているのは、仕事を依頼する者、つまりクライアントだからだ。もし、提言通り実行してうまく行くのなら、コンサルタントに経営を任せればいいだけの話なのだ。

　もちろん、コンサルタントにも使い道はある。

　提言書、報告書を作成する過程で必ず行われるデータ分析、資料、情報収集能力だ。

　いかなる依頼でも、まず最初に行われるのが現状分析である。膨大なデータを収集し、分析する作業は、高度な能力が必要であると同時に、大変な労力を要する力仕事でもある。資料や情報の収集もまたしかり。どこに埋もれているか分からない情報を探すべく、膨大な資料に当たらなければならないのだ。

つまり、鄭がロッキンジーに期待しているのは、中国猛虎がEV市場に参入するに当たって、最良のパートナーとなる自動車メーカーを探してくること。そして、数多のベンチャーの中から、最も有望な技術を持ち、買収するに値する〝候補〟に目星をつけることの二つしかないのだ。

「では、候補の中から買収するベンチャーは、誰が決めることになるのです?」

こたえは聞くまでもないのだが、ライスはあえて訊ねた。

「それは、今後の展開次第ですね。私共とパートナーシップを結ぶ相手が、自動車メーカーなら餅は餅屋。そちらに選定をお任せすることになるでしょうね」

果たして、予想した通りのこたえを返して来ると、鄭は不敵な笑みを口元に湛える。

「なるほど……」

小さく頷き、「ミスター鄭――」と、続けようとしたライスを鄭は遮り、

「タイガーと呼んでください。外国人は皆、私をそう呼びます」

といった。

「では、タイガー。私はビジネスで最も重要なものは機を見るに敏なこと。つまり、スピードだと考えています。だから、駆け引きはあまり好きではありません」

「私もです」

間髪を容れず同意する鄭に向かって、ライスは続けた。

「中国猛虎は自社が擁する莫大な資金を活用して、ＥＶ市場に参入しようと考えている。しかし、車造りのノウハウもない、工場もない。その点を補えるパートナーを探していらっしゃる……」

「その通りです」

「そして、私共オリエンタルには、車造りのノウハウもあれば工場もある。ただ、ＥＶの開発には後れを取ってしまっている。しかし、あなた方は、すでに買収候補となるベンチャー企業に目星をつけている……」

鄭は頷く。

そこでライスはいった。

「つまり、お互いの弱点を補完し合える関係にあるわけですね？」

「そう思っているからこそ、ここにいるんです。正直いって、我が社がＥＶ市場で成功を収めるためには、オリエンタルとパートナーシップを結ぶのがベストだと確信しておりましてね」

「パートナーシップといっても、形態は様々ですが？」

鄭の眼光が、また鋭くなった。

さっきとは全く違う。まるで猛禽が獲物を見つけたような冷え冷えとした目だ。

鄭はいう。

「ジムは先程、ビジネスで最も重要なものはスピードだとおっしゃった」

「ええ……」

「ＥＶのビジネスだって同じです。成否を分ける鍵は、一にも二にもスピードだと私は考えていましてね。意思決定の早さ、資材調達の早さ、生産能力もまたしかり。全てにおいて求められるのはスピードなんです」

「同感です……」

「となると、もしオリエンタルとパートナーシップを結ぶなら、意思決定を早めるために組織を根本から見直さなければなりません。特に意思の疎通を円滑、かつ密にするという観点から、我々サイドから役員を迎え入れていただくことを同意していただかなければなりません」

「なるほど」

まだ先があるはずだ。

ライスは、続けるよう目で促した。

「資材調達の早さという点では、従来のオリエンタルのサプライチェーンの見直しは必須です。特にEVの生命線ともいえるバッテリーの開発では、世界のトップランナーは中国です。性能のみならず、価格も圧倒的に中国製に軍配が上がりますし、モーターやその他の部品もまたしかり。国内で調達できないものは皆無です」

これもまた、鄭のいう通りだ。

「生産能力についてのお考えもあるのでしょう？」

ライスは問うた。

「工場建屋はそのまま使えるとしても、製造ラインで使用するロボットをはじめ、機材は全面的に入れ換えなければならないでしょう。ロボットは日本製品が最も優れていますが、将来工場を拡張する時のことを考えれば、用地の確保は容易なのに越したことはありません……」

「いまのお話からすると、我が社と中国猛虎が出資して、まず持ち株会社を中国に設立。次いでＥＶ

の生産は全て中国で行う。そして工場を増設する際も、中国で……ということになりますね」

「一つだけ、違う点があります」

思った通りだ。

わざと『持ち株会社を中国に』といったのだが、おそらくそこを訂正してくるに違いない。

果たして鄭はいう。

「持ち株会社は日本で設立したいと考えています」

「それは、なぜです？」

「オリエンタルは日本の自動車メーカーじゃありませんか。オリエンタルの名前でEVを製造し、販売するのなら、持ち株会社は日本に置くべきです。残念ながら、中国メーカーというだけで、安かろう悪かろうのイメージが定着していますのでね」

何もかも、思った通りの展開だ。

これなら、パートナーシップを結んだ後に、TOBによる完全買収を持ちかければ、必ず鄭は乗ってくる。

なぜなら、鄭の狙いはEV市場への参入だけにあらず。少なくとも武蔵野工場の用地を我が物にしたいと熱望しているに違いないからだ。

「お考えのほどは理解いたしました。パートナーシップを結ぶとなると、取締役会、株主総会での承認を得なければなりませんが、今日のところは前向きに……いや積極的に検討させていただくと、お返事しておきましょう」

ライスは笑みを湛えながら立ち上がると、鄭に向かって手を差し出した。

第五章

1

ベッドに入ろうとしたその時、充電中のスマホが鳴った。

ディスプレイに目をやると、幸輔である。

時刻は午後十一時を回ったところだが、幸輔にとっては活動真っ盛りの時間帯である。

「どうしたあ」

画面をタップし、スマホを耳に押し当てるなり令は問うた。

「姉さん、鄭について、面白い情報が手に入りまして」

幸輔はそう前置きするると、すぐに本題に入る。「中国猛虎って、相当ヤバいことになっているみたいですよ」

「それ、例のスイスのボーディングスクールルートからの情報？」

「ええ、そうなんです」

「で、具体的に何がどうヤバいの？」

「鄭には三人の子供がいるんですが、最初の子供と、残る二人の子供の母親は違うんだそうです」

「えっ？　ってことは最初の奥さんとは離婚したわけ？」

「ええ……。中国猛虎の経営が軌道に乗って、裕福になった頃に愛人ができて、それが今の奥さんだそうで」

「それ、よくあるパターンじゃん。金持ちになると、若くて綺麗な女性がわんさか寄ってくるからねえ。欲望に負けて、糟糠《そうこう》の妻をあっさり捨てたってわけだ」

「で、考えてみれば当たり前なんですけど、中国って少し前まで一人っ子政策をとってきたじゃないですか。なのに何で二番目、三番目の子供をもうけられたかっていうと、その奥さんてのが中国系のアメリカ人なんですね」

「そうか！　そうだよね！　一人っ子政策の中国でも三人産めないわけじゃないだろうけど、いろいろ面倒だろうからね。ってことは、奥さんアメリカにいるの？」

「そうなんですよ。もっとも、鄭とは滅多に会っていないらしいんすけどね」

そう聞けば、目下の夫婦関係は察しがつく。

「つまり二人の関係は冷めきっている。鄭は奥さんに関心を持ってないし、奥さんもそこは同じ。滞りなくおカネさえ送ってくれりゃ、鄭が外で何をしようと構わないってわけか」

「あっ、そこはちょっと違うみたいですよ」

幸輔は、令の推測を正しにかかる。「周囲の見立てでは、奥さんの方は離婚を狙っているんじゃないかっていうんすよ。おカネ目当てで近づいたのは間違いないし、子供を産んだのも正妻になるため。アメリカで離婚訴訟を起こせば、結婚後に鄭が築いた財産の半分を権利として主張できますからね。だから鄭が何かやらかすのを待ってるんじゃないかって」

「なるほどねえ……。そんなことになっているのかあ」

とはいったものの、冷めた夫婦間の話がオリエンタルとどんな関係があるのか、令は訊ねようとしたのだが、それより早く幸輔は続ける。

「奥さんはともかく、鄭は子供を溺愛しているらしいんですね。特に前妻との間にもうけた長男はかなり優秀で、中国猛虎の跡取りにすべく、帝王学を授けようとスイスに留学させたそうなんです」

「そこで、コースケの情報源と接点ができたわけだ」

「そいつは中国の大手ＩＴ企業の経営者の息子でしてね。鄭の息子銀平《ぎんぺい》とはスイスの同じ学校で学んだ仲なんです。彼がいうには、銀平にはスイス時代から付き合っていた中国人の女の子がいて、卒業後は二人揃ってイギリスの大学に進学したんだそうです」

「その女の子もお金持ちのお嬢様ってわけね」

「そりゃあ、スイスに留学させるんですから、半端な金持ちじゃありませんよ。中国猛虎ほどではないにせよ、やっぱり不動産会社の社長令嬢でしてね。ジュネーブの社交界にデビューしたってんですから、相当なもんですよ」

「へえ〜っ、社交界にねえ……」

日本人には想像もつかない世界が海外にはまだまだ存在する。

上流階級に属する人々がパーティや舞踏会を催して、親交を深める社交界はその一つといえるだろう。

かつては王侯貴族、少なくとも爵位《しゃくい》を持っていなければ上流階級とは見做《みな》されなかったが、最近ではハードルも大分低くなったようで、高級官僚、財界人に加えて、名士と目される人間ならば仲間入りできるらしい。

実際、ニューヨークにも社交界は存在し、令も彼の地で長く活動する高名なジャーナリストの娘とか、不動産で莫大な財産を築いた父親を持つ留学中の子弟とか、日本人が社交界にデビューしたという話を小耳に挟んだことがある。

幸輔はいう。

「もちろん二人は、親公認の仲です。交際は順調に進んでいたそうで、いずれ二人は結婚すると周囲は見てたんですけど、ここに来て女の子の方が距離を置きはじめたっていうんです」

「その理由は分かってんだよね」

でなければ、こんな時間に電話をしてくるはずがないのだが、令は敢えて訊ねた。

「もちろん。そうじゃなきゃ電話なんかしませんよ」

果たして幸輔は即座に返してくると、話を続ける。

「彼女は大変な美人で、現地の社交界でもデビューするや注目を一身に集める存在になったそうなんです。所謂『社交界の華』、『スター』ってやつですね。交際相手は選び放題のはずなのに、なぜ銀平と一緒にイギリスに渡ったか……」

「ベタだけど、親の意向ってやつ？」

「さすが姉さん、その通りです」

顔の前に人差し指を突き立てるのが見えるような勢いで幸輔はこたえる。

「大事な一人娘だもの、親は手元に置きたいと思うじゃん。外国人と結婚されたら——」

「そうじゃないんです」

幸輔は令の言葉を遮った。「中国猛虎は国内デベロッパーの最大手、交際相手の親の会社は準大手。

それでも中国不動産の市場規模はとてつもなく巨大ですから、大金持ちには違いないんですけど、とにかく事業規模も個人資産の額も、中国猛虎、鄭金虎が圧倒的に勝るんです」

「なるほどねえ……。後継者は娘一人。いずれ会社を継ぐことを宿命づけられているわけだから、そりゃあ誰でもいいってことにはならないわよね」

「そうなんです」

幸輔は即座に令の推測を肯定すると、話はいよいよ核心に入る。「その点、銀平が結婚相手となれば、両家は一心同体。中国猛虎が後《うし》ろ盾《だて》となれば、事業もやりやすくなるし、合併させたっていいわけです」

「ウイン・ウインってやつだけど、女の子が距離を置きはじめたってことは、中国猛虎に何か深刻な問題が生じたってわけね」

「中国猛虎って、破竹の勢いで急成長し続けてきましたけど、不動産開発には、莫大な資金が必要です。あの会社、それをどうやって調達してきたと思います?」

「そりゃあ、資金調達の方法はたくさんあるけどさ、建設計画を公表した時点であっという間に売れてしまうんだもの、資金の調達にはそれほど苦労しないいんじゃない」

「でもね姉さん。中国猛虎が驚異的な急成長を遂げられたのは、大規模マンションの建設を、同時並行的に幾つも手がけてきたからです。土地は国の所有物で、売買できないものである限り、どのデベロッパーに使用権を認めるかは自治体次第になるんです。あの国で、それを可能にするとなると――」

幸輔の言葉を皆まで聞かずに令はいった。

「そうだよねえ。表に出せないおカネがかなり出ていくよねえ」

「それで、中国猛虎はいろんなところからおカネを引っ張ったんですね。海外からとか……」

「朝令暮改は当たり前、政府の号令一下、制度も法律も変わっちゃう国なんか、私も真吉さんも、恐ろしくて手を出せないから詳しくはないんだけど、中国の不動産デベロッパーにおカネ出してる投資家やファンドは海外にはごまんといるよね」

「問題はそれなんです」

幸輔の声が硬くなったように感ずるのは気のせいではあるまい。

果たして幸輔はいう。

「どうも近々、不動産融資へさらなる規制がかかるんじゃないかって噂があるそうなんですよ」

「さらなる規制？　たとえば？」

「それはまだ、はっきりとは分からないんですけど、バブルの時代に大蔵省がやった、総量規制のようなものを、すでに打ち出しているじゃないですか。それをさらに厳しくするとか……」

「まっさかあ」

令は思わず声を吊り上げ、すぐに否定に出た。「ない、ない。それはない。だってさあ、中国政府って、不動産の高騰はバブルだ。この過熱した市場をどうやって、常態化させるんだっていわれた時に、我々は日本のバブルを研究し尽くしているって大見得《おおみえ》切ったのに、日銀と同じことをやったんだよ。おかげで屋台骨が揺らぎそうになってるデベロッパーだってあんだしさ。さらに規制かけたら、倒産続出間違いなしじゃん。中国政府の面子、丸潰れだよ」

「背に腹は替えられないってやつじゃないですかね」

ところが幸輔はいう。「もはや中国の不動産は、一般庶民にはどう頑張ったって手が届かないところまで高騰しちゃってますからねえ。その一方で、富裕層は二軒目、三軒目とどんどん資産を増やしてきたんです。富める者と貧しき者。どちらが多いかといえば圧倒的に後者です。共産党が倒れることはないにせよ、ガス抜きをしないと政変に発展するかもしれないじゃないすか」

おそらく、情報源から聞かされたままを語ったのだろうが、確かにあり得る話ではある。

第一、「日本のバブルを研究し尽くした」とはいうが、過熱した市場の常態化は最低でも不動産価格に頭を打たせなければならない。そんなことになろうものなら、値上がりを期待してローンを組んだ投資家は逆鞘《ぎやくざや》を喰《く》らい、引き渡し前ならばキャンセル続出。まして、海外からの投資には、まず例外なく返済期限があるはずだ。それも金利を乗せた上でのことだから、中国猛虎といえども、甚大なダメージを受けることになるのは問違いない。

「痛い目に遭うのは、我が世の春を謳歌していた富裕層。そんな人たちが慌てふためく様子を目の当たりにすれば、庶民の溜飲《りゆういん》も下がるってわけか……」

「そう考えると、なぜ中国猛虎がEV事業に進出しようとしているのか、なぜオリエンタルに目をつけたのか。鄭の狙いが見えてくると思うんです」

確かに幸輔のいう通りだ。

「武蔵野工場跡地にマンションを建てて中国で売りに出せば、不動産の個人所有が夢の中国人はこぞって購入するだろうからね。そこで得た利益を債務の返済に回し、同時にオリエンタルとパートナーシップを結んで、EV事業に進出することを公表すれば——」

「中国猛虎の株価は高騰。海外物件を購入する中国人はキャッシュで払える富裕層。日本人に売ったっていいわけですからね。さらなる総量規制がかかろうとも、何ら影響は受けないと考えているんじゃないですかね」

これもまた幸輔のいう通りだろう。

しかし、それにしてもだ。

「コースケ、あんたの情報網って、ホント凄いよね。こんなディープな情報、よく手に入ったわね」

お世辞でもなんでもない。令は本心からいった。

「情報って、集団の母数が少ないほど密度が増すし、精度が高くなるんですよね」

「集団の母数？」

「だって、そうじゃないですか。ネット上には情報が氾濫《はんらん》してますけど、発信者がそれだけいるってことじゃないですか。だから、正しい情報なのか、フェイクなのかの判別が難しくなるんですよ」

「なるほど、その通りだわ……」

令の感心した様子に勢いづいたのか、幸輔は続ける。

「スイスのボーディングスクールに留学できるのは、中国の中でもトップクラスの富裕層、選ばれし者たちの子供ばかりなんです。親は権力者ともずぶずぶだし、小さなソサイエティの中で生きてるんです。仲がいい、悪いに関係なくお互いのことはよく知ってるんですね。留学生ともなればなおさらですよ。その辺は、姉さんが一番よく知ってるでしょ？」

外国での生活が長くなるにつれ、母国への愛国心が芽生《めば》え、郷愁の念を抱くようになる人間は数多いる。特に駐在員は、いずれ本国に戻ると決まっているだけに、帰国した後に備えて、本国の言葉、勉強に困らぬよう教育環境を整える。

日本人の場合、駐在員が多く居住する都市に、フルタイムの日本語学校があるのはその証であり、現地校に通学していた令にしても、週末に開かれる日本語教室には欠かさず出席したものだった。

もちろん、学生数はそれほど多くはないから、学年、年齢の枠を超え、仲間意識を抱くようになる。そこでの話題は、日本ではいま何が流行しているかといったたわいもないことが大半なのだが、親しい友人だけとなると、現地の日本人コミュニティでの噂話、それも家庭で父母が交わした会話がネタになることもある。

スイスのボーディングスクールはもれなく全寮制で、世界中から良家の子女が集う場だ。そんな中にあっても同国人の絆が強くなるのは想像に難くないし、ましてことさら利に聡い中国人である。

本国に居住する親が、小さなソサイエティの中で小耳に挟んだ情報や噂話が留学中の子供に伝われば、ただでさえ祖国の情報に飢えているのだ。まして、他人の不幸はミツの味である。中国最大級のデベロッパー、中国猛虎の危機は、恰好の話題となっても不思議ではない。

「コースケ、本当によくやってくれたわ。ライスと鄭の思惑が、はっきり見えたわ。このボーディングスクールルートからの情報は、これから先も役に立つことがあるかもしれないから、大切にしてね」

「もちろんです。遊び仲間の結束って、傍で考えられてるより、結構固いんすよ」

幸輔の笑い声を聞きながら令は改めて礼をいうと、通話を終わらせた。

2

翌朝、朝一番で出社した令は、そのまま牛島の執務室に向かった。

どうやら、牛島は既に出社しているらしく、何か考え事でもしているのかブラインドが下ろされている。

返事を待つことなく、ノックをした返す手で、勢いよくドアを引きあけた令だったが、

「真吉さ――」

牛島の名を呼びかけたところで、動きを止めた。

執務席に座る牛島の前に、上条の姿があったからだ。

「ど……どうしたの……こんな朝早くに……」

「上条さん、ライスのこと、いろいろ調べてくださったの。それで、報告を聞いていたところだったのよ」

牛島はこたえると、「ちょうどいいわ。一緒に聞きましょ」

令に座るよう、上条の隣の椅子を目で指した。

「まだ、はじまったばかりだから、これまでのところを、私が手短に話すわね」

牛島は、そう前置きすると続けていった。

「ライスの母親はロサンゼルス生まれの日系二世で、河本節子《かわもとせつこ》っていうの。彼女の両親は戦前に移民としてアメリカに渡って、ロサンゼルスでクリーニング店を経営していたんだけど――」

それから牛島は、大戦中に河本一家が収容所に入れられ、全財産を没収されたことからはじまり、母親の節子がアメリカ人と結婚し、ジム・ライスを産んだこと。そして離婚し実家に戻ったものの、生活は苦しく、日本の親戚を頼ってライスを連れて日本に来たことを話すと、

「ここから先は、お願いね」

上条を促した。

「母親が頼った親戚は広島に住んでいたようで――」

「広島？　終戦直後に、原爆の被害に遭った広島で暮らしたの？」

令が思わず声を上げると、上条は複雑な表情になる。

「ライスが日本にやって来たのは、昭和三十一年。彼が三歳の時です。もはや戦後ではないと経済白書に書かれた頃で、終戦から十年も経っていますから、復興は進んでいたのでしょうが、反米感情はまだ根強く残っていたと思うんです……」

「でも、原爆で壊滅的な被害を被ったのは、主に市内でしょ？　ライスを迎え入れたってことは、ご親戚は大丈夫だったわけね」

「おっしゃる通り、親戚は市内からだいぶ離れた、漁村に住んでいたんです。でも、田舎の分だけライスは大変なイジメに遭ったようで……」

広島は人類史上最大級の無差別攻撃、大虐殺に見舞われたのだ。

戦争の正義は勝者によって作られるものだとはいえ、十四万もの人が犠牲になったのだから勝敗に関係なく、日本人、特に悲劇の現場となった広島の人々が、大虐殺行為を働いたアメリカに向ける目には相当厳しいものがあったはずで、ライスがどんな目に遭ったかは想像に難くない。

果たして、牛島も重い声で漏らす。

「田舎は保守的というか、偏見も強いし、他所者に厳しいものね……。しかも外国人の血が流れているのが一目瞭然だもの……」

「それでもライスは小学校二年になるまで、日本にいたというんです。当時の漁村に幼稚園があったかどうかは定かではありませんが、小学校に上がれば、地元の子供と机を並べるわけですからね。時に子供は残酷ですから……」

上条が口を噤むと、部屋の中に重苦しい沈黙が流れた。

「反日感情というか、日本に恨みを持つ動機としては十分ね……」

沈黙を破った牛島に次いで、令は上条に問うた。

「それ、どうやって調べたんですか？　だって、日系人だってことは分かったけど、広島にいたとか、生家がクリーニング店を営んでいたとか、そんなこと論文には書かれてなかったんでしょう？」

「ライスがニシハマＵＳＡにいた頃、現地に駐在していた社員を紹介してもらったんです」

上条は、牛島に視線をやりながらこたえた。

牛島はいう。

「前に、あたしの高校時代の同級生がニシハマにいるっていったでしょう？」

「ああ、銀座で偶然出くわした人ね。ライスがエプシロンにいた頃に、痛い目に遭わされた」

「そう、森川っていうんだけど、彼にライスがニシハマＵＳＡで働いてたっていったら、それはもう驚いちゃってさ。しかもニシハマが負けた半導体特許を巡る裁判で、知恵を授けたのもライスらしいっていったら激怒しちゃってね」

「分かるわあ……。だって、あの訴訟に負けたのが、いまに至るニシハマ凋落の元凶なんだし、エプシロンの件でニシハマの半導体事業はとどめを刺されたんだもの」

「許せないといって、当時のライスと接点があったOBを紹介してくれたの」

牛島は上条に視線を向けると、そこから先のことを話すよう促した。

「現地で採用を担当したOBが、ライスのことをよく覚えてたんです。というのも契約の形態がかなり変わっていましてね」

上条はいう。「現地法人で働く社員は、通常本社からの駐在員、所謂エキスパッツと現地採用のローカルスタッフに分かれるんですが、ライスはマニュアル翻訳の専門職として採用されたんです」

「マニュアルの翻訳って……、ニシハマには英語が堪能な社員なんてたくさんいるんじゃないの？」

「バカねえ。立派な大学を出ていても、日本人の英語レベルがどんなものか、あんただって知ってんでしょ？　当時のことならなおさらよ。それに、ネイティブレベルの令にしたって、精密機械の操作マニュアルや電子機器の仕様書を翻訳できる？　洗濯機程度の代物だって、きちんと翻訳できるかどうか怪しいいんじゃない？」

「確かに……」

なるほどいわれてみればその通りだ。

語学が堪能であっても、全く知識がない分野のこととなれば、はじめて目にする専門用語は多々あるし、見慣れた単語でも意味が違ってくることもある。

「日本人が翻訳した英語マニュアルって、何が書いてあるのか珍紛漢紛《ちんぷんかんぷん》。昔から物笑いのタネにされてたの。だから、この分野の市場規模は二千億円もあるっていわれてんのよ」

「二千億円？　マジで？」

「『一説には』をつけるの忘れちゃったけど、とにかくいまでもそうなのよ」

そこで牛島は再び上条に視線をやった。

「いま、牛島さんがおっしゃったような観点からも、日本語、英語がネイティブのライスは、是が非でも採用しなければならない人材だったというんです。本社からも、給与体系は無視していいという許可が出たというんですね。それで、出来高払いということで、採用することになったんだそうでして」

「出来高払い？　だったら社員にしなくたっていいじゃん」

「インセンティブを要求されたそうでしてね……」

「インセンティブ？」

「健康保険、車、家賃負担とか……」

「それじゃ、エキスパッツ以上の高収入になってしまいません？」

「それだけマニュアルの翻訳にニシハマが頭を痛めていたってことですよ」

上条は当然のごとくにいい、その理由を話しはじめる。「半導体技術が凄まじい勢いで進歩し続けていた時代のことです。新製品は次々に出てくるし、製造機械、関連機械もまた同じ。もちろん外部に委託するのは可能ですが、翻訳者には開発者と同等の知識が求められますから、解説、説明、打ち合わせも頻繁、かつ密にやらなければならないわけです。いちいちそんなことをやってたら、マニュアルができるのがいつのことになるか分からないし、翻訳料だってべらぼうな額になってしまいますからね」

そう聞くと、マニュアルの翻訳市場が二千億円というのも、あながち外れてはいないように思えてくる。

上条は続ける。

「本当は日系企業には就職したくはなかったんでしょうけど、カネのためと割り切ったんじゃないですかね。だって、これだけの高待遇で迎え入れられたのに、たった二年でニシハマを辞めちゃったんですから」

「あたしもそう思うけど、だとしたらライスって、相当な慧眼《けいがん》の持ち主ね。新卒でマニュアル翻訳に目をつけるなんて、なかなか大したものだわ」

「日本に恨みを抱いていても、ライスだってそこは人間です」

牛島の見解に反応することなく、上条はライスの経歴に話を戻しにかかる。「なんせ、ニシハマは役所のような会社ですからね。ライスを採用するにあたっては、処遇をめぐって現法トップはもちろん、本社の人事担当役員もかなり揉めたそうなんです」

「その採用担当者とライスの間でも、採用前に交渉が繰り返されたってわけね」

「人間関係が密になれば、雑談を交わすようにもなるじゃないですか。当然、移民としてアメリカに渡った祖父母の出身地や、どこでネイティブレベルの日本語を身につけたのか、維持できたのかって話にもなるわけです」

「そこで、祖父母が広島の出身であること、ライスが日本で暮らした経験があることを聞かされたわけね」

令の言葉に、上条は頷くと、

「それで、広島に行ってみたんです。その漁村に……」

さらに話を進める。

「小さな漁村のことです。ライスと同年代と思《おぼ》しき漁師に、小学生の頃、アメリカ人の子供がいたことを覚えているかと訊ねたんですよ。そうしたら、やっぱり外見は外国人そのものだし、名前もそうじゃないですか。よく覚えていましてね。すぐに祖父母の実家が分かったんです。で、すぐに訪ねたところ、ライスの従兄弟《いとこ》にあたる男性が健在で、当時のことを覚えてはいたんですけど、彼が日本を離れてからは、ただの一度も連絡さえ取り合ったことがないそうで……」

「思った通りだったわね。ライスの狙いは、オリエンタルの再建なんかじゃない。食い物にしようとしているのよ。おそらくパシフィックで鳴島が使ったのと同じ手段で……。そうじゃなかったら、自分が日系三世であることや、日本語が堪能なことも隠す必要なんかないんだもの」

牛島が断じたところで、令は昨夜幸輔から聞かされた話を報告することにした。

「真吉さん、そのことなんだけど、昨夜幸輔から報告があってね――」

令の話を聞くうちに、牛島の目が鋭さを増す一方で、顔から表情が消え去った。

仕掛ける時が近いと悟った時に見せる牛島の癖である。

今、彼の頭の中では、これまでの経験をフルに活用し、あらゆる事態を想定した戦略が練られはじめているはずだ。

果たして、令の報告が終わったところで、牛島は口を開くと、

「ライスの背後にいる連中の正体が分からないうちは、迂闊に動けないけど、時は近いわ。令、いつでも動けるよう準備をはじめて」

強い口調で命じてきた。

3

相変わらずナパは晴天続きだ。

時刻は、午後五時ちょうど。

もう少しすると太平洋上で発生した霧が、巨大な塊《かたまり》となってサンフランシスコ湾に向かって押し寄せてくるのが見えはじめる頃だ。

気温もぐっと落ち、乾燥した大気の効果と相俟《あいま》って、肌寒くなってきた。

この自宅のデッキから眺める夕日は見事なものだ。

黄色からオレンジ色へと徐々に色を濃くしていく夕日を、何も考えず、ただただ眺め、時間を浪費するのは贅沢なものだ。ある意味、成功者の特権といえるものかもしれないと鳴島は思う。

今日の夕日は、特に見事なものになりそうな予感を覚えた鳴島は、カーディガンを取りに一旦家の中に入ると、オリーブを入れたマティーニを片手にデッキに取って返した。

そして、再びソファーに座り、マティーニを一口啜ったその時、テーブルの上に置いていたスマホが鳴った。

珍しく、ビデオ通話である。

「ハロー、ビル。久しぶり……」

「元気でやってるかね」

「相変わらずさ。ここは平和なもんだよ」

「平和ね……。ニューヨークとは大違いだな」

エバンスは苦笑すると、「久々に、君の顔を見ながら話がしたくてね」

ビデオ通話にした理由を口にする。

「それはどうも……」

鳴島はグラスを顔の前に翳し、「何か、いいニュースが入ったんだな」

マティーニをまた一口啜った。

「オリエンタルは中国猛虎と一緒に持ち株会社を新たに設立して、中国でＥＶの製造を開始することで基本合意に達したそうだ」

「中国猛虎？　あの大手不動産デベロッパーの？」

「その中国猛虎だ」

エバンスは頷くと続ける。

「ライスは、我々が期待した以上の働きぶりだね。ＥＶの製造工場を全面的に中国に移転すれば、必要な資材や部品は全て国内で調達できる。かつてと違って品質に問題はないし、バッテリーの性能は世界一。人件費も含めて全てが安いときている」

「百パーセント中国で造るとなると、アメリカに輸出できなくなるんじゃないのか？　米中の覇権争いが続く限り、中国製品の輸入規制が解除されるとは――」

「市場規模が全く違うよ」

エバンスは、鳴島の言葉が終わらぬうちにいった。「中国の人口は十四億、アメリカは三億三千万。

しかも、共産党の号令一下、法律や制度ですら、いかようにでも変えられる国だ。誕生以来、西側諸国に牛耳られてきた自動車産業に中国が君臨する大チャンスの到来なんだよ。アメリカ産の車を締め出すどころか、欧州、日本メーカーの車だって、中国工場で製造したＥＶ以外には高関税を課すとか、いろいろ手を打ってくるに決まってるさ」

「確かに、それはいえてるな。西側諸国だって、やみくもにアメリカに追随する国はごく僅か……、というかいまや日本ぐらいのものだろう。むしろ中国に追随する国の方が多いからね。しかし、中国猛虎と一緒になっても、ＥＶの開発の遅れをオリエンタルが取り戻せるのか？」

エバンスの見解に異論はないが、中国猛虎は不動産デベロッパーである。

鳴島は当然の疑問を口にした。

「それはだな――」

鳴島はエバンスが話すライスの計画に耳を傾けた。

そして、全てを聴き終えた時には、なるほどエバンスがライスの働きぶりを、『我々が期待した以上』と褒め称える理由が理解できた。

「武蔵野工場跡地を再開発して、ニュータウンを建設するのか！」

鳴島は興奮し、大声を上げた。

「中国政府が、不動産市場の過熱ぶりをさらに抑えるために、追加策を講じてくる可能性はなきにしもあらずだが、海外、それも日本の不動産を購入するとなれば話は別だ」

「日本は、外国人の不動産購入が野放しになっている世界でも数少ない国だ。中国には自国民の海外不動産の所有は、領土が増えるようなものだし、有事に備えるという観点からも、奨励《しょうれい》しても咎《とが》め立《だ》てすることはないだろうからね」

「そもそも、オリエンタルがＥＶの開発に成功しようがしまいが、ライスはもちろん、我々にとっても、どうでもいい話なんだ。中国猛虎との合弁会社が設立され、武蔵野工場の売却に目処が立てば、間違いなく株価は暴騰する。そこで我々が売り抜ければ、後は野となれ山となれ。ライスも再建への目処を立てたといって、オリエンタルからおさらばするんだからね」

エバンスは、大口を開けて呵々と笑うと、

「オリエンタルの株価、もちろん注視してるよな」

一転して、鋭い眼差しになると問うてきた。

「もちろん……」

鳴島は、即座にこたえた。「ライスの就任効果も一息ついたってところかな。我々が利確で一部を売りに出た時に多少値は下がったが、元の値に戻しているね」

「買い増しするには頃合いってわけだ」

エバンスはいう。「同時に、中国猛虎の株も……」

紛れもないインサイダー取引だが、だからこそ確実に儲けることができるのだ。

そこで鳴島は問うた。

「異存はないが、どれくらい買うつもりなのかな?」

「株価が落ち着いているところで、大きく買うと、不審に思うやつがいないとも限らんからな。下がったら買うを繰り返して、いまの株価を維持しながら買い増ししていこう。そして、その時が来たら、レバレッジをかけて一気に勝負だ」

レバレッジとは信用取引の一種で、証券口座現金か株などの保有金融商品を担保にして、口座資金の約三倍を限度に、自己資金以上の売買を行うことである。

つまり、口座に百万円しかなくとも三百万の株式が購入できるわけだが、株価が値上がりすれば儲けが大きくなる反面、値下がりすればさあ大変、損失が膨らむ一方となる。

しかし、高騰間違いなしとなれば心配は無用だ。

企業の業績や行く末に、ポジティブな情報が流れるや、真っ先に投資のプロたちが買いに走り、株価は上昇しはじめる。次に値上がり幅に魅せられた一般投資家の買いが殺到し、株価の上昇にさらに勢いをつけていく。

そうなると、売り時を見極めるのが困難になりそうなものだが、それは一般投資家に限っていえること。なぜならば、エバンスのようなプロの投資家は、そもそも株価がどこまで値を上げるかなんて誰にも分からないと端から割り切っていて、満足がいく利益を確保できたら、それで十分。まだまだ上がると期待して、一般投資家が買いに走り回っているうちに、売り抜けるのが腕の見せ所と考えているからだ。

「いいね……。とてもいいプランだ。それで行こう」

鳴島は、スマホの画面に浮かぶエバンスに微笑むと、続けて問うた。

「で、中国猛虎とオリエンタルとの持ち株会社の発表は、いつのことになるんだね」

「まずは役員会で承認を得て、それから株主総会ということになる。株主は株価の上昇を歓迎するに決まっているから総会はすんなり通るだろうが、問題は役員会だな。ライスの社長就任に、未《いま》だ反感を抱いている役員が少なからずいるようだからね。もっとも、ライスはそこのところは任せてくれと、自信満々だったがね……」

「彼がそういうのなら、心配はいらんのじゃないかな。ここまでのところは、期待以上の働きをしているんだし……」

何かをいいかけたエバンスだったが、

「とにかく、何か進展があったらまた連絡するよ。今夜はレストランを予約していてね。そろそろ出かけないといけない時間なんだ」

腕時計を指差しながら、会話を終わらせにかかってきた。

「OK。では、いい夜を……」

「君も……」

エバンスがいうなり通話が切れた。

この間にも、ベイエリアの向こうに浮かぶ夕日の角度が、どんどん低くなっている。

濃いオレンジ色となった太陽に向かってグラスを翳すと、鳴島は、「カンパイ」と日本語で小さく呟き、マティーニを口に含んだ。

4

日比谷《ひびや》のビルの地下一階にある「大江戸倶楽部《おおえどクラブ》」は、会員制のレストランだ。

ランチタイムは一般客も利用可能で、バイキングスタイルで豪華な料理が選び放題、食べ放題、さらにデキャンタに入ったワインまで供されるとあって、少々値は張るものの、連日多くの客で満席になる。

しかし、ディナータイムになると店内の光景は一変する。

日本を代表する大企業が本社を置く丸《まる》の内《うち》、大手町《おおてまち》、日比谷、そして各省庁が集中する霞《かすみ》が関《せき》が近いこともあって、利用客の大半は連日政財界、官界の重鎮たちとなるのだ。

供される料理の確かさもあるが、最大のメリットは密談に適していることにある。特に社内の人間同士と会合を持つにはこの店の個室は最適なのだ。

接待に使うには、人目があり過ぎる。その点、社内の人間同士なら、会食目的なのか密談なのか分かりようがないからだ。

「いやあ、話には聞いていましたが、素晴らしい雰囲気ですねえ……」

席に着き、ウエイターに注文を終えたところで、すっかり感激した様子で、木下が感嘆する。

「おや？　タカ、この店に来るのは初めてかい？」

ライスは意外な振りを装って、木下に問うた。

「だって、うちではこの店を利用できるのは、役員の中でもトップクラスの重鎮だけですからね。勘定だって相当なもんだっていいますし、業績不振に陥ってからは、経費削減が至上命令でしたので、とっくにメンバーシップを返上したと思っていましたので……」

「入会金は結構な額だが、年会費は知れたものだよ。取るに足りない経費を削るより、いかにして有効に活用するか。そちらに知恵を働かせるべきだと私は思うね」

「ごもっともでございます」

木下は大袈裟な反応を示すと、「私、ここで食事するのが夢だったんです。まさか、こんな日がやって来るとは、夢にも思いませんでした……」

一転、しみじみとした口調で漏らした。

何と、小さな夢なんだ……。

ライスは、腹の中でせせら笑いながらも、

「いずれ君が、この店を自由に使えるようになったら、部下を労《ねぎら》い、士気を高めるために使うもよし、業績向上のために接待に使うもよし、有効に活用すればいいじゃないか。要は費用対効果の問題なんだからさ」

早々に、思わせぶりな言葉を吐いた。

「自由に使えるって……、そんな日がやって来るでしょうか？」

見開いた目の中で、木下の瞳が炯々と輝き出す。

「来るかもね……」

思わせぶりな言葉でも、いまの木下には効果抜群だ。

「ご期待に添えるよう、頑張ります！」

木下は、椅子から立ち上がり、深く体を折る。

「そんな大袈裟な……」

ライスは着席を促すと、「期待しているからこそ、君をここに招いたんだ。君に話しておかなければならないこともあるし……」

隣に座るラッセルに視線をやった。

「実は、前に話した武蔵野工場跡地の開発の件ですが、中国猛虎に任せることで話が進んでおりまして」

それから、ラッセルが中国猛虎との合意内容を話して聞かせると、

「うちにとっては願ったり叶ったりの話じゃないですか。いや素晴らしいです。実現すれば、うちの業績もV字回復間違いなしですよ」

冷静に分析した訳でもないのに、「V字回復間違いなし」と口にするところからして、自ら経営者の資質なしといっているのも同然なのだが、だからこそ木下を選んだのだ。

「問題は、役員会でね」

ラッセルに代わって、ライスはいった。「私の社長就任が、株主総会ですんなり認められたことからも分かるように、株主はこのプランを歓迎するだろう。となると、問題は役員会だ。役員会の承認なくして、このプランを株主総会には提出できんからね」

「おっしゃる通りです……」

「君はどう思う？　中国猛虎と新たにホールディング会社を設立し、ＥＶの製造は中国で行うと提案したら、役員連中はどんな反応をみせるかな？」

「そうですねえ……」

木下は暫し考え込むと、「人によりけりでしょうね。会社の将来を考えれば、中国猛虎と持ち株会社を設立するのも、製造拠点の全面移転も絶対的に正しいのですが、それを認めれば役員の大半がお役御免になってしまいますからねえ。みんなサラリーマンですから、やっぱり会社の将来よりも、明日の我が身を考えるでしょうから……」

困惑した表情を浮かべ、首を捻る。

「君は会社の将来を考えればというが、その根拠は？」

ライスがすかさず訊ねると、

「そりゃあ、そうですよ。ロッキンジーが推奨するのか、中国猛虎が見つけて来たのか分かりませんが、中国のEVメーカーを買収して、一気に開発の遅れを取り戻そうっていうんでしょう？　まがりなりにも私はEV担当役員です。ことEVに関していえば、中国メーカーはアメリカと同等、いやひょっとするとアメリカに勝りますのでね」

珍しく、まともなこたえを返してきた。

「会社の将来よりも、我が身可愛さが先に立つというなら、どうしたらいいと思う？」

「シンプルに考えれば、なにかしらのインセンティブを与えるということになりますかね」

「インセンティブとは？」

ライスが重ねて訊ねると、

「地位かおカネでしょうね。会社に残った方が得なのか、それとも纏まったお金を手にして、おさらばした方が得なのか……」

そこで、木下は、ハッと気がついたように一瞬言葉を区切ると、「でも、それは従業員全員にいえることですよ。だって、そうじゃありませんか。製造拠点を全面的に中国に移したら、残るは持ち株会社だけってことになりますのでね」

硬い声でいった。

「工場の従業員は別として、本社の社員は少なからず残せると思うがね」

「残せるって……」

「雇用は継続できると思うよ。ただし、勤務地は変わるがね？」

「勤務地が変わるって……、どこへ？」

「決まってるじゃないか。中国だよ」

ライスがあっさりいうと、

「えっ……」

想像もつかないようなこたえに、木下の顔から一瞬にして血の気が引いていくのが見てとれた。

「もっとも、買収する会社がベンチャーならばの話だがね」

ライスは続けた。

「当たり前だろ？　ベンチャーには技術力はあっても、製造販売をやれる人員を抱えてはいないからね。新たに雇用するにしたって、未経験者ばかりじゃ会社が成り立つわけがないんだからさ」

「でも、語学の壁もあれば、生活基盤の問題もあるわけで――」

「タカ……」

ライスは木下の顔を睨みつけ、彼の言葉を遮った。「経営側は継続雇用策を打ち出した。それに応ずるかどうかは従業員の自由なんじゃないのかな。中国で働くことを望まないのなら、それでよし。望むのなら、それでよし。そもそもソウゴウショクの社員は、内外の事業所勤務が条件で入社してきたんだ。拒むことはできないはずだろ？」

『総合職』という日本語がライスの口を衝いて出た途端、木下はハッとしたように身を起こす。

総合職に勤務地の選択権がないことに気がついたのだ。

「とはいえ、ＥＶの製造がはじまるまでには、相応の時間がかかります」

ラッセルがライスの言葉を継いだ。「国内の他の工場では、その間ガソリンエンジン車、HV、PHVの製造は続くんですから、合弁会社が設立されてもすぐにそうなるわけではありません」

「そう……。そうですよね」

木下は一転、安堵《あんど》した様子で肩で息をつく。

そこでライスはいった。

「ただね、HV、PHVの時代の終焉《しゅうえん》は、意外な程早く来るかもしれないよ」

「えっ、どうしてです？」

「今やCO²の削減は、先進諸国の最重要課題。こと環境問題となると、過敏に反応するのは活動家ばかりじゃない。問題意識が高い人間が多く住む地域の自治体もまた同じなんだ。カリフォルニアは、その代表的なところだろ？」

そのカリフォルニアに長く駐在していたくせに、木下はライスがいわんとすることが理解できないようで、ポカンとした顔をして小首を傾げる。

「要は、HVだろうがPHVだろうが、ガソリンを燃料にする車は駄目だ。百パーセント、カーボンフリーでなければならないという動きが必ず出てきて、それが主流になるってことさ」

「いや、しかしHV、PHVは、バッテリーが切れればガソリンを燃料とするわけで――」

「そんなの連中には関係ないんだよ。駄目なものは駄目なんだ。それが環境運動家ってもんじゃないか」

「はあ……」

ライスの語気の強さに同意するしかない木下に向かって、ラッセルがいった。

「中国工場が稼働する前にそんな流れができてごらんなさい。いや稼働した後も同じです。武蔵野工場は真っ先に閉鎖、売却します。他の工場ではＨＶ、ＰＨＶを市場がある限りは造り続けますが、需要が激減したら従業員はどう思うでしょう」

「そりゃあ、将来に不安を覚えるでしょうね」

「不安を覚えたら、どうなります？」

「沈むと分かっている泥舟からは、真っ先に……」

そこで、はたと気がついた様子で、「あっそうか！」

木下は大声を上げた。

「会社の行く末に不安を抱けば、黙っていても辞めて行く社員は続出しますよ。ましてオリエンタルが生き残るためには、ＥＶで成功を収めるしかないのは誰もが承知してるんです」

そういったラッセルに続いて、

「だから、中国に生産拠点を移すしかないんだよ」

ライスは断じた。

二人の考えを検証するかのように、暫し沈黙した木下だったが、やがて口を開くと、問うてきた。

「お考えは、よく理解できました。それで、私に何をしろとおっしゃるのですか？」

「役員会に議案を提出するに当たって、過半数の賛成票の確保だ。このプランは何があっても実現させなければならない。オリエンタルの将来のために、そして、君の将来のためにもね……」

ライスは木下の視線をしっかと捉え、ニヤリと笑った。

5

　月曜日の早朝、令は出社したその足で牛島のオフィスを訪ねた。

「動きはじめたようね」

　ドアを開けた瞬間、牛島は口の端を歪め、瞳をギラリと光らせると、令が席に歩み寄る間に続けていった。

「ライスの社長就任前に仕込んだオリエンタル株に、提灯がついて上がったところでまずは利確。株価が下がって、売買が低調な状態が続いたところで徐々に買い増す。機を見て好材料を出せば、株価は急騰。そこで一気に売り抜ける。後は野となれ山となれってわけ。仕掛けは大掛かりだし、手が込んじゃいるけど、最後のところだけは至って単純なのよね」

　一時、オリエンタル株の売りに転じていたアメリカのファンドが、再び買いに回って十日。値上がり幅は小さくとも、外国勢の買越しが続けば、オリエンタル株の動きを注視していた二人が気づかぬわけがない。

「それが株ってもんじゃない。売らなきゃおカネになんないんだもの」

　令がすかさず突っ込むと、

「そうね。そこのところはあんたのいう通りだわ。でも、今回は先住民特権を悪用した部分は新しいけど、外部から新社長を招聘して以降の手口は、パシフィックとほとんど変わってないのよね。同じ業界で二度も同じ手口を使うなんて、芸がないわ」

牛島は鼻を鳴らさんばかりにいう。

「でもさ、そもそも新社長をなんで外部から招聘するのか、疑問に思う人がほとんどいないのが不思議なところなのよねえ」

令は小首を傾げた。「経営不振に陥った企業のトップに、外部からプロ経営者を招聘するケースが多くなっているのは事実だけど、それで息を吹き返した企業ってほとんどないんだよ。合理化っていえば聞こえはいいけど、社員をリストラして、資産を売却して、企業規模をコンパクトにして、一時的に経営を持ち直したように見せかけて、後はよろしくで辞めちゃうんだよ。いい加減懲《こ》りてもいいと思うんだけど」

「何だかんだいっても、日本人には情ってもんがあるし、生え抜きの社長となるといろんなしがらみもあるからね。どうしてもドラスティックにはなれないのよ。そこにカネの亡者《もうじゃ》が付け込んでくるわけよ」

「経済大国日本といわれていた頃に、しこたま買い込んだ資産もあれば、過去最高益を上げても、社員に還元することなく、内部留保に回しちゃって溜め込むばっかりだからねえ。投資家連中からすれば、美味しい獲物に見えるってわけか」

「で、昨夜送ったデータなんだけど」

牛島は本題に入った。

「ここ十日間、さしたる好材料が出たわけじゃないのに、例のファンドがオリエンタルを買いに回っているってことは、そろそろ仕上げに入る予兆に違いないと思うの」

「じゃあ、うちも仕込みに入るわけね」

仕込みとは、オリエンタル株を買いに回るということだが、ウシジマ・ヒクマには利益を上げるチャンスが二度ある。

ライスを送り込んだファンドがオリエンタル株の買い増しを続ければ、同社の株価はジリジリと値を上げていく。一般投資家の目を引くのは時間の問題というもので、理由は分からずとも、乗り遅れてはならじとばかりに買いに回るはずである。そこで中国猛虎との持ち株会社の設立、EVの中国での全面生産、武蔵野工場を中国猛虎に売却し、跡地にニュータウンを建設する計画を公表すれば、株価爆上げは間違いなし。そのどこかの時点で売り抜ければ、大金をせしめることができるというわけだ。

現時点でオリエンタル株を買い込んでおけば、ウシジマ・ヒクマも多額の収益を得ることになるのだが、問題は売り時である。

しかし今回の場合、それを見極めるのは難しい話ではない。

なぜなら、ライスを送り込んだファンドのオリエンタル株の買い増しが止まった時が、一連の計画がニュースリリースとして公表される日が近いことを知らせてくれるからだ。

その時がウシジマ・ヒクマが利益を上げる二度目のチャンス到来になる。ニュースリリースが公表される直前、あるいは直後に空売りをかけ、株価を暴落させるのだ。

もちろん、空売りを成功させるには条件がある。

ライスやファンドの背後にいる人間、あるいは組織の存在、計画の全容を暴き、報道して世に知らしめることだ。

「もちろん」

牛島は当然とばかりに頷くのだったが、現時点では、まだまだ全容解明にはほど遠い。

「でもさ、まだ完全にライスの背後に誰がいるのか。オリエンタル株を買い込んでいるファンドの実態が解明できないうちは、空売りなんかできないよ。一般投資家は中国猛虎との件についてはポジティブなニュースと捉えるに決まってんだもん。空売りかけた株が爆上げしたら大惨事。目も当てられないよ」

「そこは、令のいう通りなんだけどさ」

牛島はあっさりと肯定すると、「でもね令、果報は寝て待て、世に悪が栄えたためしなしっていうでしょ？　あたし、上条さんの依頼で動いてくれているピコってジャーナリストに期待してるの。あれからいろいろ調べてみたんだけど、彼女、上条さんがいう通り、かなり優秀なジャーナリストなのね」

目を輝かせ、デスクの上に上体を乗り出した。

「私も調べた」

令も即座に反応した。「上条さんがいってたように、取材分野は広いし、狙いを定めたらとことん取材をするって評判なんだよね。それに相手が誰だろうと、容赦しないってのも、上条さんがいってた通りだし、彼女ならやつらの企みを暴いてくれるって、私も期待してるんだ」

令の携帯が鳴ったのは、その時だ。

ハンドバッグの中から取り出したスマホのパネルには『幸輔』の文字が浮かんでいる。

「コースケからだ……」

令は牛島に断りを入れると、声に勢いをつけてこたえた。「おっはよ〜、コースケ。早いじゃん。

なんかあった？」

「姉さん、例の中国猛虎の件ですけど、買収を目論んでいるＥＶベンチャーが分かりました」

「えっ、本当に？」

「例のボーディングスクールルートからの情報ですから、確度は高いと思います」

「でかした！　ちょうど今、真吉さんと一緒にいるの。スピーカーモードに切り替えるから、ちょっと待って」

令は、返す手でパネルをタッチし、デスクの上にスマホを置くと、

「いいわよ、コースケ。話を聞かせて」

幸輔を促した。

「この前、イギリスに留学中の鄭の息子には、婚約者同然の娘がいたけど、最近彼女が距離を置きはじめたって話をしましたよね」

「聞いた、聞いた」

「鄭の息子は、彼女が距離を置きはじめた理由が、中国猛虎の経営を不安視しているからだってことに気がついたらしいんです。鄭の息子は銀平っていうんですけど、彼、その娘にぞっこんで、何とか振り向かせようと、中国猛虎の将来は安泰だってことを理解してもらおうとしたんでしょうね。オリエンタルと合弁会社を設立してＥＶ事業に進出する計画が進んでいることを話したんだそうです」

「あ〜。ありがちな話だわ、それ。醒めた理由が嫁ぎ先の行く先に不安を覚えたことにあるのなら、否定する材料を具体的に示してみせれば、よりを戻せるって考えたんだ」

「彼女も今やロンドン社交界の華ですからね。いい寄って来る男はごまんといるでしょうし、社交界

には家柄、財力共に超一流の人間ばかりです。でも、一人っ子の彼女は、家業を継がなきゃならない宿命を背負っているわけで、相手は誰でもいいってわけにはいきません。それで、この話を中国にいる父親に話したそうなんです」

「それで、父親が調べたわけだ。その買収しようっていうベンチャーを」

「不動産市場が低迷するようになって、経営状態が悪化しはじめたデベロッパーは中国猛虎だけではありません。彼女の親が経営している会社もまた同じのようでして、銀平の話が実現すればと考えたんでしょうね。すぐ、調べをはじめたというんですよ」

「でも、買収先の候補はロッキンジーが探してくるんじゃなかったかしら？　あそこはコンサルタントフィーが頭抜けて高い分、調査はしっかりしているはずだけど？」

話の成り行きからして、調査の結果がポジティブではなかったに違いない。

牛島が疑念を呈すると、幸輔は即座にこたえる。

「中国にはEV市場への参入を狙っているベンチャーや企業が千はあるといわれてますけど、それだけ数があるとさすがに玉石混淆《ぎょくせきこんこう》で、箸にも棒にもかからないのが圧倒的に多いそうでしてね」

「そりゃそうだよね。資金力、技術力だって千差万別だし、EVなんて、部品を寄せ集めりゃ簡単にできるって考えてるところもザラにあるだろうしね」

令が相槌を打つと、

「姉さんのいう通りなんですよ」

果たして幸輔はいう。「なんせ、利に聡い人たちですからね。部品寄せ集めて作れんだから、巨大な市場に参入する千載一遇のビッグチャンス。指を咥《くわ》えて見ている手はないって程度の考えで、動き出してる人たちが大半のようでしてね。もちろん資金力もあれば技術力もあるって企業もありますけど、そんなところは、自力でEVを開発するでしょうし、買収するにしたって、条件は格段に高くなるわけです」

「だよねえ……。実際、EVの開発にいち早く成功して、販売を開始しているのは、ガソリンエンジン車を製造していたメーカーだもんね」

「それとスマホ向けのバッテリーを製造していたメーカーです。目下のところ、バッテリーはEVの生命線ですからね。高性能バッテリーの開発に成功すれば、資金も集まりますから、EV製造に乗り出すハードルは格段に低くなるわけです」

「コースケのいう通りね」

牛島がいう。「ことバッテリーに関しては、日本の自動車メーカーだって、自社開発を諦めて中国メーカーの採用を決めたところも、現にいくつかあるものね。そんな会社に話を持ちかけても、なんでいまさらオリエンタルと組まなきゃならないのってことになるわよね」

そこで令は問うた。

「ってことは、ロッキンジーが挙げてきた候補は、資金面、技術面の双方、あるいはどちらかに難点があるってわけ?」

「それが、ちょっと微妙というか、複雑なんですよ」

やはりワケアリのようだ。

果たして幸輔は続ける。

「その会社ってシステム開発が本業で、かなり高い技術力を持っているそうなんです。その強みを生かして、独自のシステム開発を進めるのと同時に、とにかく外観、内装で差別化を図る戦略でＥＶ市場への参入を狙っているそうでしてね。まだ試作の段階ですが、数車種の開発が並行して進んでいて、実際出来栄えはかなりいいというんですが、問題はそこから先なんですね」

「量産化となると工場もいるし、部品の調達管理、生産現場のマネージメント。設備投資に人材、人員の確保と莫大な資金が必要になるし、販売網の構築もしなくちゃならない。買収だろうが、合弁だろうが、相手にとっては、願ってもないオファーじゃない。オリエンタルにとっても、悪い相手じゃないように思えるけど？」

「彼女の父親が懸念したのは、システムとデザイン以外にオリジナリティがない。他の部品は全て外部調達になるってことなんです。ＥＶは自動車というより走るコンピュータっていわれますけど、エクセルやワードで知れたこと、使う機能は限られるわけです」

「システム面で、独自性を出すのは難しい。となると、デザインってことになるけど、好みは人それぞれだしねえ」

「そして、彼女の父親が最も懸念したのは、部品の大半、特にバッテリーの供給を外部に頼れば、納品価格も納期も数量も交渉の余地がなくなる。調達先のいいなりになってしまいかねないということなんですね」

「なるほどねえ。当たり前に考えれば、大量生産はコストダウンに繋がるけど、バッテリーの製造に不可欠なコバルトとかのレアメタルは産出国が限られているし、産出量だって簡単に増やすこともできないからね。それに、需要が増せば供給量を絞って、値を吊り上げることだってできるんだもの、全ての部品を外部調達に頼るって戦略は危険と判断したってわけか」

牛島の見解を聞いた幸輔は声を弾ませる。

「さすが真吉さん、おっしゃる通りです」

「でもさあ、ロッキンジーだって、その程度のことは――」

見通しているはずだ、と続けようとした令を遮って、

「先のことなんかどうでもいいのよ」

牛島は冷え冷えとした声でいい、フンと鼻を鳴らすと続けていった。

「買収だろうが合弁だろうが、話が纏まりゃロッキンジーは成功報酬を手にするんだし、ライスは形が整った時点でさようなら。中国猛虎にしたって、武蔵野工場跡地にニュータウンを造ることができたら、抱えている負債も軽減できんだもの、いいことずくめじゃない」

「でもさあ――」

令はさらなる疑問を口にしかけたのだったが、またしても牛島が遮った。

「それに、ロッキンジーにしてみれば、合弁企業が製造したＥＶが思ったように売れないとなりゃ、原因究明とか打開策の提案とか、新しい仕事の依頼がくるかもしれないじゃない。むしろそうなることを望んでいるわよ」

「あっ、そうか。販売不振の打開策をロッキンジーにコンサルしてもらうってわけか」

「コンサルタント業ってのはね、医学の世界と似ているの。だってさ、万人が健康になっちゃったら、医者なんていらなくなっちゃうでしょ？　コンサルタントもまた同じ。謂わばビジネス社会のお医者様なんだもの、病気を抱える会社がないと商売にならないの」

「なるほど、ビジネス界のお医者様ですか……。それ、凄く分かりやすい譬えですね」

感心しきりな様子の幸輔に次いで、令は先ほど口にしかけた疑問を牛島に向かって投げかけた。

「じゃあ、中国猛虎はどうするの？　ライスは逃げりゃいいかもしれないけれど、鄭はそうはいかないんだよ。合弁企業の経営がうまくいかなきゃ、新しい会社の柱となる事業どころか、デベロッパー事業とＥＶの不採算事業を二つも抱えてしまうことになるんだよ？」

「鄭の頭の中は、いまをどうやって乗り切るかでいっぱいなのよ。先のことなんか、考える余裕はないってことなんじゃない」

牛島はどこか達観したような口ぶりでいい、話を続けた。

「貧すれば鈍するとはよくいったものでね。絶体絶命の危機に直面すると、判断力を失ってとんでもない悪手《あくしゅ》を打つ経営者は少なくないの。まして鄭は、不動産ブームに乗って連戦連勝。一代で中国猛虎を大企業に成長させて、莫大な富を手にしたのよ。失敗した経験がないんだもの、なおさらだわ」

その言葉を聞いた瞬間、令の脳裏に父親の姿が浮かんだ。

パシフィックで鳴島の部下として働いていた当時の父は、会社を救いたい一心で、冷静に状況を見極める余裕はなかったはずである。

後で考えれば、鳴島がパシフィックの資産を売却し、組織再編の名の下に多くの従業員をリストラすることで、一時的に経営が改善したように見せかけただけなのだが、陣頭で指揮を執ってきた人間が、端からそのつもりであったとは想像だにしなかっただろう。

鳴島がそこから先の再建計画を持っているはずだと、信じていたはずだ。

それがまさかの辞任。しかも父親は、後継者に指名されてしまったのだ。

途方に暮れただろう。絶望感を抱きもしたであろう。

その時の父親の心境は察するに余りある。

そこに思いが至った瞬間、令は改めて確信した。

パシフィックに用いたあの手口を、今度はオリエンタルで再現しようとしている。間違いなく、ライスの背後にいるのも同じ連中だと……。

「今度は中国猛虎、鄭を生贄にしようっていうわけね」

誰にともなく令がいうと、

「鄭だけじゃないわよ。おそらく、オリエンタルの社内にも、生贄にされる人間がいるはずだわ」

牛島がこたえた。

「許せない……。絶対にぶっ潰してやる……」

牛島にいったのではなかった。

自らの決意を新たにすべく令はいった。

終章

1

「いやあ、ここは何度来ても特別な空間ですね。客層といい、雰囲気といい、選ばれし者だけが集う場所だと思い知らされる気がいたします」

何度来ても？　お前、二度目じゃないか。

席に着いた途端、木下が発した言葉を聞いて、ライスは噴き出しそうになるのをすんでのところで堪えた。

同時に木下が、ますます哀れに思えてきた。

大江戸倶楽部は会員制のレストランには違いないが、メンバーになる条件は入会金と年会費を確実に支払う能力の有無だけだ。

今宵、木下と大江戸倶楽部で夕食を共にすることにしたのは、役員の過半数を味方につけることに成功した褒美だが、この程度の店で喜んでくれるのだから楽なものだ。

「タカ、よくやってくれた。これで中国猛虎との持ち株会社の実現に目処がついたよ。まさに大殊勲ってやつだ。今夜は、思う存分祝杯を挙げようじゃないか」

ライスは、顔に笑みを宿しながら、木下の功績を褒め称えてやった。

「いやあ、苦労しましたよ。大変な思いをしましたね。なんせ役員の中には、ジムの社長就任を快く思っていなかった人間も少なからずおりましたのでね。下手に合弁会社の件を持ち出せば、ポストを失う役員も多々いるわけです。誰を残し誰を切るか、慎重に検討した上で賛成票を取り纏めなければなりませんでしたので……」

木下はライスの後任は自分だと確信しているはずだから、新社長就任後を見据えて使い勝手のいい人間だけを残すべく人選を行ったはずである。その上で、中国猛虎との持ち株会社設立の計画を打ち明け、賛成票の取り纏めを行ったのだろう。

「賛成すると思ったはずが、難色を示す役員だって少なからずいたんじゃないですか？　よく過半数が確保できましたね」

同席していたラッセルがすかさず問うと、木下は得意げな顔になって話しはじめる。

「お二人が日本語を理解できないのをいいことに、ジムを公然と非難する役員が少なからずいましたので、反ライス、親ライスの選別は比較的容易ではあったんです」

もちろん、ライスは先刻承知だが、素知らぬ振りを装って、

「ランゲージバリアは外国人にはつきものだが、日本語はかつて悪魔の言語といわれたほど、群を抜いて難しいからね。直接話を交わせれば分かってもらえることも多々あると思うのだが、これればかりはどうにもならんしなあ……」

困惑した表情を繕い、声を落としてみせた。

「ジムは、ちっとも悪くありませんよ」

木下は同情するかのようにいい、一転して語気を強める。「そもそも、グローバルに事業を展開す

るオリエンタルの役員が、英語に苦労するのが問題なんです。自分たちの能力不足を棚に上げて、仲間内で愚痴《ぐち》を漏らし合うだなんて、その行為だけをもってしても役員失格ですよ」

「しかし、反ジム派の方が圧倒的に多いんでしょう？」

ラッセルが訊ねると、

「残念ながら……」

木下は、またしても声を落とす。

「それをどうやって賛成派に引き入れたんですか？」

「まず、会社がＥＶの製造販売に特化した時の組織を考えたんです。もちろん、不要になる役員ポストもあるわけですが、新たに生まれるポストもあると考えまして……」

「新たに生まれるポスト？」

「現時点では、名称なんか何でもいいんです。持ち株会社にするのなら、所帯が小さくなるでしょうから、役員ポストも三割乃至《ないし》、四割近く減ることになると仮定したんです。となると、生き残れる役員はせいぜい六割ということになるじゃないですか」

「それは違うんじゃないか。持ち株会社には、中国猛虎も役員を送り込んでくるんだよ。オリエンタルの役員で生き残れるのは、もっと少なくなるだろうさ」

「そうでしょうか」

これまでライスの言には二つ返事で従ってきた木下が、意外にも反論してきた。「確実に不要になる役員ポストは、エンジンや新型車の開発に関わってきた部門のポストです。合弁会社が設立された当初は、買収相手が開発したＥＶを製造しますが、以降はやはり自社開発ということになると思うのです。もちろん、相手先がこれからもオリエンタルと一緒にＥＶの開発を続けて行きたいというのなら話は違ってきますけど……」

　確かに木下のいう通りではある。

　交渉は最終段階を迎えていて、金額についても大詰めにきている。ただ、合併なのか、完全買収となるのかについての結論はまだ出てはいない。

　交渉に当たっているロッキンジーの見立てでは、そもそも相手先はシステム開発会社で、工場も販売網も持っていないので、売却できればしめたもの。ＥＶ事業の継続は望まない公算が高いという。だとすれば、こと開発部門に関しては、デザイン、新型車の開発等々、いくつかのポストが新たに生まれることになる。

「よく、たかが一票、されど一票といわれますけど、役員会の票の分母は小さいだけに、一票が持つ価値は極めて重く、されどどころの話ではありません」

　珍しく木下はまとも、かつ的を射た言葉を口にする。

「その小さな分母の中で、どうやって過半数を確保したのかな？」

　ライスが訊ねると、木下は上着の内ポケットから、一枚の紙を取り出した。

「これは？」

　腕を伸ばしながら受け取ったライスに、

「持ち株会社の役員ポストです」

　木下はこたえる。

「そんなの、何も決まっちゃいないが？　中国猛虎との間でも——」

「ですから、現時点では決まっていなくとも構わないのです」

「構わないって……。まさかタカ、空手形《からてがた》を切ったのか？」

そうとしか考えられない。

思わず声を張り上げてしまったライスだったが、

「空手形にはならないと思いますけど？」

意外にも、木下はケロリとした表情で返してきた。

「いやしかしねえ、この紙を見せて、ポストを約束したんじゃないのかね。賛成すれば、持ち株会社でも役員でいられると——」

「かもねっていっただけです」

「かもね？」

ライスは啞然《あぜん》としてラッセルと顔を見合わせた。

驚愕、そして啞然としたのは彼も同じであったらしく、ポカンと口を開けたまま、ただただ目を丸くするばかりだ。

「持ち株会社の設立が可決された場合、反対に回った役員は、間違いなく粛清されるが賛成すれば話は別だ。持ち株会社でも役員でいられる・か・も・ね、って……」

ライスは、またしてもラッセルと顔を見合わせた。

そして次の瞬間、大声で笑い出した。

その反応に気を良くしたものか、

「かもは可能性を示唆する言葉であって、確約するものではありません。それに、反対に回った者は持ち株会社が設立された後は、お役御免になるのは事実じゃありませんか」

「つまりタカは、恐怖心を煽《あお》って賛成票を入れさせたってわけだ」

「もう一つ、手は打ちましたけどね」

「もう一つ？」

「賛成票をより多く確保すれば、役員でいられる可能性は高くなるかもって……」

「ここでも、かもねか？」

「つまり論功行賞を匂わせたんです。効果は覿面《てきめん》でしたね。元々、賛成に回る可能性が高い役員に話を持ちかけましたし、彼らは誰が反ライス派なのかを熟知してますのでね。だからこの件を反対派に察知されることなく、賛成票を取り纏めることができたんです」

まさか、この男にこんな芸当ができるとは……。

想像だにしなかった木下の働きぶりに、すっかり感心したライスは、

「素晴らしい！　天才だよ君は！」

ここぞとばかりに褒め称えた。

「いや、そんな……」

恐縮して見せる木下だったが、すぐに心底嬉しそうに目元を緩ませ、「お褒めの言葉を頂戴して、恐悦至極《きょうえつしごく》でございます」

どうだとばかりに胸を張った。

「やはり、自分が率いる組織の中核メンバーを決めるとなると、知恵の使い方も違ってくるもんだね。私の目に狂いはなかったと改めて確信したよ」

ライスもまた顔いっぱいに笑みを湛えると、

「君もそう思うだろ？　ラルフ」

ラッセルに同意を求めた。

「全くです。見事というしかありませんね。これで中国猛虎との持ち株会社の設立は決したも同然です。もちろん、最大の立役者はタカ、あなたです！」

ラッセルは大袈裟な仕草で木下を指差しながら、最大限の賛辞を口にする。

自分が率いる組織が、何を意味するかに説明はいらない。

果たして木下は喜色満面、目にうっすらと涙さえ浮かべると、勢いよく立ち上がり、

「ベストを尽くすことをお誓いいたします！」

まるで歌舞伎役者のような大袈裟な所作で、深く上体を折った。

「よおおし、じゃあ、今夜は祝杯を挙げましょう！」

ラッセルが、すかさず場を盛り上げにかかる。「特別な夜です。思い切り豪勢にやりましょう！」

「いいね、じゃあウエイターを呼びたまえ。祝杯はドンペリ。それもピンクでやろう！」

ライスの一言を聞いた木下の驚くまいことか。

「ピ……ピンドンですか！」

うっとりするような眼差しになると、「私、そんな高いお酒は……」

うわ言のように呟く。

「何をいってるんだ。今後の働き次第では、ピンクどころか、ルイ・ロデレールだって君の裁量一つで飲めるようになるんだよ。とにかく、今日は豪華にやろうじゃないか！」

すっかり有頂天になった木下を見ながら、ライスは言葉に弾みをつけた。

2

時刻は午前十時ちょうど。

モニターの画面越しに、ピコとの会話を終わらせた上条がスマホを置いた。

「ラガーディアからの高速が混んでいて、オフィスへの到着が遅れているそうです。もう少し時間がかかるようですね」

ニューヨーク近郊には三つの大空港がある。

ラガーディアはその一つで、マンハッタンに近く、国内線がメインということもあって、ＪＦＫ同様世界トップクラスの利用者数を誇る。

ラッシュ時ともなると、離陸の順番を待つ航空機が誘導路に列をなすのは、日常的光景なら、上空もまた同じ。夕刻ともなると、日が落ちかけた空に、着陸態勢に入った航空機のランディングライトの輝きが、五つ、六つと一直線に並ぶ様が見てとれる。

空がそれほどの混雑ぶりなのだから、地上は推して知るべし。しかも、いずれの空港からも橋を渡らずしてマンハッタンには入れないのだから、道路は常に大渋滞だ。

かつてニューヨークで働いていた令と牛島には、その辺りの事情は先刻承知。ピコの到着遅れは織り込み済みだった。

「上条さんだけじゃなく、私たちにも同時に取材の途中経過を聞いて欲しいといい出したところからすると、彼女はかなり重大な事実を摑んだようね」

令の目前にいる牛島が、画面の中の上条に向かっていった。

「ピコの取材能力は頭抜けてますし、不正には容赦しませんからね。しかも今回は、先住民特権を悪用していると目されるケースです。先住民の血を引く彼女からすれば、本当にそんなことが行われているのなら、断じて許せるものではありません。それこそ死に物狂いで全容を解明しようとするでしょうね」

「でも、特権が与えられているからこそ、生計が成り立っている人たちだって先住民の中には少なからずいるわけでしょう？　そうした人たちから、恨まれたりするんじゃありません？」

令が思いついたままを口にすると、

「確かに、難しい問題ではあるんですよね……」

上条は複雑な顔になって、話を続けた。

「実際、カジノだって考えようによっては、麻薬と同じように依存性がありますからね。もっともこれは私見ですが、ギャンブルにのめり込む人の目的って、富裕層と貧困層では違うように思うんです。富裕層の場合は、スリルと興奮に魅せられる。貧困層の場合は、まさに一攫千金。つまり貧困から抜け出すことを夢見て、ギャンブルに走る……」

「それ、いえているかもしれないわね」

令は画面の中の上条に向かって頷いた。「不自由ない生活って刺激に乏しいものだし、勝てば、二倍、三倍はおろか、一勝負で何十倍にもなることだってあるんだから、貧困層はすがりたくもなるわよね」

「こういうと、じゃあラスベガスとかはどうなんだ。中間層だってギャンブルに興じているじゃないかって指摘されるんですけど、儲かりゃベター、負けもギャンブルの楽しみのうち。非日常的な空間に身を置くのが楽しくて、ギャンブルに興じている人が圧倒的に多いと思うんですよ」

「上条さんのいう通りだと私も思うわ」

牛島が相槌を打つ。「千円の重みも、収入によって大違いだものね。ただでさえ乏しい元手をスってしまったら、そりゃあ取り返そうと必死になるわよ。次の勝負に倍の金額を賭ければ、損を取り戻せると考えて、借金を重ねることになるっていうのが、ギャンブルで身を滅ぼす人間の方程式だもの」

「だからピコは、先住民特権のあり方に常々疑問を抱いていたんです。特権を与えるってことは、先住民の土地を侵略したことへの贖罪のように捉えられているが、そう考えるのは間違いだ。アメリカの社会で先住民が特別視されている。それすなわち、差別されていることの証なんだと……」

「分かるわ……。特権を与えないと先住民の暮らしが成り立たないっていうのは、アメリカ社会から疎外されているってことだものね」

「だから、ピコは特権を与えるよりも、先住民が他のアメリカ人同様、社会の中で自立した生活を送れるような仕組みを作るべきだし、国がそれを可能にする方策をもっと真剣に模索すべきだと考えているんです」

「でもさあ……。こんなことというと身も蓋《ふた》もないんだけど、差別って人間の本能の一つのようにも思うんだよね。実際、口にこそ出さないけど、出自、学歴、職業とか、みんなさまざまな尺度で人を秤《はかり》にかけるしねえ」

令の言葉に、上条は即座に反応する。

「それが現実だし、差別をなくすのは絶対に不可能なのは、彼女も十分承知してますよ。でも、彼女はこういうんです。易きに流れるのが人間だ。なまじ特権なんかを与えられると、そこに胡座をかく人間が必ず現れる、それが利権に繋がり、不正の温床となるんだとね」

「まさに、今回のケースがそれに当て嵌まるというわけね」

納得した牛島に向かって、上条は続ける。

「確かに、カジノに限らず特権が、先住民の雇用の受け皿になっている一面はあります。ただ、昔からの慣習で、何をやるにしても部族の長の許可が必要なんです。結果的に権力者、それに近しい人間が特権の恩恵を享受し、部族内に彼らを頂点としたヒエラルキーができている。そして下層にいくに従って、恩恵を享受する度合いは薄まるばかり。僅かの人間の特権でしかないものに意味があるのかと……」

それが人の世だ。理想論だと片付けてしまうのは簡単だ。

しかし間違いを世に知らしめ、議論を喚起することで些かでも世の中をあるべき姿に変えていく役割を担っているのがジャーナリズムだとすれば、ピコがジャーナリストとしての正しい資質を身につけているのは間違いないと、令は思った。

「遅れて申し訳ありません。いまオフィスに着きました」

画面にピコの姿が現れたのはその時だった。

ストレートの黒髪を後頭部で結《ゆわ》えたピコは、四十代半ばといったところか。浅黒い肌に彫りの深い顔立ちから、先住民の血を受け継いでいることが一目瞭然だが、女性の目からしても相当な美貌である。

「ミスター・ウシジマとミズ・ヒクマとははじめてお会いしますね。トレーシー・ピコといいます。トレーシーと呼んでください」

「OK、トレーシー。牛島です」

「ヒクマです。レイと呼んでください」

二人が相次いで、こたえると、

「OK、さっそくですが、これまで分かった調査の内容をお話ししたいと思います」

ピコは早々に本題に入ろうとする。

三人が同時に頷いたのを見て取ったピコは話しはじめた。

「まず最初にDakota Family Support Company、DFSCについてですが、この会社はカジノ、モーテル、土産物店と複数の店舗を経営していて、さらに当該地域の先住民のビジネスコンサルタント業務も行っています。ただ、オリエンタル株を購入したファンドは、同社内にあることになっていますが、ドアに会社名を記したプレートを貼り付けた小さな部屋があるだけで、常駐する従業員はゼロ。つまり、ダミーと見て間違いないでしょう」

すかさず、牛島が声を上げる。

「思った通りだわ。背後にいる何者かの意向を受けて、名義貸しをやったわけね」

「他の先住民が経営する会社も業務内容が多岐に亘るという点では同じなのですが、共通しているのは、カジノを経営していることです」

「カジノで上がった収益を、グループ内の投資ファンドが運用しているように見せかけているだけで、資金は背後にいる誰かが提供しているってわけね」

「そこを調べるのが、なかなか大変でしてね。かなり手の込んだやり方をしていましたので……」

ピコは、顔の前に人差し指を突き立てた。「客がカジノで儲けた場合、納税の際に申告義務が生じます。ただ、税金は精算の際にカジノ側が徴収することはなく、儲けた客が当該年の所得額に上乗せして、申告することになります。しかし、客が負けた場合はただの消費ですが、カジノにとっては利益になります。当然のことながらカジノ側に所得として申告する義務が生ずるわけです」

「でも、先住民が経営するカジノは、特権で連邦政府への納税義務が免除されるんでしょ？」

間髪を容れず反応した令に、

「確かに……」

ピコはそこでニヤリと笑うと、話を続けた。

「納税義務がなくとも、帳簿を作らない会社はありませんからね。まして、ダミーとして使われるのを承知の上で、一儲けしようって人間が経営している会社です。いかに、独立国家同然の扱いを受けているからといっても、犯罪行為が発覚すれば、特権の是非が問われることになるのは避けられません。疑念を持たれた時には説明がつくよう、お金の流れはある程度正確に記録しているのではないかと考えたのです」

「疑念を持たれた時に備えるなら第三者機関、つまり会計事務所、あるいはその分野の会計監査会社を使うでしょうね」

先回りした牛島に、ピコはいう。

「思った通り、ＤＦＳＣは、地元の会計事務所に監査を依頼していましてね。そこに創立以来四十年以上の帳簿が揃っていたんです」

「その会計事務所が帳簿を見せてくれたんですか？　捜査権もないジャーナリストに？」

そうとしか考えられないのだが、クライアントの許可なくして、第三者に帳簿を見せるはずがない。

「一体どうやって」と続けようとした令より早くピコはいう。

「ＤＦＳＣに帳簿の公開を同意させたんです」

「さすがはトレーシーだね。君に目をつけられたら、どんな取材対象もお手上げだからね。今回は何をやったんだ？」

上条がニヤリと笑いながら訊ねると、ピコはしたり顔でこたえた。

「さっきいったでしょ？　ＤＦＳＣは投資ファンドを持ってはいるけど実体はない。ドアに社名を書いたプレートを貼り付けている小さな部屋があるだけだって」

「そのことを会計事務所で追及したの？」

上条が噴き出さんばかりに相好を崩す。

「オリエンタルの株をこれだけ保有してるけど、ファンドの名前が書かれた部屋は確かにあったが実体はないようだ。株を購入した原資は、どうやって捻出したのか取材しにきたっていったの」

「でも、どうやって小さな部屋のドアに、プレートが掲げられているだけだなんて分かったの？　まさか不法侵入したわけじゃ――」

「そんなことするわけないじゃない」

ピコは、形のいい唇の間から白い歯を覗かせ、クスリと笑った。「ＤＦＳＣは先住民相手のコンサルタント業をやってるっていったでしょ？」

「なるほどねえ。さしずめこの地で何かビジネスをはじめたいとでもいって、社内に入ったってところかな」

上条がいうと、ピコはいとも簡単にこたえる。

「話の途中でトイレを借りた際に、廊下を歩いたの。平屋建ての社屋だからね。廊下の両側に、ドアがずらりと並んでいるだけなんだもの、見つけるのに苦労しなかったわ」

先住民族の血を引くピコならば、相手もまず疑いを持たないだろう。

ピコは続ける。

「それで、周辺のビジネス環境の話が一段落したところで、ファンドについて訊ねたわけよ。もし、この地でビジネスをやることになったら、資産運用を任せたい。どれほどの実績をあげているのか知りたいから、担当者に会わせてくれって」

「相手は何といったんだ？」

こたえは分かっているとばかりに、上条は含み笑いを浮かべる。

「慌てたなんてもんじゃないわ。血相を変えて部屋を出て行ったと思ったら、五分ほどして戻ってきて、担当者が不在で、今日は会えないっていうの」

ピコはついに噴き出すと、さらに続けた。

「おかしいと思わない？　ウィークデーの昼間に、ファンドの内容や実績を説明できる社員が不在だなんてあり得ないでしょう」

「その時点で、ＤＦＳＣがやっているファンドは実体がない。名義貸しをやっているってことがほぼ確実になったってわけだ」

「DFSCを訪問した目的はでまかせだけど、確証を得たからには、こっちが有利。会計事務所に乗り込んで、身分を明かした上で、その点をついたわけ。そうしたらDFSCの経営者がすっ飛んできてね。会計事務所の担当者同席の下、オリエンタル株を購入した経緯について説明してもらったの」

「で、連中は、なんといったの？」

牛島が先を促すと、

「どうしてオリエンタル株を購入したことを知ってるんだ、からはじまったんだけど、そんなの調べればすぐ分かることですからね。オリエンタル株に関心を持ってるアメリカ人は少ないけれど、日本は別だ。外国人が大きく買えば、否応《いやおう》なしに目立つってこたえたの」

「そうしたら？」

「こたえられるわけがないでしょう？　だって彼らは名義貸しをしているだけなんですもの。それで、じゃあ資金はどこから出ているんだって追及したわけ」

「それには、なんとこたえたの？」

「原資はカジノの収益だって」

ピコは肩を竦めると話を続けた。

「だったら、帳簿を見せてくれっていったのよ。小さなカジノで、これほど多額の利益が上がるものなのかってね」

「見せてくれたのね」

「ええ……。嬉々として……」

「儲けた客には税金の申告義務が生ずるけど、負ければお金をスっただけ。カジノ側が利益に計上するだけだものね。本当に大金をスった客がいたのか、大勝負があったのかなんて調べようがないし、先住民特権で税金は免除されるんだから、キャッシュを持ち込んで、大負けした客がいたように見せかけることができるってわけね」

「おっしゃる通り。そういわれたら、調べようがありませんのでね」

そうはいうものの、ピコは余裕綽々《しゃくしゃく》のようだ。

「でも、そこで引き下がるわけがないよなあ」

上条がいうと、

「もちろん」

ピコは頷く。「そこからは妙に協力的になって、そんな疑いを抱かれるのは心外だ。気が済むまで調べりゃいいといい出して、帳簿と売上台帳を開示することに同意したんです」

「ジャーナリストに疑いを持たれたからって、帳簿や売上台帳をすんなり開示するカジノなんかありゃしないわよ。却《かえ》って怪しいわ」

「ところが、カジノの利益が増えているのは、ライスの社長就任が決まる大分前からで、オリエンタルとは無関係。店が賑《にぎ》わったか、負けた客が多かったとしか思えないようにできているんです」

「なるほど、一度大金を持ち込んでしまえば、利益を分散して計上すれば、不自然には見えないってわけか……」

上条は唸《うな》るようにいい、「普通なら万事休すだけど、オリエンタル株の購入資金がカジノの利益じゃないって確信を持てた根拠は？」

と続けて問うた。

「過去に遡《さかのぼ》って帳簿と売上台帳を調べてみたのよ」

ピコは間髪を容れずこたえた。「そうしたら、ほぼ同じパターンで売上が伸びている期間があったの」

まさか、それって……。

そう聞くと、ピンと来るものがある。

「それ……、パシフィックの社長に鳴島が就任した辺りのことじゃありません？」

ライスの手口が、かつてパシフィックで鳴島が行ったのと酷似《こくじ》していることは、上条を通じてピコの耳に入っているはずである。

果たして、ピコは頷く。

「おっしゃる通りです。現時点では、誰がこの絵図を描いたのかまでは分かりませんが、ライスの背後にいる人間は、パシフィックで行ったことを再現しようとしていると見て間違いありませんね」

「やっぱり！」

令は鋭く、そして短くいい、牛島を見た。

鋭い眼差しで令の視線を捉えた牛島が、こくりと頷く。

背後にいる人間が誰であろうと、彼らの意図が把握できれば、こっちのものだ。

「トレーシー……」

令はモニターの中のピコに向かって話しかけた。「ライスの背後にいる人間の正体が突き止められなくとも、記事にすることはできる？」

「ＤＦＳＣ一社だけでは無理だけど、他のカジノでも同じ手口を使っていると分かれば記事にできるわ。もちろん、取材は続けるし、先住民の血を引く者の一人としてこのケースは絶対に許せるものではありませんからね。チームを作って全容の解明に動くつもりよ。だからニューヨークに戻ってきたの」

ピコは、断固とした口調でいい、令の目を正面から見据えてきた。

3

六本木は眠らぬ街だが週末の金曜日はさらに拍車がかかり、クラブに集う客たちの盛り上がりようは半端なものではない。

スーツ姿の若いビジネスパーソンの姿が一際目立つのも週末の特徴で、ウィークデーの間に溜まりに溜まったストレスを晴らすかのような弾けぶりとなる。

「コースケ！」

大音量の音楽が充満する店内で、背後から名を呼ばれて幸輔は振り返った。

彩花である。

「元気にしてたぁ」

どうやら彩花は上機嫌のようだ。

まだ酒は入っていないようだが、満面に笑みを浮かべながら幸輔のもとに歩み寄ってくる。

「元気にしてたもないっしょ。先週会ったばっかじゃないすか」

「遊び人には分かんないだろうけどさ、勤め人の一週間って、ほんと長いんだから。金曜はＴＧＩＦ

だけど、月曜はＴＧＩＧＭってやつよ」

　ＴＧＩＦとは『Thank God It's Friday』（神様ありがとう、今日は金曜日）のことで、週末を迎え仕事から解放されたことを喜ぶ言葉としてよく使われるのだが、アメリカ生活が長い幸輔にしてＴＧＩＧＭとは初めて聞く。

「なんすか、そのＴＧＩＧＭって？」

　幸輔が問い返すと、

「Thank God It's Goddamn Monday ってこと」

　彩花は白い歯の間からチロリと舌を出し、悪戯《いたずら》っぽく笑った。

「そんな言葉、ありましたっけ？」

「あるわけないじゃん。私が作ったんだから」

　いかにも帰国子女らしい造語だが、日本人には通用しても、外国人にはピンと来ないだろう。いつ『首』をいい渡されるか分からない欧米企業では、無事に月曜の朝を職場で迎えられたことを、神に感謝することはあっても、呪う（Goddamn）ことなどあろうはずがないからだが、こんな軽口を叩くことからして、よほどいいことがあったらしい。

「どうしたんすか？　なんか、今日はノリノリじゃないすか」

「別にぃ。週末はいつもこんなもんよ」

　そのいつもの金曜とは、ちょっと違うからいっているのだが、そういっている間にも、彩花は誰かを探すように店内に視線を走らせる。

　そこで幸輔は訊ねた。

「待ち合わせすか？」

「夕方、ピーターから誘いがあったの。九時には体が空くから、ここで飲まないかって」

ノバックを避けていた頃とは大違い。

彩花ははにかむような、それでいてどこか嬉しそうな笑みを浮かべる。

あっ、もしかして、こいつらデキちゃった……？

人の感情に変化はつきものだ。第一印象が最悪でも、何度か会ううちに恋仲になるケースはザラにある。まして、ノバックはエクスパッツ。世界的なコンサルタント会社の駐在員であり、同年代の日本人サラリーマンとは比べ物にならない厚遇を受けているのだから、彩花が心変わりしたとしても不思議ではない。

「なんかね、仕事が凄く上手く行ったみたいなの。それで、私にも祝宴に加わって欲しいっていってさ」

訊ねるまでもなく彩花はいい、「ピーター、VIPルーム予約してあるんでしょう？　部屋番教えてよ。先に行って待ってるから」

と問うてきた。

「いや、入ってませんけど？」

一週間の中でも、最も客数が多い週末の夜は、幸輔にとって情報収集の絶好の日である。だから、常にVIPルームの予約状況は事前に把握しているのだが、今日のリストにノバックはもちろん、それらしき名前はない。

「ったく、あの人肝心なところが抜けてるのよねえ。こんな人混みの中で祝宴も何もあったもんじゃないじゃん」

彩花は呆れたように、客でごった返すフロアに目をやった。

「秘書が予約し忘れたんじゃないすか？　ロッキンジーのエリートコンサルタントですもん、宴席の予約なんて自分じゃやんないっしょ」

エリートコンサルタントというフレーズが、彩花には嬉しかったらしい。

「まったく、しょうがない人ね……」

言葉とは裏腹に目元を緩ませ、今度は幸輔に視線を向けてきた。

媚びるような瞳の表情からして、彩花が何を期待しているかは明らかだ。

「いいっすよ。ＶＩＰルーム、ご用意しましょう」

「大丈夫なの？　週末は予約でいっぱいなんじゃないの？」

「祝宴の場に、この店を選んでくれたんですもん。ピーターの心意気に応えてやらなきゃ男が廃《すた》るってもんすよ。先に部屋に行っててください。ピーターが来たら、僕が案内しますんで」

幸輔は部屋番号を告げると、予約台帳に変更を入れるべく、レセプションに向かった。

それから十分もしないうちに、ノバックがやってきた。

彼は一人ではなかった。なんと、ラッセルと二人で現れたのだ。

となれば、祝宴が意味するところは明らかだ。

ライスと鄭の目論見に大きな進展があり、いよいよ実施に向けて動き出そうとしているのだ。

「ピーター！」

「コースケェ〜！」

幸輔の呼びかけに、両手を広げながら歩み寄ってきたノバックが、そのままの勢いで手を差し出してきた。

その手を握り返しながら、

「彩花ちゃんが、さっきからお待ちかねだぜ。案内するよ」

幸輔は促した。

いまここでＶＩＰルームを予約していなかったことを告げる必要はない。

幸輔がいわずとも、必ずや彩花が話すに違いないからだ。

ノバックの返事を待つことなく、幸輔は先に立って二階のＶＩＰルームに向かった。

そして幸輔がノブに手をかけようとした瞬間、ノバックが割り込み、ドアを引き開けた。

「アヤカサァ〜ン！」

「ピーター！」

ソファーから立ち上がった彩花が、ノバックの胸に飛び込み、二人は熱い抱擁《ほうよう》を交わす。

ああ……やっぱりねえ……。

背後に立つラッセルを振り返ると、彼は「しょうがねえなあ」とばかりに、両腕を広げ、肩を竦める。

「仕事が大詰めを迎えていて忙しくて……。アヤカサン、会いたかったですぅ」

「あたしもよ、ピーター」

まるで、このまま唇を重ね合い、ソファーにもつれ合って転がり込むのではないかと思えるほど、二人の世界に浸る光景を目の当たりにしたラッセルが、咳払いをし、次いで冷え冷えとした声でいった。

「ピーター、邪魔なら俺、失礼するけど？」

「ノー・ノー・ノー、今夜は君とアヤカ、僕の大切な二人と、最大の難関を無事乗り越えたことを祝いたいんだよ。そんなこといわずに入んなよ」

「特にピーターには、目出度《めでた》い日には違いないよな。これだけ大きな案件を纏め上げる目処がついたんだ。前途も開けただろうし、少なくとも今期、来期のボーナスは、大いに期待できるだろうからな」

　ラッセルの言葉に反応したのは彩花だった。

「前途が開けた？　ボーナスが期待できる？」

「大型案件は、実績がなければ任せられないからね。今後、ピーターは、ロッキンジーの重要顧客の案件を担当するようになるだろうし、そこでまた成功を収めれば、ポジションも上がれば、報酬もさらに上がっていくだろうからね、本社に凱旋《がいせん》帰国する日も、そう遠くないかもな」

　ラッセルの言葉を聞きながら、夢見るような表情になって、瞳を輝かせる彩花だったが、

「でもね、ピーター……。気を抜いちゃ駄目よ」

　唇の端に笑みを浮かべながら、少しばかり厳しい口調でいう。

「気を抜いたりなんかしてないさ。ビジネスで最も重要なのはクロージングだからね。オリエンタルと中国猛虎の合弁契約が正式に締結されるまでは――」

　ビンゴ！

　幸輔は胸の中で快哉を叫んだ。

思った通り、ラッセルが語った『大きな案件』とは、ライスと鄭が進めている合弁事業のことで、今日は合意を決定づける何かがあったのだ。

「ピーター……」

ノバックの発言を遮り、ラッセルが低い声で一喝した。そして、さらに何かをいいかけたのだったが、

「本当に大丈夫なのかなあ……」

それより早く彩花が口を開いた。「お祝いの席にあたしを呼んでくれたのは嬉しいんだけどさ、あんた部屋を予約していなかったでしょ」

「えっ……？　そうだっけ？」

「そうだっけじゃないわよ。だって、コースケが調べてくれたら予約なんて入ってなかったわよ。あんたねえ、週末にこの店のＶＩＰルームを押さえるのが、どんだけ大変か分かってんの？　コースケがいなかったら、あの大混雑の中で祝杯をあげることになっていたのよ」

彩花は眼下に広がる、一階のフロアに目をやった。

「ご……ごめんなさい……。ロッキンジーに入社して以来、はじめて担当した大型案件の成約に目処がついたもんで、すっかり舞い上がっちゃって……」

「彩花さん、いいじゃないですか。とにかく、お三方には、お目出度い日なんだし、部屋もなんとかなったんですから、野暮はいいっこなしですよ」

幸輔が助け舟を出してやると、すっかり恐縮した態でノバックはいう。

「ホント、助かったよ。コースケには、お礼をしないといけないね」

「そんなお礼だなんて、彩花ちゃんとは、長い付き合いですから、これしきのこと……」

「いや、そうはいかないよ。アヤカサンがいう通りだよ。コースケがいなかったら、せっかくの夜が台無しになってたところなんだからさ」

「だったら、美味いテキーラをご馳走してくれませんか？　高くて、まだ飲んだことのないやつがあるんです。ドン・フリオ・レアルってやつなんですけど……」

「今夜は、カネに糸目はつけない。飲みたい酒を持ってこいよ。ショットじゃないよ。ボトルでね。一緒に飲もう！」

「ボトルって……店だと二十万円からしますけど？　いくらなんでも——」

「いったろ、今夜は特別な夜だって。その程度なら全く問題ないね。次のボーナスを思えば屁《へ》のようなもんさ」

ドン・フリオ・レアルは市販価格で六万円から七万円。店で飲めば三倍程度の値段になるのだが、どうやら今夜のノバックは、ちょっとした躁《そう》状態にあるようだ。

知らねえぞ、後で泣いても……。

そんな内心の思いをおくびにも出さず、

「そしたら、すぐに用意しますね」

幸輔は即座に階下に走ると、化粧箱に入ったドン・フリオ・レアルと、テキーラ用のショットグラスをトレイに載せ、ＶＩＰルームに取って返した。

円筒形のショットグラスがテキーラで満たされたところで、

「じゃあ、大仕事の成功を祝って、かんぱ〜い！」

ラッセルの音頭で、四人はグラスを高く掲げた。

喉越《のど》しは驚くほど滑らかだが、そこはやはりテキーラだ。次の瞬間、喉に熱が走り、竜舌蘭《りゅうぜつらん》特有の香りが鼻腔《びこう》に抜けたかと思うや、胃の中がカッと燃え上がる。

美味い……。だけどこれ、ヤバいかも……。

上質であろうがなかろうが、酔いの深さはアルコールの度数と量に比例する。

そして酔いは警戒感を削《そ》ぎ、人を饒舌にする。つまり時に酒は、自白剤的効果を発揮するのだ。

絶好の情報収集のチャンス到来だ。

残念だが、今夜は酔うわけにはいかない。太鼓持ちに徹して、オリエンタル社内で中国猛虎との合弁事業にどんな進展があったのか、何としてでも聞き出さなければならない。

「いやあ、美味いっすね。やっぱ極上は違いますねえ」

最初の一杯を、一気に飲み干した幸輔は、感嘆の声を上げてみせると、「他人様のものでも勝利の美酒って、やっぱ一味も二味も違いますよねえ。ささ、どんどんやりましょう！」

ボトルを手にし、空になった三人のグラスにテキーラをなみなみと注いだ。

4

令のスマホが鳴ったのは、週末の夜も日付が変わろうかという時刻のことだった。

「姉さん、大ネタ！　ビッグニュースです！」

幸輔は開口一番、興奮した声で告げてきたのだったが、どうも呂律が怪しい。

それでも、報告の内容は十分理解できたし、確かに飛び切りの大ネタである。

そこで、急遽土曜日の早朝、牛島を交えて改めてビデオ会議をすることになった。

モニター画面に現れた幸輔が報告を終えたところで、牛島が口を開いた。

「なるほどねえ。役員会の過半数を合弁会社設立賛成派で固めることに成功したってわけね。製造車種をEV一本に絞れば、不要になる事業部の方が多いんだもの、反対する役員の方が多いに決まってるものね。役員会を乗り切れるかどうかが最大の難所だったんだから、そりゃあ祝杯をあげたくもなるわよ」

「でもさあ、なんか、サラリーマンの悲哀を感じるよねえ……」

令はいった。「ライスと鄭の狙いは別として、オリエンタルが生き残るためには、製造車種のEV一本化は間違っちゃいないんだよ。それでも、我が身可愛さで、地位にしがみつこうだなんて、みっともないとは思わないのかしら」

「一期でも、二期でも、役員でいられれば、生涯年収が違ってくるんだもの、そりゃあ必死になるのも無理ないわよ。役員って肩書きだって、会社に居られればこその話で、辞めちゃったらただの人になっちゃうんだもの。政治家でも知れたこと、地位に対する執着は、一度手にした人間ほど強いってのが世の常ってもんじゃない」

「たかが数年、されど数年ってやつかぁ……」

令は、そこではたと気がつき、幸輔に問うた。「でもさ、EV化で消滅しちゃう事業部は見当がつくわけだし、新設される事業部があるにせよ、全員が横滑りできるだけのポストがあるわけじゃないんでしょ？　あぶれちゃったら、それまでなのに、それでよく過半数の賛成が確保できたわね」

「それがですね、昨日の役員会で決まったのは、合弁会社設立の賛否と、設立後の新組織なんです」

幸輔は、待ってましたとばかりに説明をはじめる。「ラッセルがいうには、根回しをしたのは、EV担当役員の木下って男だそうなんですけど、反対すれば合弁会社発足と同時に解任、賛成に回れば役員ポストが与えられるかもっていって回ったそうでして」

「かも？　かもじゃ約束にならないじゃん。そんな曖昧な言葉に乗った役員が半分以上もいたってわけ？」

信じられない思いを、そのままぶつけた令に、

「それこそ、姉さんがいった、サラリーマンの悲哀ってやつじゃないすかね」

幸輔はしたり顔でいう。「よくよく聞いてみると、やり口が実に巧妙なんすよね。昨日の役員会に提出したのは、新組織の概要のみ。誰が担当役員になるかは、後日発表ってことなんだそうでして……」

「なるほどねえ。踏み絵を踏ませたわけかぁ。合弁会社の設立に反対すれば、その時点で役員留任の芽は潰《つい》える。賛成すれば、まだチャンスはあるってわけね」

悪魔的手法だが、それでも疑問はすぐに思いつく。「でもさあ、かもといわれて賛成したけど、蓋を開けてみたら選に漏れてたら、さすがに——」

「それが、ちゃんと餌が用意してあるんですよ」

「餌？」

「合弁契約が整ったら、武蔵野工場の閉鎖がいよいよ本格的に動き出します。跡地の売却先は、もちろん中国猛虎。彼らの狙いはニュータウンの建設ですから、それにあたって中国猛虎は日本法人を設

立することになるんですが――」

「そこに役員ポストを用意するってわけ？」

話を先回りした令に、

「ええ……」

幸輔は頷く。

「まさか、それもかもじゃないでしょうね」

「さすが姉さん、察しがいいっす」

苦笑する幸輔だったが、すぐに真顔になると話を続けた。

「でもね、同じかもでも、こっちは期待させるだけのかものようですね。だって、日本法人の設立は跡地の売却が済んだ後のことになりますからね。合弁会社の役員は、中国猛虎が決めることですから、役員人事はとっくの昔に決まっているわけです。それこそかもっていっただけだっていわれたら、泣き寝入りするしかありませんからね」

あまりにも無情、かつ悪辣極まりない手口だが、パシフィックで彼らが行ったことを思えば、十分にあり得る話ではある。

「それ、コースケを前にして、二人がいったの？」

さすがの牛島も腹に据えかねるものを覚えたのだろう。

押し殺した声で訊ねた。

「ピーターは愛しの彩花ちゃんを前にして、将来有望ってところを見せたかったんじゃないすか。さすがにラッセルは、喋り過ぎだって何度か注意してたんですが、テキーラが一本空いた頃になると、役員連中をまんまと嵌めたことが愉快で堪らなかったんでしょうね。そらもう笑い転げながら、話が止まらなくなりましてね」

「テキーラ一本も空いた頃って……、いったいどんだけ飲んだの？　あんたも大分呂律が怪しかったけど？」

「僕は、自重《じちょう》したんすけどねえ。それでも最終的には、二本空きましたね。それも、ほとんどピーターとラッセルの二人で……」

幸輔は愉快そうに笑う。「今頃、あの二人、文字通り泥みたいになってるんじゃないすかね。少なくとも今日は、使いものにならないと思いますよ」

「まさか幸輔がオリエンタルの動きに、目を光らせているとは思いもしないだろうからね。彩花ちゃんだっけ？　その娘はピーターの彼女だっていうし、そもそもコースケは……」

令はそこで言葉を区切り、モニターの中の幸輔に目をやった。

「俺、ノー天気な遊び人だと思われてますんで。しかも学生だし」

幸輔は令が呑み込んだ言葉を自ら発し、悪戯っぽく瞳をクリッと動かし、ニヤリと笑う。

「合弁会社の設立と新役員が決まれば、次は株主総会。もちろん、例のファンドは全面的に支持するだろうし、他の株主にとってもEV市場への進出に出遅れたオリエンタルの起死回生の一発になると、間違いなく歓迎するでしょうからね。全ては、ライスの裏で糸を引いている連中の筋書き通りにことが運ぶってわけか」

「さて、そうなると鍵を握るのは、ピコの動きね……」

牛島は、そういいながら、デスクの隅に目をやると、「そろそろ連絡が来てもいい時刻なんだけど……」

　ポツリといった。

「連絡が来てもいい時刻って？」

「昨夜遅くに上条さんから、連絡があったの。例のファンドの件で、ピコが報告したいことがあるって」

「え〜っ。なんでそれ早くいわないの？　めっちゃ大切なことじゃん」

　非難の声を上げた令に、

「だって、幸輔が報告したいことがあるっていうから、この場を設けたわけじゃない。ピコは時刻を指定してきただけで、上条さんも彼女の話の内容は、一切知らされてはいないっていうからさ。材料がないんじゃいいようがないじゃない」

「おはようございます」

　上条の顔がモニターに浮かび上がったのは、その時だった。

　令と牛島に加えて、幸輔の姿を目にした上条は、『ん？』というように、一瞬動きを止めた。

「そういえば上条さん、コースケははじめてだったわね」

　牛島がいうと、

「はじめまして、玉木幸輔といいます」

　幸輔は自ら名乗った。

「玉木さんのことは、牛島さんからお聞きしていました。物凄く貴重、かつディープな情報を集めてくる、優秀な若者がいるんだって。玉木さん、クラブで働いているそうですね」

「働いているわけじゃなくて、勝手に居着いているだけです。本業は学生なんですけど、姉さん……あっ、これ令さんのことなんですけど、クラブで仲良くしてもらっているうちに、すっかり懐いちゃって、気がついたらこんな仕事をするようになってまして……」

幸輔が照れた様子で、後頭部に手をやる。

「この子、昨夜も面白い情報を摑んできたの」

続けて牛島が、オリエンタルの役員会で、ライスが合弁会社設立賛成派の過半数の確保に目処をつけたことを説明するうちに、上条の顔に緊張感が漲《みなぎ》った。

「ということは、いよいよ仕上げに向けて動き出しますね。やつらの狙いがパシフィックの再現にあるのなら、株価を上げるだけ上げて、売り抜けた時点でオリエンタルは用済みです。思ったよりも、短期決戦になるかもしれませんね」

「生贄の準備も整ったことだしね」

パシフィックで生贄にされたのが自分の父親だと思うと、猛烈な怒りが込み上げてきて、令の声は震えてしまう。「間違いなく、今回の生贄は木下ね。過半数の賛成派の確保に奔走したみたいだけど、梯子《はしご》を外されて悲惨なことになるわよ」

「上条さん、ピコから取材の途中経過の報告はあったの？」

牛島の問いかけに、

「いいえ。何も」

上条は首を振ると、すぐに続けた。

「ピコに関していえば、それも悪い兆しじゃないんです。真実は完全な裏付けが取れるまで確定しない。よって、取材の途中経過は何の意味も持たないってのがピコの持論なんです」

「ってことは、何らかの結果が出たってことね」

「そういうことだと思いますよ」

ピコの姿がモニターに現れたのはその時だった。

「グッド・モーニング……で良かったのかしら。東京は朝ですよね」

開口一番、ピコは明るい声でいった。

「グッド・イブニング、トレーシー。待ってたわよ」

牛島がこたえた。

「遅くなって申し訳ありません。取材チームのビデオ会議が長引いてしまいまして」

「じゃあ、結果が出たのね」

「ええ……。その報告のために、上条さんを通じてこの場を設けることにしたのです」

「聞かせてちょうだい」

牛島の求めに応じて、ピコは早々に報告をはじめた。

「まず、結論から申し上げます。オリエンタル株を大量に保有しているファンドは、いずれもDFSC内のファンド同様、ダミーとみて間違いありません」

「その根拠は？」

「DFSCが運営するカジノの過去の売上推移に、同じような動きを示している時期があると前に申し上げましたよね」

「パシフィックの株が買われていた頃のことね」

令がいうと、ピコは頷き話を続けた。

「もし、これらのファンドが何者かのダミーとして使われているのなら、DFSCと同じ時期にパシフィック株を大量に購入したに違いないと考えたのです。そうしたら――」

「ぴたりと一致したと？」

「ええ……」

令の言葉をピコは肯定する。

「なるほど、それだけでも十分怪しいけど、言い訳はいくらでもつくんじゃない？ 先住民が運営しているファンドなんて、そうたくさんありませんからね。日頃から情報交換を活発に行っていて、高いリターンが見込めると判断した株を購入したまでだといわれたらそれまでじゃない？ それならインサイダー取引ってことにもならないわけだし……」

「実は、DFSC以外のファンドを調査するにあたっては、直接取材を極力避けたんです。というか、取材に訪ねはしましたけど、本当の日的を明かさなかったのです。まずは内部に立ち入り、ファンドの実体を探ることからはじめたんですが、社屋はDFSCと似たり寄ったり。内部の様相もまた同じでしてね、ファンドの名前を記したプレートが掲げられてはいても、それらしき活動をしている様子は全く窺えないという点も共通しておりまして……」

「それでも、根拠としては脆弱よね。資金さえ豊富にあれば、個人でだって大きな投資はできるわけだし……」

「確かにウシジマサンのおっしゃる通りです。でもね、ダコタのような、アメリカの中でも田舎中の田舎に本拠を置くファンドが、よりによって日本の、それもパシフィックや、オリエンタルの株に着目する。しかも、生き馬の目を抜くニューヨークに本拠を置いて、情報の洪水の中から、ハイリターンが見込める株を血眼《ちまなこ》になって探し求めている大手ファンドを出し抜いて、ピンポイントで狙い撃ちして莫大な利益を得ているなんて、どう考えても不自然に過ぎます」

「なるほど、そこはトレーシーのいう通りだわね」

今度は牛島が頷く番だった。「しかも、外部からやってきた外国人社長の目的は、会社の立て直しにあらず。資産を売却し、リストラやって、会社が健全化したように見せかけて、株価が上がったところでさようなら。端からそれが目的だとしか思えないわよね。事前に筋書きを知っていなければ、パシフィックやオリエンタルの株なんか買うわけないものね」

ピコ、牛島双方の見解に、異存はない。

そこで令は問うた。

「で、トレーシー……。彼らの背後にいるのは誰なのか、正体は摑めたの？」

「それが……」

ピコは視線を落とし、言葉を濁した。

改めて訊くまでもないのだが、それでも令は問うた。

「分からなかったの？」

「カジノの利益が原資、それも帳簿上は客がスったお金ですからね。一度に大量の現金を持ち込んだとしても、分散して利益に計上すればそれほど目立たない。実際、私がＤＦＳＣの帳簿を調べた時に、パシフィック、オリエンタル株が購入される前に、利益が膨らんだ期間が続いていることに気がついたのは、不正行為が行われているのではないかという疑念を抱いていたからで、そうじゃなければ見過ごしていたでしょうからね」

「現金で持ち込まれたら、出所を突き止めるのは難しいわね。ましてカジノが絡んでいるとなれば尚更だわ」

牛島もお手上げとばかりに、溜息を漏らす。

「じゃあどうするの？　背後にいるのが誰か分からないからって降参するわけ？」

二人の見解が弱気に過ぎるように思えて、令は詰問するかのように厳しい口調で迫った。

「まさか」

ピコは一笑《いっしょう》に付すと、すぐに真顔になって続けた。

「背後で糸を引いているのが誰であろうと、先住民特権の悪用は断じて許すことはできません。いずれのファンドもパシフィック、オリエンタルの株を大量に購入しているという事実から想像するだけでも、経営状態が改善に向かったと見せかけて、株価を吊り上げようとしたとしか考えられません。状況証拠に過ぎませんが、心証としては限りなく黒です」

「疑惑として報じるには十分ってわけね」

牛島の言葉にピコは頷く。

「黒幕は、間違いなく鳴島をパシフィックに、ライスをオリエンタルに送り込んだ同一人物、あるいは組織です。そこを徹底的に調べれば、黒幕の正体を暴くことはできるかもしれません。本来ならば、それを突き止めた上で記事にするところなのですが、問題は時間です」

「時間？」

思わず反応した令にピコはいう。

「役員会で合弁会社の設立が承認されれば、ライスはオリエンタル社製のEVの中国での全面生産、武蔵野工場の閉鎖、跡地の中国猛虎への売却を矢継ぎ早に公表するでしょう。そして、株価が高騰し、天井を打つかどうかのタイミングで、黒幕はオリエンタル株を売却し、莫大な利益を手にする。その時点で、彼らの狙いは達成されてしまうのです」

「残るは、金目の資産の大半を失ってしまったオリエンタルと、売り時を見誤って取り残された一般投資家ってことになるわけね」

牛島の言葉に、

「だからこそ、彼らの目論見を達成させてはならないのです」

ピコは決意の籠もった声で断じると、勢いのまま続ける。

「彼らの目的を未然に防げたとしても、オリエンタルが生き残れるかどうかは分かりません。でも、たとえ疑惑であっても、彼らの狙いが公になり、先住民特権を悪用しているとなればSEC（米国証券取引委員会）も放置しておくはずがありません。彼らが捜査をはじめれば、黒幕の存在が明らかになるだけでなく、多額の罰金と実刑が科されることになるでしょう」

「それだけじゃ、物足りないわよねえ」

ピコには、まだ考えがあるはずだとばかりに牛島はいう。

「もちろんです」

果たしてピコは、大きく頷く。「彼らには甚大、かつ決定的なダメージを与えなければなりません。二度と悪事に手を染めることはできない。再起不能、路頭に迷うところまで追い詰めて、地獄を見せてやらなければなりません」

社長にせよ役員にせよ、誰をその地位に就けるかは株主の意向次第だ。経営手法にしても、意図的に会社に損害を与えれば背任行為だが、役員会で承認を得たとなれば立証は難しい。しかも一時的、かつ数字の上とはいえ、経営状況が改善されたとなればなおさらのことだ。

しかし、金の流れは別である。

先住民が経営するファンドがパシフィック、オリエンタル両社の株を購入した原資がどこからきたのか。どうやって持ち込まれたのか。さらに、パシフィック株を高値で売却した際には、莫大な利益を得ただろうから、当然納税義務が生ずる。

先住民特権に目をつけたのは、その納税を避けるのが目的なのは間違いなく、立派な脱税、証券取引法違反に問われることになる。

「脱税、証券取引法違反はアメリカじゃ重罪だからねえ。それに先住民特権を悪用したとなれば、さらに重い刑が科されるだろうから、二十年程度で済めば御《おん》の字《じ》かもよ」

「その上、相当な金の亡者なのは間違いありませんからね。この手の人間にとって、我慢ならないのはカネを失うこと、それもまんまと嵌められたと知れば怒り、悔しさも倍増どころじゃありませんからね」

と令の言葉を継いでピコが言った。

「儲けるつもりが、大損させてやろうってわけね」

「まあ、これが化かし、化かされのマネーゲームの世界なら、取り返しに出るところだけど、そこにSECが出てきたら、それこそ万事休す。財産を失う恐怖、屈辱を散々味わってもらったところで、今度は刑務所暮らしを味わってもらう。それくらいのことをしてやってもいいと思いますけど？」

ピコは、口元に不敵な笑みを宿す。

彼女の提案に異存はない。

鳴島はもちろん、彼の背後で糸を引く黒幕は、父親を重度の鬱状態に追い込んだ、仇《かたき》である。父の恨み、そして母親と令の積年の恨みを晴らすためにも、やつらには二重、三重の地獄を味わってもらわなければならない。

「OKトレーシー。あなたの考えに百パーセント同意するわ」

牛島は、そういうと令に視線を向けてきた。

「あたしも……。とことん地獄を味わってもらいましょう」

令は、口の端が歪む感覚を覚えながら、モニターの中のピコに向かっていった。

5

「令、いよいよ臨時株主総会が開催されるそうよ」

牛島が令の執務室のドアを開けるなり、興奮した声でいった。「開催日は三週間後、勝負に出るわよ」

令が反応するまでもなく、牛島は踵《きびす》を返してフロアの中央に向かって歩き出す。

肩をいからせ、大股で歩いて行く牛島の後ろ姿からは、全身に漲るエネルギーがオーラとなって立ち昇っているかのようだ。

オネエ言葉で喋るのを常としているせいもあって、日頃の牛島は、柔和な人物であるかのような印象を抱かせるのだが、ここ一番の勝負どころとなると、凄まじいばかりの闘争本能を剝《む》き出しにする。

フロアの中央に立った牛島は、そこで仁王立ちになると、

「お待たせぇ！　久しぶりに買いまくるわよ！　オリエンタル株をじわじわ買い増しして、三週間後には今日の寄りつき価格の十五パーセントまで上げるの。どこかの時点で同業他社も、うちが動いていることに気がついて、探りを入れて来るかもしれないけれど、買いに回っていることは認めていいわ。ただ、理由は絶対話しちゃ駄目よ」

世界最大の金融都市ニューヨークの大手投資銀行グラハム・バルキスでシニアパートナーにまで上り詰めただけあって、優良投資先をいち早く見抜く牛島の眼力は誰もが認めるところで、同業他社も彼の動きは常に注視している。

しかも普段は無難な運用をしていながら、突然業績が停滞、あるいは悪化して、同業他社が全く関心を示さないでいる銘柄を大量に買いに回り、そのことごとくで巨額の利益を出すのだから、一時たりとも目を離すことはできない。

もっとも、注視しているのは同業他社ばかりではない。これといった好材料がないうちに安値で仕込んだ株が高騰すれば、証券取引等監視委員会の目を引かぬわけがない。

実際、インサイダー取引を疑われ、同会の調査を受けたことは何度もあるのだが、そもそも、投資ビジネスは情報収集力と分析力が勝敗を決する世界だ。まして二人に話せば、乗算的に知る者が増えていくのが秘密である。

だから、どこからともなく漏れ伝わってくる確度の高い情報を、いかにいち早く手に入れるかに、投資機関が血眼になっているのは紛れもない事実というもので、高収益を上げた投資には、常にイン

サイダー取引が疑われる可能性はある。

厳密にいえば幸輔が夜の巷で仕入れた情報も、インサイダー取引と見做される可能性もなきにしもあらず。極めてグレーといえるのだが、夜な夜なクラブに出入りしている学生崩れの遊び人が、まさか情報収集役を担っているとは夢にも思わないらしく、これまでのところ幸輔の存在が発覚したことはない。

だから牛島が突然大量に買いに回れば、理由は分からずとも、とにかく後に続けとばかりに他社もその株を買いに走るのだ。

スタッフを前に戦闘開始の宣言を終え、意気揚々と戻ってきた牛島に、

「真吉さぁ〜ん、わざわざ念を押さなくたって、他社から問い合わせなんかくるわけないじゃん。探り入れてきたって、誰も理由を話すわけないんだし、真吉さんが買いに回ったからには何かあるって、追っかけるだけなんだしさ」

令は、薄ら笑いを浮かべながらいった。

「そんなの、みんな百も承知してるわよ、まあ、儀式みたいなもんね。だってさ、買い進んで高値で利確、空売りしてまた大儲けって、久しぶりの大仕事じゃない。進軍ラッパは、威勢よく吹き鳴らすに限るじゃない」

「真吉さんが動き出せば、他社も後に続く。投資のプロを提灯持ちにするのは痛快だけどさ、大手が動き出したら、三週間で十五パーセントどころじゃ済まないかもよ」

「それならそれで構わないじゃない。合弁会社の設立が公表されたら、上昇基調にあった株価は爆上げ間違いなし。さらに、中国でのＥＶ製造一本化、武蔵野工場閉鎖に伴う跡地売却と、ビッグニュー

スが続くのよ。さすがにライスは当事者だから自社株を買うことはできないけれど、黒幕はどうかしらね。十分に株は仕込んだし、合弁会社の設立が公表された時点で売り抜ければ大儲けだけど、人の欲は尽きないものだからねえ」

牛島は、瞳をぎらつかせながら唇の端を歪める。

「だよねえ……。スケベ心が頭をもたげてくれれば、さらに買い増し。それも値上がり確実となれば、思い切りレバレッジをかけて勝負に出ても不思議じゃないよね」

「そっからは、トレーシーとあんたの出番」

牛島は令の視線をしっかと捉えると、冷徹な声でいった。「でもタイミングを間違えないでね。今回は、下手をすればインサイダー取引の疑いを持たれかねないんだからさ。いかに悪党を地獄に突き落とすためとはいえ、やつらの悪だくみに乗じて、私たちが大金を手にすることには違いないんだから」

プランは既に令の中にある。

あとは実行の時を待つだけだ。

「分かってる……」

令もまた、牛島の視線を捉えながら、任せておけとばかりに頷いた。

6

新役員人事と中国猛虎との合弁会社設立を議題とする臨時株主総会の開催が公表されるや、牛島はオリエンタル株を猛烈な勢いで買い進めた。

もちろん株価は上昇に転じたのだったが、上がり幅は思ったほど大きくない。

牛島が買いはじめた銘柄には何かある。取り敢えずは買いだ！　と、大抵は後に続く機関投資家の反応もいま一つなのだ。

もっとも、相場は生き物だ。そして様々な思惑や疑念が複雑に絡み合う場でもある。

自動車メーカーと中国の不動産デベロッパーという異業種が合弁会社を設立して、どんなメリットがあるのか。果たして上手く行くのか。

中国のＥＶ市場を狙ってのことと察しはつくにしても、合弁会社設立後の戦略が公表されていない今の時点で、買いに走るのは危険に過ぎると判断したのかもしれない。

それに、機関投資家については、過去にウシジマ・ヒクマに何度か痛い目に遭わされたこともあるだろう。

株の世界では、牡牛が角を下から上に突き上げる仕草から、強気の相場を『ブル』、逆に弱気の相場を熊が前足を振り下ろす仕草、あるいは背中を丸めている姿から『ベア』と称する。

二人の名字に、それぞれ『牛』と『熊』の文字が入っているのは偶然以外の何物でもないのだが、牛島は買いを、令は空売りを得意とする。

始末が悪いのは、二人の動きが連動するのはむしろ稀であることだ。

牛島が買いに走っていたと思いきや、上昇基調にあるうちに、ちゃっかり売り抜けた途端、令が空売りをかけるのだ。

それが証拠に、合弁会社設立の背景にきな臭いものを感じてか、はたまたウシジマ・ヒクマを警戒してか、君子危うきに近寄らずとばかりに、国内機関投資の中には、買いに回るどころか保有株を売却する動きもあった。しかも大量にである。

にもかかわらず株価が上昇しているのは、売却を上回る買いが入っているからだ。事実、今日の出来高は、ライスがオリエンタルの社長に就任するニュースが流れた際を上回る大商いとなったのだった。

「食いつきはイマイチってところね。思ったほど提灯がつかないのは、合弁会社を設立する本当の狙いが読めなくて、買いか、売りか、判断がつかないでいるのかもね」

買いに入った初日の市場が終了した直後、部屋を訪ねた令が声をかけると、

「まあ、そんなところなんじゃない。ライスがCEOに就任した直後から株価は上昇に転じはしたけど、どんな再建策を打ち出すのかって期待してたら、不動産デベロッパーとの合弁会社の設立だもの。しかも中国猛虎だって、雲行きが怪しいんだし、爆弾抱えた者同士がタッグ組んで何かあったら共倒れじゃない。それに、迂闊に後に続くとクマさんが出てくるんじゃないかって、疑心暗鬼になっているだろうし?」

牛島は市場の反応を気にする様子も見せず、のんびりした口調でいう。

「真吉さんも悪《ワル》よねえ。買うべきか様子を見るべきか、迷いに迷っているところに、株主総会で武蔵野工場の閉鎖、跡地売却が公表されたら、合弁相手がなぜ猛虎だったのかを察するに決まってるもんね。さすがは牛島、後に続けと機関投資家は慌てて買いに走るだろうし、一般投資家も後に続くのは間違いないからねえ」

「まさかカワイイ熊さんが、舌舐《したな》めずりをして待ち構えているとは思いもよらずにね」

今日の値動きは想定内だったとしても、この牛島の上機嫌ぶりには何かあるはずだ。

そう睨んだ令は、カマをかけてみた。

「真吉さん、なんか様子が変……。妙にテンション上がっているように感じるんだけど、あたしの気のせいかしら」

「やあねえ。分かっちゃった？」

「そりゃあ、分かるわよ。何年一緒にやってると思ってんのよ」

「令とは絶対ポーカーできないわね」

牛島はククッと小さく笑い、「あんた、オリエンタル株の今日の出来高見たでしょ？」

と訊ねてきた。

「大量に売りが出たけど、片端から拾われて、久しぶりの大商いだったよね」

「買っているのは外国勢……」

「ひょっとして、例の先住民ファンド？」

「誰かはいま調査中で特定できていないけどね」

「それって、やつら以外に考えられないじゃん」

「たぶんそうに違いないとは思うんだけど、いきなりドカンと買わずに慎重に買い増しを続けているのよ。武蔵野工場閉鎖、ニュータウンの建設計画が公表されれば爆上げ間違いなしと踏んで、売却株を拾いまくっているんでしょうね」

「ひょっとして、中国猛虎株も買いに回ってるんじゃ……」

はたと気がついて令は問うと、牛島はその通りとばかりに顔の前に人差し指を突き立てる。

「猛虎株はずっと低迷していたんだけど、このところ買いが増えていたの。もっとも値が少し上がると、すぐ売りが出て、値動きは目立たなかったんだけど、今日の上海市場は寄り付きから買いが殺到して、早々にストップ高。上手く行く、行かないは別として、合弁会社の設立は好材料。こんなニュースが流れれば、博打好きの中国人が買いに走るのは目に見えてるからね。上海でも、やつらが安いうちに猛虎株の仕込みに入っていたんでしょうね」

「ってことは、ニュータウン構想が公表されたところで空売りかければ、うちも労せずして――」

胸がときめくのを覚えながら、声を上ずらせてしまった令だったが、

「それはダメ。欲をかくと、頑丈な熊さんのお爪も抜けちゃうかもよ。いや、その程度で済めば御の字。撃ち殺されちゃうかもしれないんだから」

牛島はピシャリといい放つと、その理由を話しはじめた。

「当局がその気になれば、どんなことでもやれるし、やってしまう国だからね。外国の投資家が中国企業に空売りかけて、大金せしめたなんてことになったら、どんなイチャモンをつけてくるか分かったもんじゃないわよ。ルールも法律もあったもんじゃないし、弁護士だっていても役に立たない国なんだもの」

「そうか……それもそうだよね」

「口座を凍結されでもしたら大惨事じゃない。それに、あたしたちの思惑通りにことが運べば、あたしたちは日本で大儲け。やつらは日本と中国で大損することになるんだもの、それで十分じゃない」

「分かった。真吉さんのいう通りだわ」

「あたしは、いまのペースでオリエンタル株の買い増しを進めるけど、やつらも当面の間は買いを続

けるはずよ。となると、令が空売りを仕掛けるタイミングだけど……」

「それは、計画通り――」

「計画通りにやるんだけど、これだけのことをしでかすやつらが、武蔵野工場跡地のニュータウン構想を公表して、株価が上がったところで手仕舞するかどうかいま一つ、確信が持てないのよ」

「それ、根拠があっていってるの？　それとも真吉さんの勘ってやつ？」

「勘よ」

牛島は即座にこたえると、続けていう。

「パシフィックの時は、資産を売却して経営状態が回復したように見せかけて、株価が上がったところで売り抜けて終わりだったけど、今回はスケールがさらに大きくなってるからね。これだけ大掛かり、かつ大胆な手口を講じるからには、最大限の利益を手にしようと考えると思うの……」

牛島の目がデスクの一点を捉え、微動だにしなくなる。

勘といっても、海千山千の世界を生き抜き、現在の地位を確立するまでの経験則に基づくものだけに、無視できるものではない。

そう、牛島は何かの気配を感じているのだ。

「となると、見極め時は……」

「やつらの動きね。ニュータウン構想が公表された後に、売りに出る気配があればそこまで。さらに買い進めるようならば――」

「まだ材料を持っているってことか……」

そう呟いた令に向かって、

「想定よりも、売り時の見極めが難しくなりそうだけど、さらに買い進めるようなら、暴落した時に被るダメージはどんどん大きくなっていく。やつらが最大限のリターンを狙うなら、こっちは最大限のダメージを与えてやんなきゃね。それに、やつらのダメージが大きくなればなるほど、うちの利益も大きくなって行くんだもの」

牛島は瞳をぎらつかせ、不敵な笑みを口元に浮かべた。

7

エバンスの携帯が鳴ったのは、オリエンタルの臨時株主総会が終わった一週間後、ニューヨーク時間の午後五時のことだった。

パネルには「鳴島」の名が浮かんでいる。

画面をタップしたエバンスはスマホを耳に押し当てると、上機嫌でこたえた。

「ハァイ・コール。ワッツ・アップ？」

鳴島とは、臨時株主総会が終わった直後に会話を交わして以来のことだ。

新役員人事、合弁会社の設立ともに、さしたる反対意見も出ることなく、すんなり承認。オリエンタルは、新体制をもってＥＶ市場に乗り出すことになったと報告してきたのだ。

総会の場では、演壇に立ったライスが中国猛虎と合弁会社を設立した理由として、今後オリエンタルは中国をＥＶの最重点市場に定めたこと。ＥＶ開発の遅れを取り戻すべく、中国のＩＴ企業と吸収合併を見据えた技術提携合意していること。将来の事業拡張に備えての資金力と、中国国内での工場用地の確保、施設建設をスムーズに行えるメリットがあることを挙げ、株主に理解を求めた。

おそらくは会場にいた出席者がＳＮＳを通じて、ライスの説明をほぼリアルタイムで発信したのだろう。総会が終了する前に、東京株式市場ではオリエンタルの株価が急上昇。上海市場では中国猛虎株が同様の動きを見せ、その勢いは一週間を経たいまとなっても衰える様子はない。

「グッド・ニュウーズ！」

この上なく上機嫌な鳴島の声が、聞こえてきた。

果たして鳴島はいう。

「完全に転がりはじめたね。斜面を勝手に転がり落ちる雪玉さながらさ。もう一段、いやもう二段、株価はどんどん上がって行くね。オリエンタルだけじゃない。もちろん中国猛虎もだ」

「いったい何があったんだ。もったいぶらなくともいいじゃないか。早く教えてくれよ」

エバンスが急かすと、

「たったいま、ライスから連絡が入ってね、鄭がオリエンタルにＴＯＢを仕掛けるかもしれないそうだ」

嬉しさのあまりか鳴島は、いまにも笑い出しそうな勢いで声を弾ませる。

「鄭がＴＯＢを？　おいおい、それはいくら何でも早過ぎるんじゃないのか。まだ、工場跡地にニュータウンを建設することも公表していないのに――」

「もちろん、建設計画を公表した後の株価次第だそうだがね」

途中で遮る鳴島の声からは、満面に笑みを湛えている気配が伝わってくる。

鳴島は続ける。

「この五日間、上海市場での中国猛虎の株価は、連日のストップ高だ。EV開発に出遅れて、いずれ消え去るだろうと思われていたオリエンタルが、猛虎と一緒になって、中国市場を最重点とする。そう宣言しただけで、この株価の動きだ。まさに腐っても鯛《たい》ってやつでね。オリエンタルブランドは、まだ中国では高い価値を持つ。そんじょそこらのベンチャーとはわけが違うってことが証明されたんだ」

「しかし、TOBとなると、オリエンタルの株価もこの五日間、中国猛虎ほどの勢いではないにせよ上がり続けているんだぞ。ニュータウンの建設計画が公表されれば、株価の上昇にはさらに弾みがつく。株価が高騰しているところでTOBをかけたら、その分だけ多額の資金が必要になるわけで――」

「鄭は筋書き通りに事が運んでいることに、相当気を良くしているようでね」

またしても鳴島は、エバンスの言葉を遮って話を続ける。

「彼がいうには、ニュータウン建設構想が公表された以降も、オリエンタルの株価は上昇を続けるだろうが、利確目的の売りがかなり出るはずだ。しかし、中国猛虎の株価は逆だ。日本の一等地に猛虎が大規模ニュータウンを建設すれば、土地の個人所有を夢見る中国の富裕層が殺到すること間違いなしだ。当面中国猛虎の株価は上昇し続ける。まして日本の不動産価格は、中国よりも遥かに高額だ。つまり――」

今度はエバンスが鳴島の言葉を遮った。

「収益性も中国事業より格段に高い。購入希望者が殺到すれば、中国猛虎の株価はさらに上昇を続ける。それに乗じてTOBに出ようというわけか」

「その通りだ」

なるほど、そう聞くと鄭の考えも分からないではないのだが、それでも疑問は残る。

「しかしだね、猛虎の中国国内でのデベロッパー事業は、政府が打ち出した事実上の総量規制のお陰で、多くの未完成物件を抱えて苦境に立たされているんだぜ？　そもそも総量規制は不動産価格の高騰を抑えるために打ち出された政策だから撤廃するとは考えられない。ということは——」

「鄭は事業の軸足を日本に移すつもりなんじゃないかな」

鳴島は、またしてもエバンスの言葉が終わらぬうちにいった。

「軸足を日本に移す？」

「総量規制は、銀行融資で事業を回そうとするから影響を受けるのであって、自己資金でやるとなれば話は別だ。つまり、日本で上げた収益を、中国でのデベロッパー事業に充てれば、未完成物件の工事は続行できるって考えたんだろうな」

「しかし、ニュータウンから上がる利益だけでは足りんのじゃないか？」

「だから軸足を日本に移すつもりなのさ。つまり、中国国内の未完成物件を完成させた暁には、日本国内の不動産事業に特化する……」

鳴島の声に確信が籠もっているように感ずるのは気のせいではあるまい。

果たして、鳴島はいう。

「法や制度が一夜にして変わる。巨大企業に成長させても、いつ国有化されるか分かったもんじゃない。中国は事業家にとって、常に指導者、当局の顔色を窺いながら怯えて過ごさなければならない地獄のような国なんだ。その点、日本は全く違う。特に不動産業者にとって日本は、外国人の土地保有にでさえ、規制は皆無。夢のような国なんだからね」

そこまで聞けば、鄭の考えが透けて見えてくる。

「そして不動産、特に土地所有は中国人の夢だ。指導者層の意向一つで法や制度が変わる。体制に逆らえば逮捕もあり得る。国民だって、そんな国で暮らしたいとは露《つゆ》ほども思ってはいないだろうからな。中国国内の未完成物件を完成させた暁には、日本国内の物件を中国人相手に販売するデベロッパーになろうってわけか……」

「実際、日本国内で販売されるマンション、それも高額物件の買い手のメインは中国人だ。そこそこの収入でも買えるマンションを建てれば、飛ぶように売れるだろうさ」

「それはどうかな」

エバンスは、思いつくままを口にした。「借り手が現れるならともかく、バケーションで来日した間に過ごすだけのために、日本にマンションを購入するのは超がつく富裕層ぐらいのもんだろうさ。グレードを落としたマンションを建設しても――」

「できることなら中国から脱出したいと考えている経営者は、鄭だけじゃないと思うがね」

なるほど、いわれてみればその通りかもしれない。

ビザの問題があるにせよ日本の中国人人口が増加すれば、彼の地の企業も日本に進出しやすくなる。それに華僑《かきょう》で知れたこと、商機を求めて世界に出て行くのが中国人だ。それにただでさえ人口が減少し続けている日本である。人口が市場規模と同義である以上、かかる事態を無策のまま放置しておけるはずがない。その時、肝心の日本人が子供を産まぬ、産もうにも産めぬとなれば、打開策はただ一つ、移民を受け入れるしかない、ということになる。

「はっきりいって、日本人は経営者の資質に圧倒的に欠けているからな。未だに前例主義から脱することができないし、昇格や給与体系にしたって年功序列の企業が大半だ。大企業のトップが高齢者ばかりなのはそのせいでもあるんだが、労働者の質の高さは間違いなく世界トップレベルだ」

「それって、上からの指示には忠実に従うってことだろ？」

鳴島が腹を揺すって嘲笑する気配が伝わってくる。

「まあ、そういうことだ」

エバンスは肯定すると続けた。

「実際、中国企業に買収されて息を吹き返した日本企業はたくさんあるからな。日本人労働者を中国で働かせるのは現実的とはいえないが、中堅幹部以上の中国人を日本で働かせるのは不可能じゃない。そう考えると、グレードを落としたマンションにもかなりの需要が見込めるかもしれんな」

「それにオリエンタルがＥＶの製造を全面的に中国で行うようになれば、現在稼働中の国内工場は全て閉鎖だ。全てとはいかんが大規模住宅地に転用できる場所は、いくつかあるからね。そこにマンションを建てれば――」

「中国猛虎の業績改善にも弾みがつくというわけか……」

結論を先回りしたエバンスに向かって、

「勝負に出るべきだと思うが？」

鳴島は決断を促してきた。「ここから先は、株価が上がる材料はあっても、下がる材料はゼロだ。持てる資金をぶち込んで、オリエンタル株を買いまくるべきだよ」

確かに、鳴島のいう通りだとエバンスは思った。

株は生き物だ。不測の事態は常に起こり得る。

しかし、その理屈が成り立つのは、真っ当な取引を行っている限りの話で、今回は全く違う。

オリエンタルの株価を上昇させるべく筋書きを立て、資金を動かし、ライスをＣＥＯに据えて、手間と時間をかけて準備したのだ。

もちろん、想定外の出来事はあった。

中国猛虎である。

もっとも、これは嬉しい誤算というもので、中国猛虎が現れたことで想定を遥かに超える利益を手にすることが確実となったのだ。パシフィックの時も筋書き通りに運んだが、それを遥かに上回る順調さで万事がうまく進んでいることに疑いの余地はない。

「追い風……。それも猛烈な追い風が吹いているように思うがね」

鳴島は決断を促すようにいう。「こんなビッグチャンスに巡り合うことは二度とないだろう。我々だって、こんな大仕掛けは何度もやれる歳じゃない。いや、最後の仕事になるかもしれないんだ。フィナーレに相応しいでかい花火を打ち上げてもいいいんじゃないか」

もはや、エバンスは躊躇しなかった。

「よし、やろう。全力を挙げて買いに出よう。ただし、タイミングは私に任せてくれ。考えがあるんだ」

8

「姉さん！　オリエンタルが武蔵野工場跡地を中国猛虎に売却するプレスリリースを、間もなく公表するそうです」

幸輔から電話が入ったのは、臨時株主総会が終わった一ヵ月後の昼過ぎのことだった。

「情報源は、例の広告代理店のお友達？」

「そうです！　彼の情報ですから間違いありません！」

大手広告代理店の情報収集能力は、実のところ大手マスコミの比ではない。全てとはいえないまでも、話題性がある情報、重大ニュースの大半は、大手広告代理店がいち早く入手する。

幸輔によればそれも当然のことで、広告枠、放送枠を牛耳《ぎゅうじ》る大手広告代理店は、マスメディアと深い関係にあるだけでなく、あらゆる分野の世論や市場調査も行っている。加えて企業の広報、販促活動等々、段取りを整えるのも彼らの本業の一つであるからだ。

つまり世の中の耳目を惹くようなビッグニュースや大イベントの多くをいち早く知れる立場にあるのだ。

しかも、大手広告代理店の給与レベルは極めて高く、若いうちから高収入。世の中のトレンドに常にアンテナを張り巡らせておかねばならないこともあって、遊び場に出入りするのも仕事のうちのようなもの。いきおい、クラブ活動に精を出す社員も数多くいるわけで、そうした社員たちを相手に、幸輔は独自の情報収集網を築き上げたのだ。

「ＯＫコースケ。でかした！　すぐ真吉さんに報告するね！」

通話を切りながら席を立った令は、隣の牛島の部屋のドアを勢いよく開けると、大声で叫んだ。

「真吉さん！　コースケから連絡があって、間もなくオリエンタルが武蔵野工場跡地を中国猛虎に売却するプレスリリースを出すって！」

牛島の目が鋭くなり、射るような視線をモニターに向け、キーを凄まじいスピードで叩きはじめる。

そして、視線を一瞬、モニターの一点、時刻表示に向けると、

「二時か……。この分だと、公になるのは東京市場終了寸前になるわね」

「どうするの？　買いに出るの？」

いまの時点で大きく買いに出れば、事前に情報を入手した、所謂インサイダー取引の疑念を抱かれかねない。令の質問は、もちろんその点を念頭に置いてのものだ。

「慌てることはないわよ。そりゃあオリエンタルの株には買いが殺到するだろうけど、本当の爆上げは跡地にニュータウンを建設することが公表されてからよ。今日のプレスリリースは、市場に好材料を提供して、やつらが大きく買いに出ても怪しまれないようにするのが狙いだと思うの」

「じゃあ、現時点では傍観するわけ？」

牛島は口元を手の甲で隠すと、「クックッ」と笑う。

「まずはやつらの買いっぷりを見てからにするわ。次にニュータウンの建設が公表されれば、株価が跳ね上がるのは目に見えてるんだもの。多少高値で摑んだって、最終的に得られる利益を考えれば誤差の範囲。それより、こっちも事前に情報を入手していたことを疑われないようにしておかなくちゃ」

「なるほどねえ」

さすがは牛島。思わず唸った令に向かって、

「それより令、注視しなけりゃならないのは上海市場の中国猛虎株よ」

牛島はパソコンのモニターを見るよう促してきた。

そこに表示されているチャートを見ると、一時は連日ストップ高を記録していた中国猛虎株も、このところ値動きはほとんど止まっている一方で、相変わらず出来高は高い数値で推移しているのが分かった。

出来高は、株式売買が成立した株式数を示す数値である。

「出来高が大きい割に値動きが小さいってことは、買いが入ると、即売りが入る。売りが出ると、すぐに拾われているってことね？」

令が反応すると、

「中国猛虎の株価は、例の総量規制が打ち出された途端大暴落。その後ずっと低迷してきたでしょう。それがオリエンタルとの合弁事業が公表された直後から、ぐんぐん上昇してたわけ。でも、肝心の中国国内のデベロッパー事業問題が解決される兆しはない。早晩、また下げに転ずると見た投資家が、利確というより損切りに出たようなのね」

「少しでも値を戻したいまが売り時と考えたわけね」

「利確も損切りも決断の問題だからね。まさか中国政府が総量規制をかけてくるなんて考えもしていなかっただろうから、売り抜けるタイミングを逸してしまった投資家も数多くいたはずよ。だから上昇に転じたのを見て、慌てて売りに回ってるのよ」

「それを拾いまくってるやつがいるってわけかぁ。それ、もしかして例の――」

「いまのところ、外国人ってことしか分からないけど、そう見て間違いないでしょうね」

牛島は、令の言葉をみなまで聞かず断言すると、話を続けた。

「プレスリリースが出れば、勘のいい中国人投資家は売却では終わらない。再開発にも中国猛虎が絡むはずと見抜くでしょうね。目に見えて株価が上昇する兆しが見えはじめれば、やつらはそこで大きく買いに出るはずよ。大量に猛虎株を買っても、疑念を持たれないようにするためにね……」

「ニュータウンの建設構想が公表されれば、そこでまた株価は爆上がり。オリエンタルも中国猛虎も、上がるに任せりゃいい。後は売り抜けのタイミングだけってわけか」

「でね、その売りのタイミング、あんたの空売りの仕掛け時なんだけど、そのことについて、さっきまでトレーシーと話をしていたの」

「トレーシーと？　だったら呼んでくれればよかったのに」

抗議の声を上げた令に、牛島はふ、ふ、ふと笑うと、

「それがね、面白いことになりそうなの……」

そう前置きすると、誰が聞いているわけでもないのに声を潜め、話を続けた。

9

牛島の読み通り、プレスリリースが公表された直後から、オリエンタルの株価は上昇に転じた。

さらに翌朝の経済紙が、閉鎖した工場跡地の活用を中国猛虎が主導するのではないかと報じたこと

もあって、一般投資家がこぞって買いに走り、オリエンタル株はもちろん、上海市場の中国猛虎株にも買いが殺到した。

以降、一週間は連日のストップ高。まさに高騰、爆上げという状況が続いた。

しかし日々高値を更新していくと、いつ頭を打つかと不安になるのが投資家心理というものだ。

株価が高騰するにつれ、資金力に乏しい一般投資家の参入が減少。さらに腹八分目を心得ている機関投資家が利確に出て、オリエンタル株の値上がりは頭を打ち、徐々に値を下げはじめた。

そしてプレスリリースの公表とほぼ同時に勃発したのが、従業員の雇用をめぐる労働争議である。

国内工場が全て閉鎖されただけでも、大量の失業者が生まれる。裾野が広い自動車産業では下請け、孫請けの中小企業はもちろん、地域経済にとっても死活問題だ。

しかし、そこはライスである。

少なくとも先進国の多くがガソリンエンジン車の販売を禁止する方針を打ち出していること。ＥＶの性能を決する最重要パーツ、バッテリーの性能、製造コストは共に中国製が群を抜いて優れていること。少子高齢化に伴う人口減少によって、日本市場は今後縮小していくこと。これらの理由からだけでも、日本に製造拠点を置く意味はなく、かかる事態に根本的な対策を講じない限り、オリエンタルはそう遠くないうちに倒産確実、消滅してしまう。その時は退職金どころか、丸裸で放り出されることになるのだぞと迫ったのだ。

同時に、中国に製造拠点を移転するに当たっては、全員とはいかないまでも、同国内に設ける新工場で現社員を極力雇用する方針であること。その際には、中国猛虎に従業員向けの住宅を整備する腹積もりがあることを告げ、望まない社員は自己都合退職。解雇される従業員には、割増の退職金を支払う方針であることを提示したのだった。

「転勤っていったって中国だよ」

この一報に接した令は、牛島に向かって怒りをぶちまけた。「住宅は中国猛虎が用意するっていうけどさ、どんなものか分かったもんじゃないじゃん。さすがに胡同《フートン》はもう残っちゃいないだろうけど、プレハブもどきなら、あっという間に建てんの得意だからね。行くも地獄、行かぬも地獄の典型だよ。あまりにも手口が悪辣だわ」

牛島も憤懣やる方ない様子で、

「鳴島もそうだったけど、ライスは輪をかけて酷いわね。悪辣さに磨きがかかってる」

怒りに声を震わせる。

「これさあ、解雇がはじまる前に、あいつらの計画を頓挫させないと、取り返しがつかないことになるよ。オリエンタルが自動車会社として生き残るのは難しいだろうけど、このやり方はあんまりだわ。栄枯盛衰は世の習い、その波が自動車業界に来ただけだっていってしまえばそれまでだけど、それでも従業員はこの先も生きていかなきゃならないんだもの」

「生きていくためには、おカネ。おカネを稼ぐためには仕事よね」

「でも、仕事なんか――」

「簡単には見つからないけど、おカネを増やしてあげることはできるかもしれないわよ」

言葉の途中で遮った牛島に、

「増やす？　どうやって？」

令は問うた。

「間に合うかどうか時間との勝負になるけど、あたしの読み通りなら、全員、一律とはいかないけれど、割増分以上のおカネが手に入るようにしてあげられるかも……」

令はその方法を訊ねようとしたのだが、それより早く牛島はスマホを手にすると画面をタップし、耳に押し当てた。

「もしもし、牛島だけど。上条さん、大急ぎで調べて欲しいことがあるんだけど……」

続いて上条に依頼する調査内容を聞いて、「なるほど、その手があったか」と令は、思わず手を叩きそうになった。

10

上条の動きは素早かった。

牛島が依頼したのは、自社株投資会の会員、つまりオリエンタル株を定期的に買い増ししている従業員の動向調査である。

自社株投資会は大企業の大半に存在し、給与から所定の金額が天引きされ、さらに会社から奨励金が支給されることもあって、多くの従業員がこの制度を利用する。

加えて、役員は就任時に一定の株式を保有することが義務づけられているので、総合職として採用された社員は入社と同時に入会する者が多い。一般職採用の社員も株主優待、業績次第とはいえ退職後も配当金がもらえることもあって、老後の備えとして会員になる者も少なくない。

しかし生産車種のＥＶへの全面移行、それも生産拠点は中国に置くというのだ。雇用は継続されるとはいえ、中国への転勤が条件である。大量の退職者が出るのは間違いないし、会社を辞めた後も株を保有し続ける社員はそうはいまい。当たり前に考えれば、早々に保有株を売却し、現金化するところだが、最高値で売り抜けたいのは誰しも思うこと。高値を見極めんと、一喜一憂しながら株価の推移を見守っている従業員が圧倒的に多いと牛島は睨んだのだ。

牛島がいうには、

「株の売買で最も難しいのは、売り時だからね。素人はなおさらよ。上げてるうちは、まだ上がる。天井打って下がりはじめれば、あそこまで上がったんだもの、今売ったら損をする。値を戻すまでって心理が働いて、結局売り時を逸しちゃうのよね」

ということになるのだが、まさにその通りではあるのだ。

加えて、こうもいった。

「今回の場合は空売りかけた瞬間から、オリエンタル株は大暴落。それじゃあ、自社株投資会の皆さんが気の毒だし、あんただって寝覚めが悪いでしょ？」

これもまた、図星である。

空売りは、株価が下がれば下がるほど、利益は雪達磨式に増えていくのだが、それも悪材料があればこそ。たとえば表向きは健全経営を行っているように装いながら、粉飾をはじめとする不正行為を行っている実態をいち早く見抜くとか、あるいは業績不振に陥る兆候を誰よりも早く察知し、当該株に売りが殺到して、はじめて成功するのだ。

つまり企業側の不都合な真実を突くもので、その責任は常に経営者や幹部にあるのだが、問題は圧倒的多数の無辜《むこ》の従業員に多大な影響を及ぼすことになりかねない点にある。

同じ船に乗り合わせた以上は運命共同体。恨むなら経営者や幹部だといってしまえばそれまでだ。しかしその対価として多額のカネを手にするとなると、疾《やま》しさというか、罪悪感というか、さすがに後ろめたい気持ちを覚えるのだ。

だから牛島が自社株投資会といった時には、まさに目から鱗《うろこ》、なるほどその手があったかと、改めて感心したのだったが、問題はすぐに思いつく。

運用を引き受けるとなれば、まず会員が保有株を会社が指定する証券会社に移し、市場で売却。その後、ウシジマ・ヒクマに運用を託すという形にしなければならないのだが、おそらく投資ファンドを利用したことがある会員は皆無に等しいだろう。

ファンドにしても、普段扱う金額からすれば、小銭ともいえない僅かな資産を託されても手間がかかるだけ。ビジネス的には、労多くして功少なしの典型である。

しかし、その一方で塵も積もれば何とやら。個々の資産額が僅かでも、運用を一任する会員数によっては、状況が全く違ってくる。

もちろん、これもどれほどの会員が株式の運用を任せてくれるかによるのだが、牛島もその点は百も承知のはずである。何か考えがあるに違いなく、だからこそ上条に調査を命じたのだ。

しかし、自社株投資会の運営管理は、会社の担当部署が行っており、会員が所有している株の売却状況、退会状況を知ることは困難なはずなのに、依頼してから五日後に来社した上条は、開口一番、調査の結果を報告してきた。

「牛島さんの睨んだ通り、退会者が続出しているようですね。それも、日を追うごとに増えているそうで」

「どうやって調べたの？　自社株投資会は会社の総務あたりが管理してるんでしょう？　そんな情報が簡単に手に入るものなの？」

あっさりと調べがついたことに驚きながら問うた令に、上条はいとも簡単にこたえる。

「自社株投資会に途中から入会する人間はまずいませんからね。大半は、業績次第では、銀行に預けるよりも利回りが格段にいいとか、役員になれば一定の株を保有しなけりゃならないんだ。その時に備えるためにもとかいわれて入社と同時に、親や先輩から勧められて入会するんです」

「まして、購入資金は毎月給与から一定額が天引きされるんだものね」

牛島もそういってニヤリと笑うのだったが、

「天引きされるから、どうだっていうの？」

いわんとすることがいまいちピンと来なくて問い返した令に、逆に上条が問うてきた。

「樋熊さんは、健康保険料を月々幾ら払っているか覚えてます？　所得税は？　住民税は？　生命保険料は？」

上条が挙げてきたのは、いずれも給与から天引きされている項目ばかりだが、正直なところ、正確な金額は定かではない。

「え～と……あれ？　いくらだっけ……」

言葉に詰まった令に向かって、上条はいう。

「天引きされる金額は毎月誤差が出ますけど、さほど大きく変わるものではありません。だから、給与明細を受け取った月給取りの大半が見るのは、手取り金額だけだと思うんです。非管理職なら残業次第で、多少金額が増減しますけど、管理職になると支給額はほぼ一定ですからなおさらでしょう。

要は、天引きは、月々のコストであって、金額もそれほど変わらない。まして自社株を、投資会を通じて買ってる人は、途中で売却する考えを端から持ってはいませんからね。だからほとんど関心がないんですね」

上条の言葉を牛島が継ぐ。

「まして、サラリーマンで株式投資をやってる人はたくさんいるけど、絶対数はまだまだ少ないからね。若い人は金銭的に余裕がないし、結婚して子供が生まれようものならなおさらよ。だから自社株を持っていても、いざ売却するとなると、売り時が分からない。しかもオリエンタル株はもっかのところ上昇基調。まだ上がるんじゃないか、そろそろ下げに転ずるんじゃないか。疑心暗鬼に駆られて、ますます売り時が分からなくなっていると思ったの」

「そんな時、誰を頼りにするかといえば、株の売買を長年やってきた人ってことになりますよね」

上条はいう。「株好きって、どこの会社にもいますから、その手の社員を探し出して話を聞くことができれば、自社株投資会の動きが分かるだろうと……」

満足そうに上条がいうところからして、狙い通りの結果を収めたに違いあるまい。

果たして、上条は続ける。

「そうしたら、やっぱりいたんですよ。株が大好きなことで有名な社員が……。そのせいかどうかは分かりませんが、四十五過ぎて独身なんですけどね……」

上条は嬉しそうに笑う。

「あ〜ら、令。お話合うんじゃない？　年齢もぴったしだし――」

「真吉さん、冗談いってる場合じゃないよ！」

目を三日月のようにして茶化す牛島を一喝すると、令は話を戻しにかかった。「そっから、持ち株会の動きが分かったんだ」

「偏見かもしれませんけど、株やってるサラリーマンって出世が遅れている人間が多いように思うんですよね」

「えっ、そうなの？」

令が即座に反応すると、上条はその理由を話しはじめる。

「昔から経済の勉強には株をやるのが一番だっていわれますけど、昔と違って情報ツールが発達して、リアルタイムで値動きが摑めるようになりましたから、どうしても、相場の動きが気になってしかたがないんでしょうね。それに、出世が遅れれば、気になるのは定年後の生活資金です。大企業の社員は厚生年金に加えて企業年金もありますから恵まれてはいますけど、支給額は企業によって大きな差がありますからね。蓄えは多ければ多いに越したことはないわけで、早いうちから財テクに励むことになるんじゃないかと思うんです」

「なるほどねえ、それ、面白い見立てだね」

頷く令に、上条は話を進める。

「で、その社員に、色々社内の事情を聞いたわけです。そうしたら案の定、自社株投資会から退会者が続出してるっていうんですね。そして、彼が株のベテランだって評判が口伝《くちづ》てに広まって、売り時のアドバイスを求めてくる社員が続出しているって……」

「それで、その人どうこたえているの？　あたしたちは、株価目標に達したらさっさと売って、後は上がろうが下がろうが振り返りはしないし、クライアントさんだって文句はいわないけど、アドバイスを求めてくるのは一銘柄しか持っていない素人さんじゃない。売った後に株価が上がり続ければ──」

「だから、さすがに困ってるんですよ。長年株をやってるったって、個人のおカネでやってるんです。損得どっちに転ぼうが自己責任ですけど、他人が絡むとなると、下手なことはいえませんからね」

　そこで上条は、一瞬の間を置き、続けていった。

「それで、話を持ちかけてみたんです」

「話？」

　そう訊ねた令から牛島に視線を転じた上条は、

「牛島さんが、ただ自社株投資会の動きを調べろなんていうわけがありませんからね。調べろというからには、考えがおありになると思いましてね」

　上目遣いでニヤリと笑った。

「さすがねえ。上条さんは、何もかもお見通しってわけね」

　牛島はクククッと、押し殺した笑い声を上げる。

　しかし目は笑ってはいない。

　牛島はいう。

「会員向けに、ＳＮＳで投資情報を発信しようと思ったの」

「投資情報をＳＮＳで？　そんなのうち、やったことないじゃん」

　ウシジマ・ヒクマのクライアントは、もれなく大口ばかり。個人資産の運用も行ってはいるものの、最低でも邦貨に換算して十億円からで、一般投資家は対象外だ。

なにしろ、クライアントの多くは牛島がグラハム・バルキスに勤務していた頃からの付き合いで、十分満足がいく実績を上げ続けた彼の手腕を信頼して、独立後も莫大な資金を運用させているのだ。

もちろん、それも満足できる利益をもたらし続けていればこそ。損をさせようものならば、たちまち切って捨てられることになるのだが、問われるのはあくまでも結果なのだ。だから定期的に運用実績に関するレポートを提出するものの、投資の内容については滅多なことでは口を出すことはない。その点、個人投資家となると話が違う。値が少しでも変動しようものなら、右往左往するのは目に見えているから、対応するだけでも大変な手間がかかる。

「そりゃあね、いますぐに持ち株を売却すれば、それなりの利益は得られるわよ。でもね、あたしたちの筋書き通りに運べば、あんたが空売りかけた途端に、逃げ遅れて大損しちゃう会員さんがたくさん出るの。それだけは避けたいし、高値で売り抜けられれば会員さんは大儲け。あたしたちは、さらに空売りで大儲け。そして、オリエンタルを食い潰そうとしている黒幕は大損するの。こんないい話はないじゃない」

「でも、あたしたちがそんなサービスをはじめたら、事前にライス一味にこちらの動きを知られてしまう恐れもあるし、後でインサイダー取引を疑われることにもなりかねないんじゃ――」

「ライス一味は、ここまで来たら後には引かないわよ。まして、中国猛虎は会社の存続がかかってるんだもの。インサイダー取引にしたって、空売りを仕掛けるタイミングさえ間違わなければ、疑われることは絶対ないわ」

牛島は自信満々で断言すると、上条に問うた。「で、そのアドバイスを求められる社員さんの反応は？」

「さすがに長いこと株をやってるだけあって、ウシジマ・ヒクマの名前を出したら、飛びついてきましたよ。もっとも最初は、まさかって反応でしたがね。なんせ、一般投資家にとっては、お世話になりたくとも手が届かないビッグネームですから」

「ＯＫ、会員料金は一律月額五百円。ただし、情報はオリエンタルの元自社株投資会会員限定。情報は適時更新。会員さんにはタイミングが勝敗を分けるから、着信を逃さないように周知徹底するよう、その社員さんに伝えてちょうだい」

「わかりました」

牛島の指示に上条は頷くと、直ちに行動に出るべく席を立った。

「ところで令……。空売りで借りる株の手配は順調に進んでいる？」

上条が部屋を出ていったところで、牛島が問うてきた。

「ええ、なんとか……」

令は含み笑いを浮かべながらこたえた。

空売りをかけるに際しては、当該銘柄の株を証券会社から借りる必要がある。その大半は当該株を大量に保有している株主から、証券会社が手数料を支払って借りたものである。

当然のことながら、短期売買で利益を得ることを目的とする当該株の保有者は対象外。狙うは大量に当該株を保有する、所謂安定株主になる。

「日本の自動車産業には長い歴史があるし、何しろ裾野が広いからね。孫請け、さらにその下で仕事をもらっている零細企業はたくさんあるわけ」

そう話せば、いかにして借株《かりかぶ》を確保したのか、察しがついているはずなのに、

「それで？」

牛島は先を促す。

「オリエンタルも栄華を極めた時代が長くあったからね。孫請けあたりになるとオーナー経営の中小企業がたくさんあって、安定株主を確保するために株を大量に買わせたわけよ」

「なるほどねえ。中小企業のオーナーにしてみれば、株を大量に保有すれば忠誠心を示せるし、結果仕事が安定していただける。持ちつ持たれつの関係が築けるし、株は立派な個人資産だからね」

大きく頷く牛島だったが、すぐに疑問を呈してきた。「でも、オリエンタルの業績が低迷してからは、株価は下落。低迷状態が長く続いて久しいし、肝心の仕事の受注量だって激減したはずよ。忠誠心を示すどころか、中には経営がうまくいかなくなった会社だってあるんじゃないの？　それでも、まだ株を持ち続けてるオーナーがいるわけ？」

「そこがいかにも日本人なんだよねえ」

令は苦笑を浮かべた。「買ったのは昭和の時代、それもバブルのはるか以前のことだからね。オリエンタルの業績が右肩上がりだったとはいっても、その頃の株価なんて安いものだったのよ。実際、業績の低迷期が長く続いた期間だって、購入時の株価よりも高値で推移してきたんだもの」

「だったら、今が売り時じゃない。安値の時代に買った株なら大儲け。まして、自動車産業は業界をあげて製造車種をＥＶに一本化しようっていうのよ。仕事がなくなっちゃうかもしれないじゃない」

「だから、そこがいかにも日本人なんだってば」

令は改めていい、話を続けた。

「オリエンタルが絶好調だった時代に、十分儲けさせてもらったって恩義を感じているんだろうね。

中には廃業しちゃっているのに、自分の目が黒いうちは絶対に売らないっていうオーナーが結構いるんだよ」

「廃業しても株を持ち続けているの？」

さすがの牛島も、これには驚いたとみえて目を丸くする。

「売ってしまうと、長く共に歩んできたオリエンタルとの縁が完全に切れてしまう。それは、自分の人生が終わることを自ら認めてしまうも同然だとでも感じちゃうのかもね。だけど、彼らの子供や孫となると話が違ってくるんだなあ。だって、株はオーナー個人の所有だから、相続の時に高額な税金を払うのは彼らだからね」

「そうか。株への相続税って、取得時と時価の差額にかかってくるからね」

「だから、売らないのはいいけども、貸せば結構な収入になるんだから、それを原資に銀行から借金して不動産を買うとかして、節税対策に努めるべきだって相続人が結構いるの」

「そりゃそうよね。持っているだけじゃ、ビタ一文のおカネにもならないんだもの、なんぼかでもおカネにして、有効活用した方がマシってもんだわ」

「なんぼかって、そんな金額じゃないんだよ」

令はすかさず返した。「手数料だけで一千万を超す株主だって、結構いるんだよ」

「いっ・せん・まん？」

さすがの牛島もこれには驚いたとみえて、声を吊り上げる。

「だからあ、昭和の、それもバブルの遥か前にしこたま買い込んだんだってば。そりゃあびっくりするような株数を持ってるんだよ。証券会社は上場企業各社の大量株式保有者のリストを持ってるから、見込みのありそうな株主は一目瞭然。片っ端から、大口に打診してもらったってわけ」

令が自慢げにいうと、

「さすがねえ……」

牛島は心底感心したように唸る。「端から売るつもりがなけりゃ、株価の動きにはほとんど関心ないでしょうからね。それに、貸した株は百パーセント戻ってくるんだもの、どう使われようと知ったこっちゃないってことになるってわけか」

令は満面に笑みを浮かべると、

「だから、こちらの準備はほぼ完了。あとは空売りをかけるタイミングを待つだけってところ」

牛島の瞳が炯々と輝きだし、眼差しが鋭くなる。

暫しの間、思案するように押し黙ると、やがて口を開き決意の籠った声でいった。

「ＯＫ……。こちらの準備はほぼ完了。あとはオリエンタルと中国猛虎がいつ動くかね……」

11

「武蔵野工場跡地に中国猛虎がニュータウンを建設する計画を大々的に発表するそうです」

幸輔から一報が入ったのは、自社株投資会会員向けに情報発信をはじめてからひと月半が経った頃のことだった。

幸輔によるとネタ元はやはり大手広告代理店で、メディアを集め大々的、かつニュースバリューを高めるために会場は都内の一流ホテル。プレゼンにはＣＧを駆使した映像を用いることになっており、その一切合切をくだんの大手広告代理店が引き受けることになったのだという。

発表を翌日に控えた早朝、令は牛島と共にピコと最終の打ち合わせを行った。

「トレーシー、そちらの進捗状況を教えてちょうだい」

パソコンのモニターに映ったピコに向かって牛島はいった。

「SEC（米国証券取引委員会）、FBI（連邦捜査局）の内偵は、ほぼ最終段階に入っています。後はDFSCをはじめとする先住民が経営する会社内のファンドへ家宅捜索に入るだけですが、こちらは情報を提供するに当たって提示した条件通り、私の記事が公表されるのと同時に行われることになっています」

「黒幕の正体については何か分かったの？」

重ねて牛島が訊ねると、

「武蔵野工場閉鎖のニュースが流れて以来、オリエンタル株はアメリカの投資家、投資機関の注目度が格段に上がって、活発に買いが入っています。オリエンタルが中国猛虎と合弁会社を設立したとなれば、跡地の再開発は中国猛虎が行うと誰しもが思うでしょうから当然なんですが、複数のファンドを通じて大量の株を買い進めている個人投資家が何人かいるそうなんです」

「SECからの情報ね」

「もちろんです」

牛島の言葉を肯定したピコは続ける。

「ただ、この個人投資家たちと、先住民ファンドの結びつきについては、いまのところ把握できてはいません。下手に動けば証拠を隠蔽される恐れがありますのでね。もちろん隠し切れるものではないのですが、捜査がスムーズに行くに越したことはありません。先住民ファンドには、不意を突いて一斉に家宅捜索に入ることになったのです」

「トレーシーの記事が出れば、オリエンタルの株価は高騰どころか大暴落。大損した上にお縄だからね。重罪だから刑期は長いし、おまけに途方もない罰金が科せられるだろうから、全財産を没収されても、払い切れないかもね」

「財産が残ったって何の役にも立たないと思いますよ」

ピコは嘲笑するかのように、口の端を歪める。「黒幕の年齢にもよりますけど、生きて刑務所を出られないかもしれませんから」

「あっ、そうか。その可能性はあるわね」

牛島は戯けた口調でいい、「怖いお兄さんたちのオモチャになって、生涯を終えることもあり得るわけよねぇ……。あら、やだ、なんかお尻がムズムズしてきちゃった」

そのままの勢いで、下品なジョークを口にした。

ピコも苦笑を浮かべながら、

「お相手できる年齢ならいいんですけどね。高齢だったら構ってもらえないんじゃないですか。それはそれで、辛い刑務所生活になると思いますけど……。だって、守ってくれる強い人がいないんですもの」

柄にもなく、牛島のジョークに反応する。

「気になるのは、先住民ファンドのことなんだけど、彼らはどうなるのかな」

令が真顔で問いかけると、ピコの目に憂うような表情が宿った。

「これまでも先住民特権を悪用したビジネスは、何度も摘発されてはいるんですけど、実のところ重い処罰が下されたケースはあまりないのです」

「それはなぜ？　やっぱり入植以来の歴史のせい？」

「それが一番の理由かもしれませんね」

ピコは諦念とも無念とも取れる表情になって頷いた。「これまでのケースでは、大抵が名義貸しをしただけで違法行為に直接関与したわけではないという理由で、罪状が軽くなるどころか、むしろ被害者で終わってしまったこともありましたので……」

「でも、今回のケースでは、オリエンタル株購入の原資は、カジノで上がった利益を装った疑いが濃厚なわけじゃない。カジノの経営母体と黒幕がグルでなければ、そんなことできないわけで――」

「それを、どうやって立証するかが一筋縄ではいかないんです」

ピコは令の言葉を遮ると話を続ける。

「ＳＥＣ、ＦＢＩ共に、先住民特権を悪用したケースに間違いはないと確信していますが、カジノで大金をスった客がいたのだ。ＤＦＳＣをはじめとする先住民ファンドは黒幕とコンサルタント契約を結んでいて、勧められるままカジノの利益を運用しただけだといわれれば、立証はかなり難しいかもとＳＥＣはいうんです」

「だって同様の動きをしているのは、ＤＦＳＣだけじゃないんでしょう？　他の先住民ファンドだって、同じ動きをしてるんだよ。そんな偶然なんて、あるわけないいじゃない」

令は思わず声を荒らげたのだったが、

「カジノ側が領収書を発行するわけじゃなし、誰がどれだけスったか、客の負け分のレコードは、どこにも残ってはいませんのでね。株購入の原資は、全てカジノの収益だといわれたらそれまでですよ」

「でも、名義貸しは違法行為じゃないですか」

「違法には違いありませんが、現時点では名義貸しが行われているのかどうかすらも分かってはいないんです。私が名義貸しといったのは、これまで先住民特権を悪用したケースの大半で言い訳に使われ、そのことごとくで通用してきたからなんです」

「そんな馬鹿な」

反射的にいってしまったが、先住民特権が設けられた経緯を思うと、当局の判断も理解できないでもない。それでも令は続けて問うた。

「でもさ、実体ないじゃん」

「投資のプロ、つまりコンサルタント的役割をする人間や組織のアドバイスを受けて売買をするだけなら、担当者が一人いれば事足りますからね」

「原資が黒幕のものだったら、売却利益がどこへ流れたかを追跡すれば……」

「もちろん、SECもFBIもそこはとことん追跡するつもりです。利益の大半は黒幕に流れているに違いないんですからね。でもね、令。私はそれでいいと思ってるんです」

「それでいいって、どういうこと？」

「どんな経緯があったにせよ、不法行為に加担した先住民ファンドにも罪はあります。それよりも許せないのは先住民特権に目をつけて、莫大な利益を手にしようと企み、企業を食い物にし、多くの人の生活を台無しにした黒幕なんです」

そこでピコは一瞬の間を置き、話を続けた。

「株価が低迷している企業の株を大量に買い占め、意のままに動く経営者を送り込む。事業を縮小し、従業員を解雇し、資産を売却すれば、経営が持ち直したように見えるでしょう。当然、株価も持ち直し、上昇基調に転じる。そして頃合いを見計らって事前に仕込んだ株を売り抜けて、莫大な利益を手にした後は、野となれ山となれ。それが、やつらがパシフィックで行った手口だったわけです」

パシフィックの名前を聞くと胸が疼《うず》く。

「今回は、そこにEVという新事業への進出を打ち出して、さらに株価を吊り上げて莫大な利益を手にしようってんだから、悪辣さに磨きが掛かっているよね」

令は声を震わせた。

「まず考えられないんですけど、仮に黒幕の正体が摑めなかったとしても、全て筋書き通り。後は売り抜けるだけ。まんまと大金を手にしたと確信した途端、大暴落となれば大損どころか、致命傷になるかもしれないんですよ。手元に多少のおカネが残ったとしても、果たしていままでの生活が維持できるかどうか……」

「富裕層って、財産が増えれば増えるほど、応分の暮らしをするようになるからねえ」

牛島が嘲笑しながら口を開いた。「豪邸に住み、別荘を持ち、メイドを雇い、豪華なヨットに自家用ジェット……。莫大な固定費がかかるわけだけど、そんな暮らしが送れるのも、支払いを十分上回る収入があればこそ。維持することができなくなるだけでも我慢ならないのに、大半を手放さなきゃならないなんてことになったら、それはそれで生き地獄ってもんよねえ」

「私もそう思います」

ピコは牛島の言葉を即座に肯定する。「移動は自家用ジェットって人が、ＬＣＣを使う暮らしに適応できるわけがありませんからね。おカネに執着する人間にとって最も我慢ならないのは、おカネが減ること。最悪なのは、おカネに不自由する暮らしを送らざるを得なくなることなんです」

「つまり、刑務所に入るのも地獄なら、大損こいて身の丈にあった暮らしをしながら生きていくのも地獄ってわけか」

そうは返したものの、やはり釈然としない思いは拭いきれない。

そんな令の内心を察したものか、

「でもね、黒幕の正体は絶対に判明しますよ」

ピコはいった。

「どうして？」

「だって、大損したらいまの暮らしを維持できなくなるんですよ。その時、真っ先に目がいくのは固定費のカット。別荘、自家用ジェット、ヨットなんかを処分しはじめたら、そいつが怪しいってことになるじゃないですか。ＳＥＣ、ＦＢＩが飛んでいって、徹底的に調べ上げますよ」

「なあんだ。結局はお縄になるっていいたいわけか」

「そういうことです」

ピコは唇の間から白い歯を覗かせて、不敵な笑みを口の端に宿すと、「だから、令。ここから先は、あなたの腕の見せ所。思う存分痛めつけてやってちょうだい」

令の瞳をしっかと捉えた。

もう始まっているのよ、ピコ……。

令は微笑しながらモニターに映るピコに向かって大きく頷いた。

12

ニュータウン建設計画の発表記者会見は、予定通りの正午に行われる運びとなった。

合弁相手は中国猛虎である。武蔵野工場の跡地を売却するとなれば、開発を行うのも同社だと察しがつく。

果たしてニュースが流れた直後から、機関投資家はもちろん、一般投資家もこぞってオリエンタル株を買いに走り、株価は連日高値を更新し続けていた。

そんなところに記者会見、しかも会場は一流ホテルの大宴会場となれば、内容は容易に想像がつく。跡地の開発構想が公表されると断定的に報ずるメディアも出てくる始末で、株価はここ三日間、連日のストップ高となっていた。

「物凄い上がりようだけど、例の先住民ファンドは動いてる?」

発表記者会見まで、あと一時間。

時刻が、午前十一時になろうという頃、令のオフィスに現れた牛島が訊ねてきた。

「ずっと動きはないわね。ただ、外国勢の買いが半端ないの。工場閉鎖が決まった直後から積極的に買い進んでいて、国内四割、海外六割。海外勢の大半は、名の知れた機関投資家や証券会社がメインだから、そっちを通じて買ってるのかもね」

「連中は先住民ファンドを通じて、早くから安値でオリエンタル株をしこたま仕込んだからね。目立つことを警戒して有名どころの証券会社を通じて買いを入れてるのかもね」

「上海市場の猛虎株も、凄い勢いで上がってるわよ。こちらは国内、海外、五分五分だけど、買いに走ってる機関投資家や証券会社は、東京市場とほぼ一緒。発表記者会見でニュータウン構想が公になれば、さらに値を上げるだろうから、あとはそこでやつらがどう出るかね」

令は、複数のモニターに映し出されたチャートに目を配りながらこたえた。

「会員のみなさんには、売りの推奨メールを流したけど、この上がりっぷりに惑わされず素直に応じてくれればいいけど……」

令が最も懸念している点を、牛島は口にした。

自社株投資会会員のうち、ウシジマ・ヒクマが提供する有料情報会員に登録したのは、およそ六割強。残る四割弱は勧誘が行き渡らなかったのか、あるいは独自で判断すると決めたのかは定かではない。

ただ、素人が空売りを行うのは難しい。そこで、「オリエンタル株は、今後多少の値上がりは見込めても、利確売りが大量に出て、早晩天井を打つと思われます。本日の後場終了前が売り時。株も腹八分目。欲をかくと、爪が抜けます」と、素人にも分かりやすい文面でメールを流したのだった。

「まあ、そこは何ともいえないけどさ、それこそ信ずる者は救われるってやつだよ。株なんて、どこまで上がるかなんて誰にも分からないんだし——」

「そうかしら」

牛島が、戯けた口調で茶々を入れてきた。「だって、これからあんたが本格的に空売りかけんでしょ？　下がるの分かってんじゃん」

「だからあ、少しでも損を被る人……っていうか、社員を最小限に止めようってやってるわけじゃん。ただ儲けようって人たちとは違うんだよ。会社を放り出されたら、当面食べていけるだけのおカネは絶対必要なんだもの」

「冗談よ、冗談」

牛島が苦笑しながら宥《なだ》めてくる間に、令は再びモニターに目をやった。

「ほら、かなり売りが入ってるもんね。ストップ高寸前で売りが出て、すぐ買いが入るを繰り返してるから、あまり目立たないけど、今日の出来高も、かなりの多さだよ」

令のスマホが鳴ったのは、その時だった。

見るとパネルにはピコの名前が浮かんでいる。

パネルをタップすると、ビデオ通話でピコの顔が浮かび上がった。

「ハァイ、トレーシー」

「ハァイ、令」

ピコは軽く手を上げ、令の呼びかけにこたえると、「全て準備完了。アメリカ東部時間、午後十一時三十分にニュースをネットにアップするわよ」

目元を緩め、不敵な笑みを口元に宿した。

「ということは、日本は午後零時三十分。東京市場の後場が開くタイミングね」

アメリカ東部時間と日本の時差はサマータイムで十三時間だ。

「オリエンタルのニュータウン建設発表記者会見がはじまって、佳境に差し掛かろうかってあたり……」

目を細めるピコの瞳に怪しげな光が宿る。

そういわれれば、ピコの狙いに説明はいらない。

「やるじゃん、ピコ。得意満面、どうだとばかりにニュータウン建設計画をぶち上げた傍らで、ヤツらの悪巧みを暴くニュースが流れたら、目も当てられないことになるもんね。まさに、大惨事ってやつだわ」

その時の光景が目に浮かぶようで、令は快哉を叫んだ。

「それどころか、会場には記者が詰めかけているんですからね。ヤツらにとっては、最悪のニュースがあっという間に広まってしまうんだもの、悪夢なんてもんじゃないわ」

得意満面、小鼻を膨らませるピコを見ていると、令の想像は膨らむ一方だ。

「黒幕がどこにいるのか分かんないけど、アメリカにいるとしたら、東部は真夜中、西部なら午後九時十分。会見後の爆上げを確信して、祝杯を上げる準備をしているってあたりね。それが一転、売り一色になっちゃったら、ビックリどころか、心臓麻痺を起こしちゃうんじゃないかしら」

「明日の早朝には、先住民ファンドに家宅捜索が入ることになってるし、アメリカ中のメディアがこぞって私のニュースを後追いするでしょうからね。明日は、朝一番からこのニュース一色になるわよ」

「明日からオリエンタル株は売り一色。買い手なんかつくわけないから、どこまで下がるか見ものだわ」

株はある意味競りと同じで、時の株価に売り手と買い手が現れてはじめて成立する。つまり、売り手以上に買い手がいる株は、値が吊り上がっていくが、逆に買い手が現れない株は、それこそ底なし沼のごとく、どこまでも値が下がっていくのだ。

株価が高値の間に実際に購入することなく、証券会社から株を借りて売り、値が下がったところで買い戻して返すことで、その時点の株価で決済を行うのが空売りの仕組みだ。つまり、借りた時点の株価と、決済を行った際の差額が利益となるのだから、値が下がれば下がるほど、利益は雪達磨式に膨らんでいくのだ。

もちろん、空売りを成功させるのは簡単なことではない。

株価は企業の通信簿と称されるが、まさにその通りである。だから経営者にとって、株価は最大の関心事。低迷すれば引責辞任もあり得るのだから、中には業績を糊塗《こと》し、あるいは投資家の関心を惹くニュースを流して、株価の維持、上昇を図ろうとする輩もまま出てくる。

その真偽を調査、検証し、現在の株価ほどの価値はないことや、粉飾をはじめとする不正行為をいち早く見抜き、市場を動かさなければ大きな成果を得られないのだから、有望視される企業の株を買って値が上がるのを待つよりも、空売りの難度は高いといえる。

「あたしが買い込んだオリエンタル株は、高騰を続けている間に、売り抜けることができたから、ここから先は高みの見物。二人の仕掛けぶりを楽しませてもらうわよ」

牛島の言葉に、ピコは満面に笑みを湛えると、

「私の仕事も、ニュースを通信社のサイトにアップするまで。そこから先は令の仕事ぶりを、たっぷり見せてもらうわ。凄く楽しみ……」

勝利を確信したのだろう、上機嫌でいい、顔の前に指ハートを突き出した。

13

「さあ、そろそろ記者会見がはじまる時間だね」

ニューヨークの自宅のリビングで、正面のソファーに座る鳴島に向かって、エバンスは上機嫌でいった。

ニュータウン建設計画の発表と同時に、オリエンタル株が高騰する瞬間を一緒に祝おうと、鳴島がプライベートジェットでナパからニューヨークにやって来たのは、今日の夕刻のことだった。

鳴島とはマンハッタンにあるミシュラン三つ星のフレンチレストランで落ち合った。

鳴島が住むナパには、世界に名を馳せるシェフ、トーマス・ケラーが経営し、全米一予約を取るのが困難といわれるレストラン、『フレンチ・ランドリー』があるが、ニューヨークにも同レベルの店は幾つかある。

実際、供された料理は素晴らしいものであったし、雰囲気もまた申し分なく、鳴島も満足してくれたようである。

白と赤のビンテージワインを一本ずつ空け、食後にはカルバドスを楽しんだ。ただし、アペリティフは祝宴につき物のシャンペンを敢えて避け、ドライシェリーを選んだ。

祝杯はエバンスの自宅に場所を移し、記者会見が済んだ後にオリエンタル株に買いが殺到するのを見極めてからすることにしたのだ。

既に準備は整っている。

向かい合ってソファーに座る二人の前には、氷に埋もれた二本のシャンペンボトルが入った銀のパーティークーラーが置かれ、抜栓の時を待っている。

時刻は、午後十時五十分。

エバンスはリモコンを手にすると、壁にかけられたテレビモニターの電源を入れた。

パソコンと連動している画面に現れたのは、東京の記者会見場である。

今回の記者会見は、ネットを通じて全世界に同時中継されることになっていた。

ステージ後方に設けられた巨大なスクリーンには、『オリエンタル』と『中国猛虎』のコーポレートロゴが浮かんでいる。その前に、整然と並べられた座席は、取材に押しかけた記者でほぼ埋まっていて、メディアの関心の高さを物語っているようだった。

「今日の会見は、同時通訳が入るんだったね？」

画面に目をやりながら、鳴島が問うてきた。

「ああ、日本語、英語、中国語のね……」

エバンスはリモコンを操作し、メニューの中から『ENGLISH』モードを選択した。

二人で二本のワインを開け、食後酒にカルバドスまで飲んだのだ。酔いが回っている自覚はあるが、今夜は殊の外気分がいい。

「そうだ、勝者に葉巻はつきものだ。君、そっちは嗜むんだっけ？」

エバンスは、ふと思いついて訊ねた。

「カリフォルニアは、環境、健康カルトの総本山だからね。家の中だろうが外だろうが、吸う場所なんかありゃしなくてね」

鳴島は肩を竦める。

「で、吸うのかね？　吸わないのかね？　どっちなんだ？」

再度エバンスが訊ねると、

「吸うよ。吸いたいね」

鳴島は慌てた口調で返してきた。

「とっておきのハバナ産のやつがあるんだ。一緒にやろうじゃないか」

エバンスがウインクしながら立ち上がると、

「なんか、高校時代を思い出すなあ」

鳴島が奇妙なことをいいはじめる。

「高校時代？」

「ほら、おっかなびっくり、隠れてハッパを吸った時のこと……。カリフォルニアじゃタバコや葉巻は、ハッパ以上に危険なドラッグ扱いだからね。禁断の果実に手を出すようで、ワクワクしてくるな」

こんな軽口を叩くのも、鳴島が今回の企てが大成功を収めるのを確信しているからだ。

苦笑いを浮かべながら、リビングの片隅にある保管庫に入ったエバンスは、棚にずらりと並んだ葉巻の中から、太く長い二本を手にするとリビングに戻った。

「そういえば、ここにきて売りが出ているようだね」

鳴島は、ふと思いついたようにいう。

「別に珍しいことではないだろ？　株式投資で最も難しいのは、売り時を見極めることだ。特に株価が上昇基調にある時は、まだ上がる。ここで売ったら大きく儲けるチャンスを逃してしまうという心理が働くからなおさらさ」

「確かに、売っても買い手がいなければ、売買は成立しない。買い手が現れるまで、値は下がり続けるだけだからな……」

「その通り」

エバンスは顔の前に人差し指を突き立てた。「だから、買い基調にあるうちに売り抜けるのは株式投資の鉄則なんだ。我々だってそうじゃないか。ニュータウン建設計画が公表されれば買いが殺到するのが目に見えている。その機に乗じて、大量に買い込んだオリエンタル株を売り抜けるために、この会見をやらせることにしたんじゃないか」

エバンスは、画面に浮かぶ会見場の様子を顎で指した。

「いや、この状況下で、そこまで冷静に判断できる投資家がどれほどいるのかと思ってね……」

鳴島がそう漏らすのも無理はない。

パシフィックも然りだが、今回のオリエンタルも、絵図を描いたのはエバンスであり、鳴島はそれを実現するために働いたに過ぎない。エバンスにしてみれば手駒の一人である。

「実際、株価の動きを見てみろよ」

エバンスは、苦笑いを浮かべた。「売りも出ているが、株価は下がるどころか、上昇を続けてきただろ？　つまり、売っているヤツよりも、買っているヤツの方が多いってことだ。市場が今日の発表内容に期待している何よりの証拠だよ」

その時、画面に動きが現れた。

ステージの隅に置かれた司会者机を前に、若い女性が登場すると涼やかな声が画面を通して聞こえてきた。

すかさず同時通訳が、その内容を英語に翻訳する。

声のクオリティーからして、女性はアナウンサーでもあるのだろうが、通訳は男性である。

「本日は、お忙しい中、オリエンタル自動車産業株式会社と中国猛虎が設立いたしました合弁会社が手がける国内初の事業発表会にお集まりいただきまして、厚く御礼申し上げます」

日本では定番なのかもしれないが、アメリカならばすぐに本題に入るか、会場の照明が落ち、次いでスポットライトが点灯すると、その中にプレゼンターが立っているとかの演出が施されるところである。

そう考えると、なんともまどろっこしいというか、芸がないところがいかにも日本人らしいとエバンスには思えた。しかし、司会者のコメントは意外なほど短く、突然会場の照明が落ち、次いで点ったスポットライトの中にライスが現れ、そして彼の服装を見て、吹き出しそうになった。

なんと、上半身は黒いTシャツ、下半身もまた黒のスラックス。そう全身黒尽くめで、頭にヘッドセットを装着しているのだ。

鳴島も同じ思いを抱いたのだろう、思わず顔を見合わせたエバンスは、

「おいおい、これって、スティーブ・ジョブズじゃないか。あいつ、何考えてんだ？　ニュータウンの建設計画の発表が今日のお題だろ？」

エバンスの指摘に鳴島は苦笑を浮かべると、少しばかり、呆れた様子でいう。

「まあ、武蔵野工場を閉鎖する理由が製造車種のＥＶへの一本化。それに伴っての製造拠点の中国へ

の全面移転だからね。まんざらＩＴと関係がないとはいえないからね」

「弊社が中国猛虎と新たに設立した合弁会社の下で、全面的にＥＶの製造を開始することは、既に公表した通りです」

ライスはいかにもアメリカ人らしく、身振り手振りを交えながら、ステージの上を歩きはじめる。

もちろん、プレゼンは英語でなされているから、通訳の出番はなしだ。

ライスは続ける。

「製造車種をＥＶに特化するに当たっては、工場を世界最大の自動車市場である中国に全面移転することが決定しております。その際、必要になる莫大な原資が必要になるわけですが、それを捻出するために、まず閉鎖する武蔵野工場跡地を中国猛虎が購入し、同社主導でショッピングセンター等を併設した高層マンション群を建設し、分譲販売することにいたしました。狙いはズバリ、中国有数の不動産デベロッパーである中国猛虎と、日本有数の自動車製造メーカーであるオリエンタルがそれぞれの強みを最大限に生かすことで、工場移転に纏《まつ》わる費用を極力自己資本で賄うことにあります」

さすがは、幾多の会社を渡り歩いてきただけのことはある。

なかなかどうして、ライスのプレゼンは実に堂に入ったもので、最初は違和感を覚えた身なりも、気にならなくなる。

「いいじゃないか。掴みはバッチリだ」

エバンスが呟いたその時、ライスは頭の高さに掲げた指をパチリと鳴らす。

間髪を容れず、彼の背後のスクリーンに映像が浮かび上がった。

「これが、武蔵野工場跡地に建設される、ニュータウンの完成予想映像です」

ライスの姿が画面から消え、代わってCGを駆使して作成された映像のみとなる。

その動画は、実に見事な出来栄えだった。

緑豊かな木々に囲まれた敷地内に聳え立つマンション群。ロードサイドの植栽に咲き乱れる、赤、白、黄色の花々。実際にCG通りの姿になるかどうかは別として、この動画を見れば購入意欲を掻き立てられること間違いなしだ。

「これは、かなりのインパクトがあるね。イメージ映像とはいえ、聞くと見るとじゃ大違いだからね。こりゃあ、販売開始、即完売だな」

果たして鳴島も、満面に笑みを浮かべながら声を弾ませる。

「ナパのような人が羨む環境下で暮らしている君がそういうなら、日本人、まして中国人なら尚更だろうね」

「間違いないね！　これはいいよ！　株価爆上げ間違いなしだ！」

プレゼンは、はじまったばかりだが、この映像はネットを介して日本、アメリカ、中国に同時配信されている。今頃オリエンタル、中国猛虎株を慌てて買いに走る、あるいは買い増しする投資家が殺到しているに違いない。

エバンスはリモコンを操作すると、書斎にあるPCの株価を表示するモードに切り替えた。

さあて、いきなりストップ高かなあ。さぞや凄まじい勢いで、買いが殺到してるんだろうなあ……。

期待で胸が張り裂けそうになるのを覚えながら、エバンスは画面に見入った。

瞬間、エバンスは目を疑った。

オリエンタルの株価を示す数字の色が、前日よりも値が下っているのを示す、緑になっているのだ。

東京市場が午前中の取引を終えた十一時三十分の時点で、オリエンタルには、大量の買いが入っており、ストップ高に届こうかという勢いだったのは確認していた。そしていま、ニューヨークは午後十一時四十分。日本時間では翌日の午後零時四十分。つまり、東京市場の後場がはじまってから僅か十分ほど、ライスのプレゼンの最中に下げに転じたことになる。

「これって、何かの間違いじゃないのか……。だって、ついさっきまでは……」

鳴島が動揺するのも無理はない。

なにしろ、出来高を示すグラフを見ると、後場が開いた途端、大きな売りが出て、然程《さほど》の時間を置かず買い手はほぼ皆無。今や売り一色。まさに売り浴びせの状態で、早くもストップ安となっている。

「ホーリー・シット……」

エバンスは罵りの言葉を呟くと、「そんな馬鹿な！　いったい何がどうなってるんだ！」

一転、大声で叫び、テーブルの上に置いたスマホに手を伸ばした。

考えられるのはただ一つ。致命的なバッドニュースが報じられた以外に考えられない。

「これだ！」

それより早く、スマホで調べはじめていた鳴島が、大声で叫んだ。

目を見開き、パネルの一点を見つめる鳴島の目に、恐怖の色が浮かび上がってくるのが見て取れた。

顔面が凍りついたように強張る一方で、スマホを持つ手がブルブルと震え出す。

「何がこいつなんだよ！　何が起きてるんだ！」

もどかしいったらありゃしない。

エバンスが怒鳴り声を上げたのだったが、鳴島は声も出ない様子で、これを見ろとばかりに、パネルを指差しながら、スマホをエバンスに突きつけた。

どうやら報道機関のニュースサイトであるらしいが、そこに浮かんでいる見出しを見て、エバンスは凍りついた。

「日本の自動車メーカーの株価操作に、先住民特権を悪用か」

瞬間、頭の中が真っ白になった。全身の血液が音を立てて、足のつま先に向かって、滑り落ちていくような感覚を覚えた。

エバンスは貪るように記事を呼んだ。

署名記事で記者の名前はトレーシー・ピコ。はじめて目にする名前だが、苗字からして、先住民の血を引いているのだろうとは察しがついた。

驚くべきは記事の内容で、エバンスたちが行ってきた手口を詳細に報じ、当局は内偵を終えており、先住民特権を悪用した悪辣極まりない犯罪である疑いが極めて濃厚なこと。さらに以前、日本の自動車メーカー、パシフィックでも同様の手口が使われたと見られることから、同一犯である可能性が極めて高いと当局が睨んでいるとあったことだ。

読み進むにつれ、口の中が急速に乾いていく。まるで、早鐘を打つ心臓の鼓動が熱を発し、口中の唾液が蒸発していくようだった。

蟀谷《こめかみ》に万力で締めつけられたかのような圧を感じ、思考が定まらなくなりそうだった。

「なんでバレたんだ……。一体、このピコってヤツは、どこから情報を仕入れたんだ……」

呆然とした面持ちで鳴島が声を絞り出す。

「知るかそんなこと！」

エバンスは声を荒らげて一喝すると、続けていった。

「こいつあヤバいぞ。パシフィックでも同様の手口と書いてあるところからすると、相当なところまで調べがついているとみて間違いないな」

「まさか、ＳＥＣとか――」

「あり得るね」

エバンスは、鳴島の言葉を遮った。「この手のジャーナリストの目的は、単に不正行為を摘発するだけじゃないからな。不正行為を働いた組織や人間に、絶対的なダメージを与えることにもあるんだ。情報提供と引き換えに、内偵捜査の情報を当局からリークしてもらい、摘発のタイミングに合わせて報道するぐらいのことはするだろうさ」

自分でいっておきながら、胸中を満たす絶望感は濃さを増すばかりだ。

何を思ったか鳴島がリモコンを手にし、ストップ安に到達して値動きが止まった画面から、記者会見場の中継画像に切り替える。

大惨劇が進行中とは知るよしもないライスのプレゼンには、ますます熱が籠もるばかりだ。しかし、記者席には明らかな変化が現れた。

ライスのプレゼンに聞き入っていた記者たちが、何かを取り出すような動きを見せると、明かりが灯ったスマホの画面に見入りはじめたのだ。

おそらくは、各自が所属する報道機関からのメールであろう。隣席に座る記者と囁き合うと、たちまちのうちに騒めきとなった。

さすがにライスも異変を感じ取ったらしい。

得意満面だった表情が一変し、何事かとばかりに怪訝な表情になる。

もはや、終わりだ……。ゲームセットだ……。

エバンスは、鳴島の手からリモコンを奪い取ると、電源を落とした。

「お……俺たち、どうなんの？」

鳴島は、分かりきった質問を投げかけてきた。

「どうなんのって、大暴落は間違いないんだぞ！　終わりだよ！」

「資産の大半を失うどころか、立派な証券取引法違反、株価操作に資金を現生でタックスヘイブンから持ち込んだことがバレりゃ外為法違反だ。あんたは、そこにパシフィックに対する背任行為、その他諸々、お互い捕まったら、二度と生きて娑婆《しゃば》に出られやしねえよ」

「とびっきり、腕の立つ弁護士をつけて、司法取引に応じれば——」

「とびっきり腕の立つ弁護士をどうやって雇うんだよ。そんなの雇ったら、一体いくらすると思ってんだ？　これだけの案件だ、百万ドル単位の報酬を支払わないことには、誰が引き受けるもんか！」

「タックスヘイブンに、まだ隠し口座持ってんだろ？」

「そりゃあ、多少は残っちゃいるけど、今回の勝負に大半を注ぎ込んだんだ。第一使えるわきゃねえだろうが！　そのカネ、どっから出たって追及されて、隠し口座からでございますなんていってみろ！　司法取引どころの話じゃねえだろが！」

いっている間に、もはや逃げ道が完全に塞がれていることを、自ら検証していることにエバンスは気がついて、言葉が続かなくなった。

そんなエバンスの内心を代弁するかのように、鳴島がいった。

「それって俺たち、完全に詰んだってこと？」

14

「人生、下駄《げた》を履くまで何が起こるか分からないっていうけど本当ね。黒幕のエバンスには、グラハム・バルキスにいた頃に、二、三回会ったことがあるけど、ニューヨークでもかなりの資産家で知る人ぞ知る存在だったのよ」

令のオフィスに現れた牛島が、感慨深げにいったのは、空売りを開始してから、ひと月が経った頃のことだった。

「高齢だし、人が羨むような贅を極めた生活を送って生涯を終えられる資産を持ってるってのに、何でまたこんな悪事に手を出すかなあ……。何度考えても、そこんとこがいまいち分かんないんだよねえ」

小首を傾げながら疑問を呈した令に、

「人間の欲は尽きないものなのよ」

牛島は、達観しているかのような口ぶりでいう。「特に、カネにカネを生ませてきた連中はね。それは、あたしたちだって同じでしょ？」

そこを突かれると返す言葉に困ってしまう。

苦笑を浮かべながら令はいった。

「でもさあ、仕掛けが大掛かりだった割には、捜査当局があっさり黒幕の存在に行き着いたのは意外だったなあ。ＳＥＣが先住民ファンドにガサを入れたら、コンサルタントの指示に従ってオリエンタル株を運用していただけだってエバンスの名前をあっさり出しちゃうんだもの。そのエバンスだって、辣腕弁護士をごっそり揃えて戦うのかと思ったら——」

「一流の弁護士で弁護団なんか作ったら、いくらおカネがかかるか分かったもんじゃないわよ」

牛島は令の言葉を遮っていう。「それに弁護士だって、一流と称されるのも勝てばこそ。大株主になったところで自分の息がかかったＣＥＯを送り込む。それも端から再建が目的じゃないなんて、あまりにも手口が悪辣だし、エバンスだけならまだしも、パシフィックでＣＥＯをやった鳴島とグルだって分かっちゃったんだもの。捜査当局だって、司法取引なんかに応じるわけないしね。それこそおカネ目当ての弁護士しか引き受けないわよ」

捜査の進展状況は随時ピコが知らせてきたが、彼女の見方も牛島とほとんど同じで、エバンス、鳴島の両名共に、証券取引法違反をはじめとする数多くの容疑で裁かれることになるという。さらに超富裕層がさらなる富を狙ったという点から検察はもちろん、陪審員、裁判官の心証も殊の外悪いはずで、重い実刑に加えて莫大な罰金、さらに財産も没収されるだろうと付け加えた。

「エバンスたちもそうだけど中国猛虎、ひいては鄭のいまを見るにつけ、栄枯盛衰は世の習いなんだって、つくづく思うなあ……。猛虎株も記事が出た途端、連日のストップ安。合弁会社設立を発表した以前の値を遥かに下回って、低迷中だもんねえ。建設が中断しているマンションどころか、このままだと猛虎が倒産するのも時間の問題だよ」

話題を転じた令に、

「でもね、いいか悪いかは別として、ゾンビ企業でも生かしておこうと思えば、生かしておけるのが中国だからねえ」

　牛島は意味深にいう。

「そりゃあ、万が一にでも倒産しようものなら、未完成のマンションを買った人たちの不満爆発。その矛先が政府に向かおうものなら、社会情勢が不安定になりかねないから、何らかの手は打つかもしれないけどさあ」

「そうじゃないの。株価は大暴落して猛虎も甚大な打撃を被ったけど、合弁会社はまだ生きている。そして、猛虎が既に武蔵野工場の土地を入手していることが中国政府にとっては、大きな魅力と映ってるんじゃないかと、あたしは睨んでいるのよねえ」

「なるほど、確かにあの土地は、中国猛虎のものになってるもんね」

「中国政府に猛虎を買収しろって命じられりゃ、断れる企業経営者なんていやしないでしょ？　跡地をどう活用するかだって、手に入れたところで好きにできるわけじゃない。活用方法だって住宅地とは限らないわけだし……」

「でもさ、ハイリターンを求めるなら住宅地が一番いいじゃん。それに勝る使い道なんて、思いつかないけど？」

「あたしなら、ＥＶ工場に転用するけどね」

「えっ……あそこで、ＥＶを作るの？　日本で？」

「日中関係は必ずしも良好とはいえないし、あたし自身も中国は問題が多い国だとは思っているけど、優秀なビジネスマンがごまんといるのは動かし難い事実なの」

　その点は牛島のいう通りだ。

規模の大小を問わず、ビジネスをやらせたら、極めて高い能力を発揮するのが中国人だ。

頷いた令に向かって牛島は続ける。

「あたしが中国政府の人間ならばバッテリー、あるいはEVメーカーとして先頭を走っている中国企業に中国猛虎を買収させるわね。そうすれば、中国国内に工場を新設せずとも、機材を入れ替えただけで日本に製造拠点を設けることもできるじゃない？　部品だって輸送コストはかかるけど、国内調達品を日本に送るだけだもの、コストアップだって知れたもんよ」

そう聞けば、牛島のいわんとしていることが見えてくる。

「人件費だってこの十五年で、中国は十倍もアップしてるしね。日本はといえば、二十年間頭を打ったまま。今後を考えれば中国よりも日本で製造した方が、生産原価は安くなることが期待できるってわけか……」

牛島の読み、考えの深さに令は改めて感心し、唸ってしまった。

「残念ながら、経営をやらせたら日本人よりも中国人の方が優秀だからね。大企業ともなればなおさらよ。だけど労働者の質は、日本人の方が遥かに高いし、日本にEV工場を設ければ、もう一つ大きなメリットがあるし……」

「もう一つ、大きなメリット？」

「オリエンタル従業員の雇用よ」

令の問いかけに、牛島は即座にこたえた。「職を失う絶体絶命の危機に直面しているところに、雇用が維持されるとなれば従業員が感謝感激。自治体、官公庁、日本政府にしたって同じでしょ？　つまり、中国は日本政府に、ひいては社会に恩を売れるわけ。あくまでもビジネス的見地からの判断だとしても、そんなこと誰も気にしないわよ。それが、日本人だもの」

「それが、日本人だもの」といった牛島の声のトーンにオリエンタル、ひいてはパシフィックがエバンスのような投資家に食い物にされたという悔しい思いが滲《にじ》み出ているように令には思えた。

果たして牛島は続ける。

「これから先は、かつて名門企業として君臨してきた日本企業が、外国資本に買収、合併されるケースが続々と出てくることになるとあたしは睨んでるの。でもね、それは嘆いても仕方がないこと。むしろ買収、合併されるってことは、価値を認められたってことなのよ。経営の仕方によっては、生き長らえられると認められたことでもあるんだからさ」

「そして、そこにあたしたちの、仕事が生まれるってわけね」

令は牛島の視線を捉え、ニヤリと笑った。

「その通り……」

牛島は頷くと断固とした声でいった。「エバンスのような人間も、必ず出てくるし、私欲、名誉にしがみつき、不正行為を働く輩も出てくる。その時が令、あんたの出番。今回は、本当によくやったわ。次のボーナス弾んであげるから、楽しみにしていいわよ」

「ありがとう真吉さん！　その言葉、忘れないからね！　あ・た・し、おカネ大好きだから！」

令の反応に、牛島は呵々と笑い声をあげると、

「そろそろ、空港に向かわないと飛行機に乗り遅れるわよ。これから南紀白浜に行くんでしょ？」

令の足下に置かれた旅行鞄に目をやった。

時計を見ると、時刻は午後三時になろうとしている。

「あっ、いけない。もう行かなきゃ……」

席から立ち上がった令に、

「お父様に仇討ちを果たしたこと、たんと報告したらいいわ。鳴島がどうなるか、そしてどうなったかを知れば、お父様の病状も回復に向かうわよ」

「ありがとう、真吉さん」

牛島の言葉が嬉しかった。

父親を、あんな状態に追い込んだ鳴島の悪事を暴き、破滅に追いこんでやった喜びが改めて胸中を満たしていくのを覚えながら、令は鞄を引っ摑むと、部屋を飛び出した。

初出
「小説宝石」二〇二一年十二月号～二〇二三年一・二月合併号掲載を一部改稿

楡 周平（にれ・しゅうへい）

1957年生まれ。慶應義塾大学大学院修了。1996年、外資系企業在籍中に執筆した『Cの福音』がベストセラーとなり衝撃的デビューを果たす。『プラチナタウン』『象の墓場』『デッド・オア・アライブ』『限界国家』など、現代社会のひずみを分析し「半歩先の世界」を壮大なエンタテインメントとして読者に提示する著書多数。

ショート・セール

2023年9月30日　初版1刷発行

著　者　楡《にれ》 周平《しゅうへい》

発行者　三宅貴久

発行所　株式会社 光文社

〒112-8011　東京都文京区音羽1-16-6

電話　編　集　部　03-5395-8254

書籍販売部　03-5395-8116

業　務　部　03-5395-8125

URL　光　文　社　https://www.kobunsha.com/

組　版　萩原印刷

印刷所　新藤慶昌堂

製本所　ナショナル製本

ISBN978-4-334-10050-6